马卫民 / 著

我的村庄我的家

WODECUNZHUANG
WODEJIA

黄河出版传媒集团
宁夏人民出版社

图书在版编目（CIP）数据

我的村庄我的家 / 马卫民著. — 银川：宁夏人民出版社，2017.6
ISBN 978-7-227-06700-9

Ⅰ. ①我… Ⅱ. ①马… Ⅲ. ①散文集—中国—当代
Ⅳ. ①I267

中国版本图书馆CIP数据核字（2017）第171648号

我的村庄我的家　　马卫民　著

责任编辑　王　艳
封面设计　晨　皓
责任印制　肖　艳

黄河出版传媒集团
宁夏人民出版社　出版发行

出 版 人　王杨宝
地　　址　宁夏银川市北京东路139号出版大厦（750001）
网　　址　http://www.nxpph.com　http://www.yrpubm.com
网上书店　http://shop126547358.taobao.com　http://www.hh-book.com
电子信箱　nxrmcbs@126.com　renminshe@yrpubm.com
邮购电话　0951-5019391　5052104
经　　销　全国新华书店
印刷装订　宁夏凤鸣彩印广告有限公司
印刷委托书号　（宁）0005639

开　　本　787 mm × 1092 mm　1/16
印　　张　19　　字　数　210千字
版　　次　2017年9月第1版
印　　次　2017年9月第1次印刷
书　　号　ISBN 978-7-227-06700-9
定　　价　39.00元

愿为先生一吹喝

石舒清

马卫民先生是我的老师。

二十世纪八十年代初，海原县初设回民中学，我运气顺当，首届即被录入。记得当时每人每月发十块钱的助学金，也还发放毛巾牙刷牙膏等，这就算不得了了，好比上学期间兼拿工资，使我们有着一种难以言道的优越感和自豪感。我盼着每月发钱的时间快到，然后把这十块钱倒换开来，换成票面一角的，厚厚一沓子用皮筋束了，送给父亲好让父亲高兴。因为有着这样的好日子过，所以我们对那段生活的记忆是美好又深牢的。

马卫民老师就是我们当时的英语老师。比较于其他学科的老师，英语老师在我们似乎有些特别的感觉，一言以蔽之，好像是更为时尚一些吧。想想我们这些土里吧唧的学生娃娃，连普通话也没有说过几句，现在却是跨得一大步，要学说外国话了，至少刚开始的时候，大家学英语的积极性是远高于其他学科的。我们那时候的老师也多是青年才俊，刚从大学毕业，就来教我们这些全县选拔来的尖子生，双方面的感觉都是不错的。有不少老师使我印象深刻，历历难忘，马卫民老师就是其中的一位，于今忆及，感念殊深。你成长的路上，我曾为你的路标。以这样的说法来形容先生弟子的关系，可谓再合适不过了。记得马卫民老师那时候很显得意气风发，他走路的样子我印象里有些特别，好像每一步都迈得比较大，好像是在努力上一面长坡，而且总是快到坡顶端的样子。但愿我所记无误，我记得大步流星走着的马老师，当时还穿着一条正面有两块大补丁的裤子。补丁补得很好，像领袖人物的补丁那样。还有一个印象，马老师决然不记得了，我却深记着的，就是马老师从教师灶上打了饭，在走回宿舍的路上看到我了，把他的馒头掰了一块给我。我什么也没说就拿上了。那时候教师灶上的大馒头留给我的印象是不可形容的。还有洋芋菜啊。觉得只为吃到这两样来世上一趟也是值得的。这样一些似乎没什么意思的往事，竟可以让人记怀一生，说来是无法用常理来解释的。

印象里马卫民老师教授我时间并不长，初二我留级后，不但每月十块钱的助学金鸡飞蛋打无从谈起，便是和马老师的师生关系也就此告一段落。之后作为留级生的我已不值得一说，记得自己屡屡改动通家书上的分数好拿给父亲看。而马卫民老师却是越来越能干，越干越红火，不只当上了回民中学的校长，后来还当上了县领导。为师如此，是让他的学生骄傲的。

流年如水，光阴迅忽，忽然一天，在朋友的微信里看到一篇文章，是评论我的小说的，署名马卫民，就文章的口气看，显然就是我的中学老师马卫民先生了。读自己的老师评说自己的文字，感受是强烈又异样的。好像关切的目光隔着大片斑驳陆离的岁月，一路深深地照拂过来。我怎么也没有想到马老师会提笔写作，而且陆陆续续已经写了那么多。断开的线又接续上了，和马老师的信息往来中我感到他原来是那样一个易敏感重情分的人。其时，我正帮着《朔方》编一个文学栏目，马卫民老师的一组忆旧文章不错，可以发表在这栏目里。按惯例，还应该就所发作品一一点评的，给马老师的文章写点评时，别扭的事情出来了，马老师是我的老师，刊物却不是个人的刊物，如何称呼马老师呢？直呼其名近乎犯忌，再别扭没有。我特地就此和朋友白草商量，因白草不只是马老师的表弟，还是马老师的学生。商量的结果是我们的看法一致。后来在点评里就那样别别扭扭躲躲闪闪地直呼自己老师的名字了。过后也没有对马老师解释，这怎么解释呢？

好在借着马老师出书的机会，我可以恭执弟子礼，大大方方，真真切切叫一声自己的先生了。之于马老师的文章，都在这里，凡开卷一读的人，我愿意立于旁侧，代老师一一鞠躬致意。

2017年4月1日

写作的美好

梦　也

我知道，这标题读起来不如“美好的写作”那么顺溜，可我还是喜欢用它，尤其是——我觉得放在马卫民身上似乎更为贴切。

近些日子里，因为老是在琢磨老马的写作，以致迟迟不敢动笔。老实说，由于才疏学浅，本人从来不敢也不愿给人写序，可奇怪的是，当老马提出这一要求时，我便欣然接受。我心里清楚，这并不是义务，而是一种相知相交的友情使然。因为我和老马相识已久，不仅是校友、同事以及后来的上下级关系，更是有一种别样的心灵相通。

老马从事行政工作二十多年，一路磕磕碰碰，肯定有一种别样的滋味在心头。忽然听到老马开始写作了，我还有些吃惊，心想，这老家伙，干点别的不好，非要从事这吃力不讨好的活？一开始，我还以为他也许只是把写作当作一种修身养性的事情来做，岂知他却并不是一时兴起，而是认真而为、孜孜以求、执着如一。

说心里话，由于我从事编辑工作近二十年，接触到的作者太多，看过的稿件也不计其数，再加上自己爱好写作，便深知写作的酸甜苦辣，此话绝不是危言耸听。相对于其他艺术门类，文学创作的难度是不能低估的，因为它面对的是生活、是人和大自然，需要的是你的才情、认知度、表现力以及你对生活和人生的独特理解，而使用的工具却是弹性很大的语言，要是不能拥有、掌握或做不到这些，想写出一篇或一部好的作品来就是一句空话。

海明威曾经说过：“写作，从来都是一种孤寂的生涯。”要是一个作家耐不了寂寞、承受不了精神的重负，就不会成为一个有分量的作家。这是一条铁的规律，它需要的不仅是兴趣、耐心、毅力，更是生活积累、学识修为和思想深度。

对于一个作家来说，生活积累是必需的，但光有生活还不能成为文学。关于生活和艺术的关系，张抗抗有一个形象的比喻，她说：“‘芝麻’是很多很多的生活细节、生活故事，但芝麻还不是文学，你得把芝麻磨成‘香油’的时候，它才能成为文学。”

可是，生活也不全是芝麻，还可以是别的，那么如何去磨、如何去加工，就需要作家有独到的眼光和独特的表现手法。然而，要是我们只是按照生活的本来面目去临摹生活还远远不够，这里面需要取舍、需要关照、需要引申、需要提升，需要有一束光去照亮生活。凡此种种都为作家设置了障碍，提出了要求。

好在马卫民是能够理解和熟知这样的难度的，他并不是一位盲目的写作者，他是一位清醒的写作者。尽管他从事写作较晚，还有许多需要补上的功课，好在他有梦想、有耐心、有毅力。知不足而后进，是每一个有作为的人的品质。要是没有一种谦卑的心态，没有一个宽广的胸怀，没有一种踏实的作风，那么写作也仅仅是散散心而已。

不浮躁、不张狂，老老实实，本本分分，正是我看好老马的地方。

写作不分先后、不论大小，由于个人的才能有大小，个人的生活阅历和思想深度有宽窄、深浅之分，就形成了月亮和星子相互簇拥的美丽星空。只要我们坚守了自己的信仰，散发出了自己应有的光和热就足矣！

马卫民写作多年，作品累积成册，实属不易。他的文章朴实真切，不虚妄、不做作，一切皆出自于真切的内心感受。通过它们我们不仅能看到荒寒的西海固的风土人情，还能体会到西海固人的质朴和率真。尤其是能看到一个立足在科技和文化基础上的穆斯林，面对传统与现代、文化与宗教间的思索和体悟。我相信这样的文字不会多余，它会是一扇打开的门，让我们走进一处美丽的花园！

2017年4月7日

目录 

C O N T E N T S

第一辑
我的村庄我的家

第二辑
远处才是应该去的地方

第三辑
让读书成为一种习惯

第四辑

总有一些人在自己的土地上劳作

第五辑

思念是一首难忘的歌

第一辑
我的村庄我的家

村庄的土墙土窑是阳光最多笑声最多的地方。少了我们，村庄也不曾少了欢乐，依然有老辈们靠着土墙，眯着眼睛，打捞那些明灭的往事。又一茬的孩子挤在墙角，把阳光挤得七零八碎。我就像一只疲倦的麻雀，每次回家都要在土墙那儿歇歇，看阳光在墙头上缓缓流淌的影子，听岁月在村庄滴答前行的脚步声。

第一辑
我的村庄我的家

我的村庄我的家

记忆是历史的光盘，刻录着人生的点点滴滴，适当地回放一下总会拨动灵魂深处那根最敏感的弦。许多过往的事情回想起来似乎凌乱无章，一旦被记忆的丝线串联起来，就是一段完整无缺的记录。

生活时刻都充满了诱惑，我们习以为常地被各种诱惑牵着鼻子，从一个地方到另一个地方，像是一件老家具被搬来搬去却总也回不到原来的位置。人性中的不满足诱导着我们在追逐一个又一个欲望的过程中渐行渐远。每个人都是时光里的一粒尘埃，忙碌着自己向往的那一份旅程。

家乡是刻在骨子里的一个称呼，是溶入血脉中的一种牵念。小时候经历的一些事就像一瓶窖藏的老酒，随着岁月的流逝变得绵长厚重而韵味悠久。虽然自己也在一个发展中的二线城市买了房，有了一个叫家的地方，却始终找不到那种让人牵心扯肺的感觉。在这个水泥、砖块与钢筋堆砌的笼子里，过着与四季无关的日子。无论是暖意融融的初春还是寒冷弥漫的深冬，都用不着关心粮食和蔬菜。

有时候脑海里会突然冒出这样一个念头：感觉自己就是一棵从南华山的原始丛林中移植而来的白桦树，之所以能够在城市的空间里有滋有味地茁壮着，似乎和黏在根系上的那些土质有关。时间久了白桦也能枝繁叶茂地自豪起来。

回顾这些年，从青春年少的轻狂到老有所悟的沉稳，那些曾经澎湃的情感渐渐归于寂静，从容不迫地走回灵魂的故乡，时常感悟世间一切美好的东西。到了知天命的年龄才开始寻找那些即将消失的往事和渐渐远去的村庄，轻轻地打开那些尘封于记忆深处的内存，别有一番滋味在心头。

家乡是南华山脚下的一个小村庄，所有的人口加起来不足千人。这是一个被很多地图遗忘了的小村子。几千年前，在这个美丽的山麓，在面向东南、临近水源的阳坡上，先民们利用丰厚的黄土，依坡挖凿了窑洞式的住所，过着稳定而自足的农耕生活。

每一次回老家都会有一些收获，都会有诸多感悟。越来越向

往家乡的细风朗月、青山秀水，越来越怀恋儿时的鸡鸣狗叫、追逐打闹。山还是那座山，梁还是那道梁，沟还是那条沟，月亮还是那个月亮，一切好像都是原来的样子。过去住过的土坯房、土窑洞早已变成了堆放杂物和饲草的地方，村子里的人都住进了深门浅窗的红砖红瓦房，宽敞又明亮。一切和原来不一样了。有时候人总是矛盾的，既希望改变又希望一切都不要变，但无论如何没有人能够留得住岁月的脚步。我们只能用回忆来寻觅那些渐渐消失的往事。一种久违的感动抚摸着我回家的行程。

掰玉米、挖土豆这些最简单的农活现在几乎是干不了多少了，虽然还没有到四体不勤、五谷不分的程度，但躯体早已经僵硬，腿脚也不那么灵活了。看着七十岁的三叔在地里干活的精神，我只能感叹不已。刚刚翻过的泥土散发着一股淡淡的芳香，土豆的枝叶已经发黄干枯，捏一把就发出一种凄切的破碎之声。我一边捡拾土豆一边体味着季节的悲凉与厚重，心底便有了一段文字悄悄地酝酿。

午饭时分，我和堂弟开始准备烧土豆的“锅锅炉”，这是我们小时候常做的事情。找一块挨着地坎的地方，挖一个灶膛状的坑，再挖一个添柴火的小门，然后找来一些干透了的土坷垃，开始一块一块地垒，一个底大顶小的宝塔式的“锅锅炉”很快就造好了。干柴在烈火中激情燃烧，半个时辰土块就被烧得通红通红，现在一切就绪，只剩向炉膛里放土豆了。放一层土豆，拍碎一层烧好的土坷垃，再放一些，再拍碎一些，直到放满为止。然后用湿土封住所有跑风漏气的缝隙，静静地等候“锅锅炉”里的土豆由生变熟。一个小时左右土豆烧熟了，一股久违了的香味在空旷的田野里轻轻地弥漫，我贪婪地吃着一个个金灿灿香喷喷的土豆，儿时的情景在眼前不停地浮现。作为一个从黄土地里走出来的个体生命，不管你承认与否，怎么也绕不过这片厚重的故土。

一辈子走了许多的路，蓦然回首才发觉家乡是一条永远也走不到头的路。不回去的借口或许很多，回家的理由只有一条。不知道在多少个万籁俱寂的夜晚，我凝望着繁星闪烁的夜空，轻轻地打开一扇窗户，面向南方寻找回家的方向。一个颤抖的灵魂在故乡的梁峁上孤独地漫游。

忆及那时，家乡的阳光很暖，日子不慌不忙，像一辆慢腾腾的毛驴车在时光的隧道里嘎吱嘎吱地前行。放假时总喜欢跟在爷爷的屁股后面去山的外面看世界，一车烟煤便是一家人整个冬天的温暖。从家乡到煤矿不足百公里的路程，往返的驴车要用两天两夜的时间。爷爷赶车我睡觉，不大的车厢里装满了我们的吃喝和毛驴的草料，我在一件老羊皮袄的温度里睡了醒，醒了又睡。白天不短夜晚更长，毛驴的蹄子敲打着冰冷的土路，在清凉的月光里格外地响亮。我在蒙眬的睡意中不断地问爷爷：到了吗？爷爷老是重复着同一句话：还早着呢。

矿区不大但很是热闹，街道两旁店铺林立，来往的人大多数都是挖煤背煤的工人，刚刚从黝黑的矿井里走出，在刺眼的阳光下寻找花钱的地方。人一旦有了钱，便显得理直气壮，个个都像大老板，在街上的饭馆里出出进进。

爷爷给了我五角钱外加二两粮票，让我下馆子，他自个儿忙着装煤去了。我站在饭馆门口怯生生地向里面张望，贪婪地闻着那股诱人的香味，不敢进去也不愿离去。一张五角钱的钞票被我攥出了汗。我出生在一个缺钱的时代，这点钱我还有别的用处，我实在舍不得把它吃到肚子里。

饭馆的隔壁是一家书店，书不多，买书的人也不多。这是我第一次见到书店。书架上陈列的大多是一些伟人领袖的著作，这些我都不大感兴趣，主要还是因为我只有四年级的识字水平。我挑了一本故事书，又选了两套连环画。

回家的路上爷爷问我吃的啥，我说加了肉的炒面片。我把书夹在棉袄里，紧贴在心跳的地方。一路上我啃着奶奶烙的干粮，心里巴望着能趴在热炕上在微弱的煤油灯下看书。

后来我当了老师也有了钱，在县城“毛胡子”老马的清真饭馆里，请爷爷吃了一大碗加肉的炒面片。爷爷微笑着吃完了一生中第一次吃到的炒面。一辈子没见过火车没见过飞机的爷爷，在家乡贫瘠的黄土地上日夜劳作，最后竟不带半点遗憾地离我们而去，长眠于脚下这片厚重的黄土里。

每逢开斋节或古尔邦节，我都要去村子里的坟园看看爷爷、奶奶、姑爷、姑奶奶以及父亲和四婶。坟园里睡的亲人越来越多，空间越来越小。一个五亩左右的坟园已经被大大小小的坟包挤得几乎没有空地了。这些年亡者的数量在不断地增加，坟园一直没有再扩大。不论对生者还是逝者来说，土地都是一种极为宝贵的资源，用一点就少一点。活着的人可以把房子向天空无限地延伸，逝者是不可能住进小高层的。

低矮的土墙把坟园围了个严严实实，里面的野草几乎和围墙长得一样高了，在微凉的山风里窸窸窣窣地摇曳个不停，仿佛诉说着什么。坟园的小铁门隔开了幽明两世，活着的人在外面，亡故的人在里面。外面吵吵闹闹，里面安安静静。阿訇诵读《古兰经》的声音忽近忽远、忽高忽低，像来自遥远的天房。跪倒在亲人的脚下，静默的心突然生出一股莫名的伤悲，我的眼泪情不自禁地夺眶而出。

相对于爷爷来说，姑爷的命运更为不幸。姑爷是爷爷的亲妹夫，家庭出身不好，在我的记忆里姑爷始终是弯着腰走路，见了任何人都是笑眯眯的。一顶地主的帽子压得姑爷直不起腰杆挺不起脊梁，时间久了就真的成了驼背。村子里凡是需要手艺的活计总离不开姑爷，赶马车、箍土窑、锻石磨、摞麦垛，姑爷样样是把式。村子里所有的人都很难与他划清界限，谁家盖房子、打水窖，姑爷随叫随到。犁地摆耧、喂马放羊、剪树修渠、擀毡纺线，姑爷几乎无所不能。这样好的一个人竟然生在地主家里。

每逢冬季农闲时，生产队粮场的土窑里就装满了孩子们叽叽喳喳的吵闹声，我们像一群麦垛周围低头觅食的麻雀，在姑爷身边摇头晃脑、跳来跳去。姑爷坐在炕脑里给我们说很久很久以前的事情，姑爷讲古今的声音像磁石一样吸引着我们，当姑爷拖着长长的音调说一声：那（nai）会儿……时，我们一个个竖起了耳朵，土窑里顿时安静了下来。精彩的故事像南华山的泉水一样慢慢地流淌，滋润着我们干涸的童年。姑爷就像是一盏古朴的煤油灯，闪烁在我们寂寞的夜空里。姑爷是一本厚重的古今书，让我们一读再读。

其实姑爷家比贫下中农家还要穷，土墙土院土窑洞，土桌土凳土锅灶，土炕上铺着一张旧竹席，一床棉被疙疙瘩瘩地叠在炕角处，土墙的钉子上挂着姑爷礼拜用的毯子。家里唯一值钱的家具是一个红色的木箱子，那还是太爷给姑奶奶陪的嫁妆。箱子上永远挂着一把小锁，里面装的啥东西我不得而知。有时候我也猜想着锁在箱子里的秘密，一个出身于地主家庭的人不可能没有一点金银财宝吧。

姑爷没有儿子，我上小学时三个姑姑都出嫁了，姑爷和姑奶奶就像一对患难的弟兄相依相惜，在烟火缭绕的土窑洞里慢慢地变老。老两口的日子很艰难却没有领过一分钱的救济，从来没有听到过他们对社会有什么不满与抱怨。在那个人整人、人防人的时代，一句牢骚话有可能就是一场大灾难。

姑爷是我们村庄里识字最多的人，解放前在县城的私塾里念过几年书。姑爷家与我们家只有一墙之隔，放学后我总会跑到隔壁的院子里，姑爷坐在北墙根下眯着眼睛懒洋洋地晒太阳，认真地享受着一段悠闲的时光。姑爷身上穿的衣服几乎与季节没有太大的关系，斑斑驳驳地像一堵被风雨渗透了的旧土墙。我没有见过他穿过什么新衣服。姑爷最喜欢罐罐茶，每天都用晒在墙上的干牛粪在自己做的土炉子上熬几罐罐，浓浓的、苦苦的。姑爷让我也尝一口，那茶苦得我直摇头，这时他才掏出钥匙打开那个让我神往已久的红箱子，从里面拿出一份用旧报纸包裹着的“糖封子”，抓上一小撮红糖面放进我的茶碗里，苦茶中便有了一股甜甜的味道。现在一想起姑爷的罐罐茶，我就想起了那些即将消失的过去，那是一种让我永远也无法忘怀的苦中带甜、甜中有苦的滋味。

那时候家乡的日子很苦，生活在一个十年九旱的环境里，要是没有足够的韧劲，村庄的脊梁一定会被生命的重负压折的。好多人家都是吃了上顿没下顿，村子里的父老乡亲们在相互的帮衬中一步一步地向生活的深处走去。

姑爷终于没有熬过饥饿的折磨。那是一个风和日丽的下午，冬天的阳光依旧暖暖地照着，刚刚做完“晌礼”的姑爷和往常一样坐在温暖的太阳下，用斧头在墙根的砖头上敲打着平日里捡来的杏核，一个又一个苦涩的杏仁被姑爷吃到了肚子里。当姑奶奶回来时，姑爷已经倒在土窑的门槛上，面目苍白不省人事，他离开了这个让他纠结的世界。不管世界多么悲惨，无论命运如何坎坷曲折，活着总是人人向往的一件大事。姑爷肯定也是这样想的。

我出生在一个虔诚的穆斯林家庭，很小就接受了伊斯兰文化的熏陶。从那个炊烟袅袅的村庄里我看到了父辈们顽强的生命。不管日子多么艰难，无论生活把他们揉搓得多么卑微，他们从不悲愤不平、怨天尤人，就像一株株无名的小草，在一个不被世人关注的角落里悄悄地生长，慢慢地枯黄。他们默默无闻地身体力行着主命圣行，每天的生活开始于赞美结束于赞美。我时常为他们的执着与豁达赞叹不已，这一切皆缘于心中那一份坚若磐石的信仰。人一旦有了信仰，生命就有了新的意义，踏在黄土地上的双脚也就有了强大的力量。岁月不再蹉跎，日子不再悲戚。他们按时按点的礼拜，一年一度的封斋，接连不断的舍散，与人为善的情怀，纯洁而坚定。这一切都不是为了证明什么，也不是为了有求于人，而是为了渴求真主的喜悦。

在那些过去的年月里，在我贫苦的村庄里，父辈的双脚走出了一条又一条艰辛的路，沿着他们走过的痕迹，我们出出进进、来来往往。一个又一个靠在土墙上晒太阳、讲古今的父辈们在烟火相伴的村庄里渐渐地衰老，静静地离去。挤在土墙脚下听故事的孩子们则像一个个不安分的小鸟，羽毛丰满了就不知飞向何方了。

村庄的土墙土窑是阳光最多笑声最多的地方。少了我们，村庄也不曾少了欢乐，依然有老辈们靠着土墙，眯着眼睛，打捞那些明灭的往事。又一茬的孩子挤在墙角，把阳光挤得七零八碎。我就像一只疲倦的麻雀，每次回家都要在土墙那儿歇歇，看阳光在墙头上缓缓流淌的影子，听岁月在村庄滴答前行的脚步声。我暗自思忖着这样一幅画面，假如有一天我们回到了村庄，那里还有洒满阳光让我们倚靠的土墙吗？那里还有像羊羔一样在我们周围撒欢的孩子吗？

我的村庄我的家，这是一个让我魂牵梦萦终生难忘的地方。没有土地哪有庄稼，没有根系哪有树木，没有村庄哪有家园。我的灵魂在村庄袅袅升起的炊烟里飘荡，渐渐伸向遥远的天空。我在风里静静地感受着村庄的味道。我清晰地听到了父辈们呼唤的声音：回家了，吃饭了。那声音在骨子里响彻，传遍了整个村庄。

村庄旧事

没奶的孩子才会哭

村庄不大，只有几十户人家。爷爷在的时候，村庄比现在还要小，整个村子坐落在一个四季有风的黄土塬上。在我的记忆中，村庄里几乎天天刮风，时而大，时而小。不管是西南风还是东北风，都可以在村庄的空间里穿行。

我是爷爷的长孙，出生在爷爷家的老院子里。爷爷有七个儿子一个女儿。父亲是爷爷的长子，我有六个叔叔一个姑姑。从爷爷这条根上算起，我的家族就有六十多口人，占全村人口的三分之一。

我出生在老院子的土箍窑里，是爷爷的亲妹妹、我的姑奶奶，也是村子里唯一的接生婆，用一簸箕绵绵细细的黄土，把我从头到脚擦干净的。我还没有睁开眼睛，还没有看清世界到底是一个什么样子，就早早地闻到了泥土的味道。

听母亲讲，我小的时候，特别爱哭，哭起来没完没了，而且哭声很大，扰得左邻右舍不得安然。原因我当然不知道，母亲也不知道。奶奶一直不太喜欢我，我想，可能与我的哭声有关。人们常常说，会哭的孩子有奶吃，但没有人会喜欢一个一直哭哭啼啼的孩子。

母亲坐月子的时候，有一天夜里，家里进来了一只偷鸡的野狐，把几只老母鸡折腾地乱飞乱叫，院子里被铁绳拴住的黄狗汪汪地叫着，村子里所有的狗都跟着叫了起来，吠声一片，回荡在漆黑的夜色里。

父亲一边高喊着：打野狐、打野狐，一边拿着一根顶门棍，冲出窑门。狐狸越过低矮的土墙，飞也似的逃走了。五只鸡安然无恙，只是掉了一些鸡毛，在夜色深沉的土院里飘来荡去。

那天晚上，月子里的母亲受了惊吓，本来奶水就不足，这一惊，就彻底没有了，我成了一个有娘没奶的孩子。如今，我和八十岁的老母一说起那些过往的事时，我总适时地调侃一下，和母亲开玩笑说："我现在明白了，我小时候为啥爱哭鼻子，都是因为你，没奶的孩子才会哭。"母亲总是微笑着回应我："没有奶，你不是一样长大了。我用酸拌汤把你一勺一勺喂大的。"其实，这些我都知道，并且我还知道，我为什么对酸拌汤、浆水面情有独钟。有娘真好！有娘，我就不会变成孤儿。

赤脚医生向阳花

父亲在世的时候，是我们大队的赤脚医生，负责全大队近千口人的吃药打针工作。赤脚医生在当时也是一件新生事物。所谓赤脚，不是不穿鞋，而是不吃公家粮，不拿工资，来自于农村，服务于农民的乡村医生。出诊相当于出工，生产队记工分。

年轻时的父亲，浓眉大眼，英俊潇洒，做事格外认真，对待病人就像对待自己的亲人。村子里谁家的大人娃娃头疼脑热、感冒发烧，父亲随叫随到，从不推诿。他的右肩上时常挎着一个棕色的小药箱，上面印着鲜红的十字。药箱里装满了各种各样的药品，有片剂，有针剂，有的用瓶装，有的用盒装。药箱里还有一些打蛔虫的糖丸，形状各异，五颜六色，很是诱人。小时候没少偷吃那些像宝塔似的甜药丸，后来被父亲发现了，就给药箱上了锁。是药三分毒，父亲怕我吃多了或者吃错了。

父亲的脚步从来也没有离开过家乡这片土地。自从背上那个小药箱之后，他就把自己当成了一个公家人，风里来、雨里去，肩上扛着治病救人的担子。

小的时候，总喜欢父亲牵着我的手，走在乡间的小道上，听父亲唱从电影《红雨》里学会的歌“赤脚医生向阳花，贫下中农人人夸，一根银针治百病，一颗红心（呐）暖千家……”，这首歌如刀刻在心，至今我都会唱，这是父亲留给我的歌……走着走着，就累了，赖着不走了，父亲便把我架在肩膀上，扛着我进东家，出西家。

父亲是在三十九岁的时候离我们而去的。那年冬天，天气出奇的冷，父亲走的时候，天空中飘着大雪，纷纷扬扬的雪花把天地连接成一体，整个村庄笼罩在一片朦胧的雪雾之中。舅舅是阿訇，在父亲的身边不断地提醒着父亲念清真言，我跪在土窑的热炕上，清晰地听到父亲微弱的诵念声。临咽气前，父亲用手摸着我的脸，对我轻轻地说：“满赛尔都，你是老大，你要照看好你妈……还有你的几个弟妹。”舅舅不让我哭出声，怕给即将走的人带来惊恐。那时候，我刚刚十五岁，似懂非懂地点着头，算是对父亲的临终承诺。

给别人看了十几年病的父亲，最终也没有看好自己的病。

我们的干部像棵草

姑爷姓顾，大名叫顾生财，经名叫耶尔古拜，村子里的大人娃娃都喊他：老耶古，老耶古。姑爷一点也不气恼，倒是很乐意别人这样呼唤他。时间长了，顾生财这个名字，几乎被村子里的人忘记了。

姑爷算得上村子里的一个大能人，所谓的能人，就是能人之所难能或不能。凡是稍微有点技术含量的活计，总是离不开他，姑爷家的窑脑里堆满了各种各样的小工具，谁家的架子车内胎爆了、自行车链条断了、牛羊有病了、果树不结果了，姑爷都能折腾好。

县上给村子里派来了一个年轻的住队干部，姓王，在县革委会工作，村子里的人都叫他王干部，年龄大点的叫他小王干部。王干部的职责就是“抓革命、促生产”。母亲的茶饭好，队长就把王干部安排在我们家吃住。那时候，我们家只有一间土坯房，两个土箍窑。干部住在土房的大炕上，我们一家住在土窑洞里。每天放学回家的时候，我总要跑到土房门边看一看，就像每天到鸡窝里看母鸡下蛋那样，看炕桌上有没有钱和粮票。王干部倒也很自觉，吃饱了，喝足了，就把几两粮票、几毛钱放在桌子上，人就没了去向。有时候桌子上也会剩半碗或者一碗鸡蛋面，我们兄妹几个便抢得不可开交。

干部和农民的差别就在吃饭穿衣上，我小时候就是这样认为的。干部不劳动、不干活，吃得饱、穿得暖。王干部住队的时候，穿戴就很讲究，一套灰色的中山装，一双黑亮的皮鞋，胳膊腕上戴着一只明晃晃的手表，头发梳得油光发亮，来去骑着一辆半旧不新的飞鸽牌自行车。

姑爷喜欢开玩笑，有时候也来几句顺口溜：飞鸽车子罗马表，穿着皮鞋到处跑。开会站在人前头，干活溜在地外头。后来，这些话让王干部听到了，心里自然就有了一些不快。

有一天，姑爷和队里的人在糜子地里薅草，脚下有一棵杂草，长得绿油油、俊生生的，姑爷不忍心把它锄掉，就说了一句：你们看，这棵草多俊，就像我们的王干部一样。然后……姑爷就被戴上了一顶“反革命”的帽子。

“我们一定要解放台湾”

解放台湾，对于全国人民来说，都是一件非常重大的事情。我上小学的时候就下定决心：长大了一定要参军，当一名光荣的人民解放军战士。这个理想与“我们一定要解放台湾”有关，也与当时当兵能吃饱饭，穿好衣有关。大舅的儿子，我的大表哥，曾经当过兵。表哥每次探亲回家的时候，我都要跑到舅舅家去小住几天，目的是让表哥给我讲讲部队上的事情，我也可以穿他的军衣，戴他的军帽，在村子里走一走，显摆一下自己的英武。表哥军帽上那颗闪闪的红五星，实在是太具诱惑力了。

我的小学语文老师姓刘，是北京来的一位知青，普通话说得很标准，他给我们教唱了一首歌——《我们一定要解放台湾》，并且把这首歌排成了一个节目。“万里河山红烂漫，胜利凯歌冲云天，军民团结，加强战备，我们一定要解放台湾！台湾是我国神圣的领土，我们决不容美帝霸占。”

我小时候记忆力特别好，虽然没有过目不忘的本领，但记台词总是优于其他同学。因此，我毫无悬念地就成为了节目的主角。表演在锣鼓声中拉开了序幕，我高举着一面鲜艳的红旗，在舞台上环绕两圈，然后高喊一声：同志们，冲啊！我的十个小同学，端着自制的木头枪，在一片激昂的“杀”声中冲上了舞台。我们的表演雄壮有力，给台下的观众增添了无穷的信心与力量……

农民夜校就是好

我会唱许多与“文化大革命”有关的歌曲，还会跳“忠字舞”，这一切都是因为我读了农民夜校。那时候，村子里的父老乡亲大多数都是目不识丁的农民，在黄土地上劳作了一辈子的父辈们，只知道庄稼长什么样，却不知道方块字怎么写。他们的道理很简单：识字不能当饭吃，识字也不能让地里长出粮食来。即便是送自己的子女去学校，他们的目的也只是让娃娃们睁开个眼睛，不要当“睁眼瞎”，将来不要让人哄了、骗了。

“严重的问题是教育农民”，毛主席的一句话，让全国各地的农民夜校如火如荼地兴盛起来。我的家乡也不例外，夜校在生产队粮场的土窑洞里。从此，那里就成了农民读书识字的文化中心和各种消息的集散地。每天晚上，辛苦了一天的农人们，拖着疲惫的身体到夜校报到，在微弱的灯光下读书识字，教材是“农民识字课本”，教师是小学里教书的知青。

乡村的日子太单调，任何一点有关文化的活动都是那样引人注目。每逢公社的放映队到来的时候，生产队的粮场上总是人头攒动，热闹非凡，一个不大的场子挤满了大姑娘小媳妇，全村的人都有一样的好兴致。一场黑白电影能让整个村子里的人回味无穷。不管是《地道战》还是《地雷战》，只要是打小日本，我们都看得格外投入，十分的过瘾。不管是八路军还是新四军，都是革命的队伍，只要好人打败了鬼子，我们就欢呼雀跃，兴奋不已。放映队走了，我们仍然要赶上好几里的夜路去外村。他们到了南边的村庄，我们就跟着去南庄，到了北边的村子，我们就尾随到北边。电影一结束，我们手拉手、肩并肩，哼着电影里的插曲，迷迷糊糊地行走在崎岖不平的土路上，一脚深一脚浅地跟在大人的屁股后面走夜路。

忆及那时，日子不慌不忙，像一辆慢腾腾的毛驴车，在时光的道路上慢慢地向前。农民夜校也在悠悠的岁月中越办越热闹，越来越红火。如今，村庄里的父老基本上都能看懂报纸，会写信，会玩手机了。每每回首往事，他们总会自豪地说：农民夜校就是好！让我们活了个明白人。

家在山的那边

每一个周末，母亲的电话都会如约而至。“回来吗？”山的那边传来一丝柔柔的牵挂。这些年在外漂泊的日子太久，在人生的风风雨雨中行走匆匆，为工作而忙碌，为生活而奔波，淡了许多不该淡的情，少了许多常该走的路。与母亲相聚的日子越来越少，心中不免生出许多愧疚来。亏欠母亲的实在太多，沉重的让人一辈子都无法还清。

收拾一下简单的行装，载着妻儿，快速驶向回家的路。车外，五月的阳光照得正欢，微风习习，扑窗而来，公路两侧杨柳依依，麦苗儿青青。车内，《回家》的曲子轻轻飘荡，深情的音乐在心底慢慢地流淌。

家乡的路再长也不远。越过几道沟，翻过几道梁，家，便在不远的山下。

南华山依旧是那么的巍峨、挺拔、庄重、秀美，车子在水泥铺就的山道上曲折向前，满山的青松、白桦擦窗而过，身后便是层层叠叠的绿。

村子像往常一样寂静，汽车的喇叭声传递着我们已到家的信息，母亲照旧在大门口等候，看着我们一个个从车里走出，满心的欢喜写在了脸上。白发、皱纹、颤抖的手，时隔数月，母亲又苍老了许多。年近八旬的母亲，像招呼客人一样，各种水果、刚烤熟的土豆顿时摆满了炕桌，坐在暖暖的热炕上，品味着慈母的款款深情，幸福的热流在心底暗暗涌动。记得有人说过，母亲是弓，儿女是弓上射出的箭。无论你身在何方，深沉的母爱都在你的心上紧紧缠绕，这种来自于天性的亲情胜过一切。

老院依旧，低矮的土墙上长满了暗绿色的苔，院子里父亲种下的几棵桃树、梨树，春天依旧开着花，秋天依旧结着果。看着一棵棵枝繁叶茂的树木，父亲的慈祥便在眼前活了起来。

父亲是在不惑之年离我们而去的，留下我们一家六口孤儿寡母。年轻时的父亲，浓眉、大眼、方脸，英俊、潇洒、自信。父亲在世时，是大队的“赤脚医生”（就是现在的村医），时常背着一个印有红十字的棕色药箱，风里来雨里去，为家乡的父老乡亲治病。小的时候，总喜欢父亲牵着我的手，走在乡间的小道上，唱电影《红雨》里的插曲。前些年，我写了一篇散文《深沉的思念》，把对父亲的哀思洒在文字的缝隙间。有人说，在这个世界上最难懂的人是父亲，他一边教育你勤俭节约，一边偷偷给你零花钱。经历最多风雨的人，得到最少传颂的人是父亲。我好想好想像父亲当初拉着我的小手一样，拉着父亲的大手，陪他一路，走走停停。深沉的思念总是在失去的时候。父爱是一首古老而深情的歌，婉转悠扬在我的一生。

每一次回家，都要到村子里的坟园看看父亲，跪倒在父亲的坟前，点燃一炷香。阿訇诵读《古兰经》的声音时高时低、时远时近，像来自遥远的天房，慰藉着长眠在坟园里的父亲。坟头上的草绿了、黄了，黄了、绿了，在风中轻轻的摇曳，如泣如诉，陪伴着孤零零的父亲。

午饭时分，金灿灿的黄米散饭，香喷喷的酸菜土豆丝，油泼辣子，咸韭菜，一碗淡淡的飘着葱花、香菜的浆水面，母亲的饭菜一直都让人难忘。这时候总会感慨幸福其实很简单。吃一口想吃的饭，想一想所爱的人，走一走该走的路，唱一唱想唱的歌……

总是喜欢一个人在村子里走走看看，寻觅儿时的几许天真，几多欢乐。记忆中的家乡很穷，大多数乡亲都是吃了上顿没下顿，有时你借我一碗米，我借你一碗面。在这种相互的帮衬中度过一个又一个的春荒秋灾，生命在一种自强不息的坚守中延续。村子里最珍贵的东西便是乡亲们的质朴、勤劳，没有一丝污

染的空气和来自南华山深处的涓涓小溪。记得小时候谁家的锅里有点肉星，满村子都飘着一股浓浓的香，馋得人口水直流，刻骨铭心。村子的东头有个锅状的涝坝，用来收集雨水，水不多也不深，炎炎夏日，一群赤条条的小家伙便在涝坝里玩，在水里摔跤、扎猛子，满头满脸都是泥；隆冬时分，在厚厚的冰面上滑滑溜、打毛牛（陀螺），在如棉的雪地里堆雪人、打雪仗。山里的孩子有一股天生的野劲儿，在磕磕碰碰、跌倒了再爬起来的日子里一天一天成长，一年一年成熟。

每逢暑假，最常做的一件事就是跟着三叔去放羊，穷人家的孩子当家早，父亲的早逝让我在幼小的时候就承担起长兄的责任。三叔放了一辈子羊，多在羊后少在人前。平日里沉默寡言，一脸严肃，但性情却如绵羊，十分温顺，对我对羊没有发过一丝的脾气。高兴了，郁闷了，都会吼上一声花儿，“山里的野鸡娃红冠子……”。一次，碰上下雨天，羊群在山间缓缓向前，我和三叔在泥泞的羊肠小道上趔趔趄趄。雨越下越大，连羊儿都不肯走了，默默地在雨中站立，听下雨的声音。此时的三叔像一位将军，戴着草帽，披着羊毛擀就的雨毡，守护着自己的士兵。一切都交给三叔。我把自己裹进雨毡，静静地倾听雨水敲打雨毡，等候天晴日出。

雨后的南华山如刚刚沐浴的少女，清新秀丽。阳光依旧暖暖地照着，羊儿又慢慢地前行，悠闲地啃着挂满水珠的青草，调皮的山雀在草丛里跳来跳去，在羊背上跳上跳下，寻找那些可吃的小虫子，饱了就索性站在羊背上一动不动地向远处张望。我也有点饿了，从布袋里掏出妈妈准备的干粮，细细地咀嚼。渴了，就趴在山里的小溪旁，如羊饮一般，美美地喝上一肚子纯净透彻、清香甘甜的山泉，一天的日子就这样过去了。

总喜欢在长满青草的山坡上，铺上雨毡，躺在温暖的阳光里，听小鸟唱歌，看羊羔撒欢，向往着山外的生活。在那个“读书无用论”充斥的时代，大多数和我一样的同龄人，都在学黄帅、学张铁生，批老师、交白卷，直至恢复高考后，才知道知识能够改变命运，改写人生。小时候，很爱看书，但那时借一本书比借一碗面还难。每一个放牧归来的夜晚，我会点燃一盏煤油灯，伴着熟悉的羊粪味，趴在窑洞的土炕上，把心沉在历代的书卷中，在文字的脉络里，享一缕清风明月。

我是全村第一个跳出农门的人。记得刚拿到大学录取通知书时，整村的人都到家里道喜、祝贺，有的送来几个鸡蛋，有的拿来几角钱。奶奶也拿出锁在柜子里的点心。爷爷捋着长长的白须，内心充满了自豪。母亲喜极而泣，眼泪里饱含着一生的辛酸与不屈。四叔赶着马车把我和行李送到了县城，送到远去的班车上。那温暖，绕指柔心，让我守候了一生。

每个人的一生不尽相同。因为你是你，我是我。儿时的理想，朴素而又简单，只想过上像城里人一样的生活——每个月领点工资，到粮站买点米、面、香油，到集市上买点菜，自豪而又体面。

村子里寂静如常。这些年，大凡那些能出去的人都在外面的世界里闯荡。村里人憨厚、勤劳、朴实，又有着像山一样的灵性。空着两手出去，带着票子回来，生活的模样一天天的改变。家家户户都从土坯房、土窑洞里搬出，一栋栋新居拔地而起，红砖红瓦，深门浅窗，落地玻璃在阳光里闪闪发光。高高的屋脊上用砖雕刻的几只灰鸽，栩栩如生，一副展翅欲飞的姿态。一缕缕炊烟从屋顶上袅袅升起，飘向蓝天的深处，与白云交织一处，似云似烟。如今的餐桌上，最不缺的就是肉，但始终寻不回儿时的那个味儿。村子的最南端，是修建不久的清真寺，庄严、肃穆，显示着全村人的虔诚与底气。生于这片土地，老于这片土地的父辈们，在平凡的岁月里踏着呼唤礼拜的邦克声，日复一日地重复着自己的功课，祈求真主的保佑，感赞安拉的慈悯，祝福儿孙们健康、平安。

时间让你看透很多东西。有时候，真想卸掉俗务，摆脱束缚，捡一身轻装，在家乡的温情中浅卧闲眠，把那些折折叠叠的记忆轻轻打开，用一颗宁静的心呼唤生命的声音。

季风吹过岑寂的村庄

一

离开村庄已经很久，恍若隔世。

多年来，村庄以自己的个性与节奏，从远古走到如今，不慌不忙，淡定从容。

村庄坐落在南华山下一个四季有风的黄土高坡，远远地望去，村庄挺有型的，高低不平，错落有致，在阳光充足的黄土地上气定神闲。

一条修建不久的水泥路，像界河一样，把村子里的几十户人家隔在两边。每一个院落仿佛是棋盘上的一颗棋子，落地生根。走近一看，那些土墙围起来的院落到底显现出许多的陈旧来，墙头上苔藓斑驳，野草丛生。寂静的庄子里透出些许的憔悴，有点正在慢慢老去的味道。

总会有一些留守村庄的人，执拗地与脚下的黄土相依为命，在朴实无华的岁月里，淡定地过着与世无争的日子。只因他们的存在，村庄的土地才会生机勃勃、气概昂然。

村子周围都是连绵不绝的群山，山的那边还是山。山脚、山腰、山脊，凡是可开垦的地方，人就像蚯蚓一样拱过去，山地被农人用犁尖划出纹理清晰的图案，方形的、圆形的、三角形的……

二

春天来了，东南风就跟着来了。

风吹醒冬眠的村庄，脚下的土地春潮涌动。早春的原野或冰雪尚未完全融化的黄土高原，一棵小草，出人意料地锋芒毕露。一个鲜活的生命刺破黑暗、湿冷、厚重的泥土，与来自天空的阳光遥相呼应。随之，便是万物复苏，耕耘播种。

闲散了一个冬天的农人，一边伸展着慵懒的筋骨，一边急匆匆地为春天的耕耘做准备。为了一年的期盼和可能的富足，他们把希望播撒在春色涌动的泥土里。

木耧在男人的掌控中有节奏地摇摆，妇女们牵牲口，孩子们递籽种，麻雀挥动着翅膀，在清新的泥土里争抢翻出来的小虫子，红嘴鸦在明媚的春光里飞来飞去，“布谷，布谷，种了麦子吃馒头”，布谷鸟清脆的鸣啭，为春天唱响一首优美的歌。

籽粒丰满的种子，迫不及待地扑向大地的怀抱，在母体的胚胎里生根、发芽……

春天来了，一树树桃花赤裸裸地绽放，火焰般的花朵点燃黄土高原上的色彩，还有那粉的杏花、白的梨花、黄的葵花、蓝的马莲，铺天盖地。村庄像一叶小舟，飘荡在色彩斑斓的花海之中。

村庄的生命在土地上扎根。

一个村庄有多少泥土，就有多少灵魂；有多少生命，就有多少灵性。在这里，一把种子落地，就能长出一片活生生的庄稼。

麦子、玉米、油葵、胡麻和豌豆，所有的禾苗在土地的脉搏中呼吸、生长，顽强地抵抗着各种不幸和灾难。

二

夏日的阳光，晒透了村庄的土墙，脚下的土地开始发烫。汗水浸湿了粗制的布衫，汗迹像一坨坨不长庄稼的盐碱地。面朝黄土背朝天的农人依旧定在各自的位置上，田野的秩序丝毫没有改变。果实在静默中成长，牛羊在游荡中强壮，庄稼在沉稳中灌浆。碧绿的酸杏，青涩的苹果，如同一个新婚的村妇，幸福而羞涩。

农人不是天生少言寡语，木讷、愚钝。他们有自己的生存哲学，再好的语言也不能让地里长出庄稼。一阵凉爽的夏风吹过，吹起了他们的衣角，一朵云彩遮住头顶，又慢慢移开，他们被一点点风化成泥土也浑然不觉。太阳落山的时候，他们才恍然地说：哦，黑了，黑了，这日子真短，还有那么多活没做完。

村庄的夏夜静谧、空灵，月光如水，繁星闪烁。村里的人，习惯了早睡，像一块沉重的石头，躺在自家的炕头上。有些人索性睡在自家院子里的南墙根下，天当房地为床，铺一张羊皮褥子，盖一件老羊皮袄，数着满天的星星，渐入梦乡。有时候，孩子们也会凑个热闹，摆一个仰面朝天的姿势，躺在大人的身旁。和煦的夏风，是他们最好的催眠曲，均匀的呼吸里有土地脉搏的跳动。土地是白天的劳作场，也是农人夜间的休憩所，可谓世界上最宽敞、最舒适的床榻。

村庄的夏天红火而热烈，黄土地上的生命经历着一段疯长的时光。小麦抽穗，玉米含苞，糜谷拔节，土豆开花，蝉鸣蛙叫，牛羊肥壮。

夏天的村庄像一幅油画，田野的曲线真实柔和，色彩清新而浓烈。淡黄色的土地底蕴深厚，青翠的玉米、碧绿的小麦成为乡村的主色调。蓝天下的羊群在山顶上飘荡，像天上掉下的朵朵白云。黄牛与毛驴结伴而行，悠闲地享受着没有皮鞭催赶的时光。野兔在沟坡上赛跑，山鸡在草丛中出没。一渠清澈的溪水哗啦啦地流着，自南向北穿村而过，渠畔青草葳茂，野花灿烂。蜜蜂像农人一样忙碌，认真地营造甜蜜的生活。

夏天最热的时候，麦子的颜色由绿变黄，其时的麦田，是村子里最浩瀚的风景。英姿飒爽的小麦，像列队整齐的士兵，等候检阅。

农人蹲在金色的波纹里，摩拳擦掌。

收麦子是农村所有的活计里最苦最累的活儿，干活的人脖子和脸上落满一层又一层的麦土，麦土与汗淋淋的皮肤接触，身上奇痒难耐。

夏天的冰雹随时都会降临，收麦是龙口夺食，凡是有点劳动能力的人都必须到地里来干活，就连那些奶娃娃的女人也要把娃娃带到地里，随便放在一个阴凉处，让稍微大点的孩子看着，自己下地干活，休息的时候喂奶。

孩子们跟在大人后面收麦把、捡麦穗。平日靠着墙根晒太阳的老人，也拄着拐杖来到麦田，力所能及地帮点小忙。

村子里最激情最沸腾的场面，莫过于麦田的战斗，现在的孩子已经体会不到其间的辛苦与乐趣了。这一切都是我们那辈人成长的背景，也是我们回不去的温暖与记忆。

如今，我只能坐在村口那棵洒满阳光的大树下，悄悄地丈量岁月匆匆流过的印痕，静静地聆听小鸟在枝头上唱歌的声音。

我在故乡鲜活的土地上鲜活的日子里徜徉，像无拘无束的山风，从一头刮到另一头。我在村庄的巷道，随意地捡拾起一块砖一片瓦，仔细地考问它们的年龄。我轻轻地掬起一捧溪水，用嘴尝试它的温度与甘甜。

我可以在杏林深处与山雀一起唱歌，我可以对着一片紫色的苜蓿花吟诵一首田园诗。

四

我一直敬重像三叔这样的父辈，因为他们才是真正的农民。

有了他们的存在，村庄才有了鲜活的生命，土地才有了质朴的灵性。即便是外面的世界铺满黄金，他们也不会为之所动，他们的宿命就是土里刨食，把生活交给村庄的土地。

值得庆幸的是：故乡的土地依然活着，活着的土地会记住在大地上耕耘的庄稼人。背靠村庄的农人，不会轻易地陷入虚妄与迷茫。

秋风吹过岑寂的村庄，田野一片金黄。成熟的村庄静静地等待着收获的时刻，丰收的喜悦呈现在农人的脸上。一片片庄稼，在嚓嚓嚓的镰刀声中倒下。金灿灿的玉米棒，像一个个赤身裸体的婴儿，慵懒地躺在高高的屋顶上，尽情地享受秋日的暖阳。果园的树枝上挂满了沉甸甸的果实，娇嫩温润，像村庄里长大的姑娘，等待出阁。

秋天的村庄成熟而厚重，粮场上堆满了小山似的庄稼。放学回来的孩子在麦垛间捉迷藏。饿了，揪几个麦穗，用手轻轻一搓，塞进嘴里，口中溢出麦子的芬芳；渴了，就跑到村庄的水窖旁，用木桶吊上来半桶清凉的窖水，小嘴搭在桶沿上，憨实的样子在水中摇晃。

毛驴拉着石磙不停地转动，一圈又一圈。女人挥动连枷，有节奏地敲打，一粒粒金黄的麦粒便从麦穗中脱身而出。男人们握着手中的木锨，把碾好的粮食抛向高空，麦粒与麦衣被秋风隔在两处。抓一撮新鲜的麦子，放在嘴里，细细地品味新麦的味道，麦香是世间最迷人的芳香。

秋天的村庄沉稳而凝重，秋风是那样的和煦，那样的温情，轻轻地吹过村庄，只想把一切吹得更加完美、更加成熟，包括黄土、草木、庄稼、山峦、石头、旧屋和满目沧桑的老人。

一方水土养育着一方人的品行与本质，泥土的凝重，深深地植根于父辈的灵魂中。

一个村庄，一个小小的社会。一个黄土围起来的院落，就是一个灵动的音符。

爷爷那辈人说，家有三件宝，鸡叫狗咬娃娃吵。父亲那辈人说，家有三件宝，老婆孩子热炕头。到了我们这一辈，我们说，村庄升起的炊烟，就是我们回家的方向。

五

一场冬雪，不期而至。

轻柔的雪花，像一个个白色的精灵，在料峭的寒风里旋转着、飘曳着、碰撞着、撕扯着，挨挨挤挤，擦肩摩踵。

飘雪的村庄，比以往更为宁静，更加淡定，一片让人浮想连绵的场景，天与地浑然一体，苍茫而朦胧，自然而和谐。

村庄像一个刚刚出生的婴儿，肌肤光滑温润，素面朝天。雪落在土地上，白茫茫一片真干净。

记得有人曾写过一首关于村庄下雪的打油诗，一想起来就让人忍俊不禁。“天地一笼统，枯井黑窟窿。黑狗身上白，白狗身上肿。”用这样的诗句来描摹下雪的情景，倒也十分妥帖，文字虽粗糙，道理却不歪。

冬天的村庄，不慌不忙，不浮不躁，时间凝固在冰天雪地之中，仿佛被无垠的空间稀释。

雪后的村庄，人的脚步踩出一条条幽黑的路，蜿蜒地通向各家各户。人走过的小道，鸡狗牛羊一样可以走。

炊烟袅袅升起的时候，村庄一年的收成就有了着落。回家了，吃饭了，女人们喜悦的声音里飘荡着饭菜的香味。

下雪的日子，是孩子们最高兴的时候，堆雪人、打雪仗、逮麻雀、追野兔……洁白如玉的雪地里，留下歪歪扭扭、深深浅浅的脚印。

村庄的孩子更像自由生长的小草，没有人为他们刻意地规划未来。他们的童年自由自在，无忧无虑，只管现在，不问将来。最糟糕的结果莫过于和自己的父母一样，回家种地。

村庄的日子简单、直白，像落在土墙上、屋顶上的雪，晶莹透亮。

六

村庄里也有一些居住在城市的后辈，当他们试图把自己的老人接出去时，老人们摇头否定。他们已经习惯了眼下的日子，不想去适应另一种生活。他们有自己的解释，活在哪儿都是活，睡在哪里都是睡。

无论外面的世界多么繁华与热闹，村庄始终保持着自己的平静与安宁。历经风雨的父辈习惯了隐忍，习惯了在自己的村庄里不事张扬地固守生存之道。

村庄的包容与善良，来自一辈又一辈人的传承。

下雪的冬天，鸟儿无处觅食，老人们就在墙角屋顶抛洒一些五谷杂粮，让这些小动物去叼啄。吃饱了肚子，小鸟们精神抖擞，站在村庄的树枝上，啼叫歌唱，声音里饱含着感恩。

只要村庄活着，村庄的每一个生命都应该活着。老人们这样说着，村庄的孩子们就这样记住了。

我时常怀念村庄，并不只是怀念依附在村庄表面上的那些物象，而是怀念蕴藏在旧时光里的那种信念与精神。

继承了一个村庄的精神，就是记忆了整个村庄。

七

春节长假，我又一次回到村庄。在老院的那间不足二十平方米的小屋里，静静地守候旧年的最后一段光阴。

坐在弥漫着柴火味的热炕上，我的思绪飞驰在无边无际的夜色中，那些留存在村庄里的旧时光，像潮水一样在脑海中翻腾奔涌。

不管外面多么寒冷，村庄总有一个温暖的地方，安置我疲惫、僵硬的身躯。不管世间多么浮华，村庄总有一个寂静的角落，沉淀我的烦躁与尘埃。

生命中需要记住的地方很多，而我却没有那么好的记性。

只有村庄的名字，像刀刻斧凿，在我的骨子里留下难以磨灭的印痕。

人生并不容易。我希望在我年华已逝，色衰体弱，回顾一生时，会因自己真切地在村庄的怀抱中活过而感到坦然。淡定从容地过好余生，直至面对死亡。

家乡的味道

一

公元一九六三年五月，春夏之交时，我这个在妈妈的肚子里待了十个月的小兔子，终于挣扎着、哭闹着，来到茫茫的人世间。我生在自家土窑洞的土炕上，是太爷的女儿、我的姑奶奶，用一堆绵绵细细的黄土，把我从头到脚擦干净的。我的眼睛还没有睁开，就已经闻到了泥土的味道，这一切都是冥冥之中的前定，与生俱来。

说句实在话，我的命运还是不错的，出生在一个草长莺飞、鲜花盛开的季节，生长在南华山下一个伊斯兰文化氛围非常浓郁的小村庄，虔诚的父辈们在一个个普通的日子里，过着简单而平凡的生活，随遇而安，知足常乐。他们与人为善、知恩图报的品格像脚下的黄土地一样厚重，无时无刻不影响着我。

家乡的名字叫二沟，位于两条沟之间，东边的一条叫东沟，西边的那条叫西沟。村子不大，只有四十几户人家，零零散散地镶嵌在一个四季阳光的黄土梁上，每一个黄土围起来的屋院就是一个家，每个院落里都有没完没了的絮叨，有孩子的追逐打闹，有鸡鸭猫狗的鸣叫，有耕田种地的大牲畜，也有活蹦乱跳的小动物。

村子里大多数人姓马，基本上是我的宗族或者亲戚。多少年来，在这个烟火缭绕的小村子里，邻里相互依存，相依为命，一家有事，全村帮忙。整个村庄在风雨飘摇的岁月里由古到今，由小变大。村子里没有发生过什么惊天动地的事件，连鸡鸣狗盗的小事儿也很少发生。乡人的大门从来都不会上锁的，有的人家索性连大门也省了，只在土墙上留下一个豁口作为人与牲畜的通道，每天的清晨或傍晚，总有一些鲜活的生命出出进进，来来往往。

村庄的南边耸立着巍峨挺拔的南华山，连绵起伏的山脉像一个巨大无比的屏障，日夜庇护着这个寂静安详的小村庄。大山深处有数眼清泉汩汩流出，汇集成一股清澈的小溪自南向北而来，滋润着这片土地上的每一个生灵。蓝天白云，清风明月，林木葱茏，蝉鸣鸟叫，交相辉映出一幅诗意的图画。每当记忆的齿轮延伸至此，我的感官仿佛被一点点地放大，那些储存在脑海中的碎片依稀可辨，我不由自主地回到故乡的童年，就连长满青苔的土墙，都带着儿时的欢笑，触手温热，缠绵了一生的怀念。

二

忆及小时，上学的日子极为有趣，我们背着各式各样的花布书包，装满每天的干粮和希望，迎着初升的太阳上学，披着斜下的夕阳回家。蜿蜒的小路上，我们排队成行，异口同声地唱着：

“我爱北京天安门，天安门上太阳升……”歌声嘹亮，在微微的山风中飘扬，响彻在大大小小的山峁沟梁上。劳作于田间地头的父辈们，吆喝着骡马牛驴，鞭子摔得山响，把脚下的黄土翻过来倒过去，重复着一辈子都在重复的事情，喊牲口的声音恢宏高昂，内心的喜悦悄悄地流淌在沟壑纵横的脸上。

学校的教室是一孔土箍窑，装满了一群土头土脑的男孩子，我上小学时班里还没有一个女子。少了女生，男孩子就多了一份野性，在厕所里排成一行，对着土墙撒尿，比赛看谁尿得最高，土墙上留下了一条条深深的沟壕。课桌凳也是清一色的黄土制造，每个孩子的屁股下都垫了一块从家里拿来的旧毛毡或老羊皮，作业本和铅笔对我们来说是极为奢侈的物品，轻易不会用。

每遇风和日丽的天气，我们就在土窑外面的操场上，用柴棍划出一方属于自个的领地，木棍作笔，地面为纸，在一个个土框里填满歪歪扭扭的方块字。阳光暖暖地洒在脊背上，舒畅惬意。操场边的榆树上不时地传来麻雀清脆的鸣叫，悦耳动听。我们边写边读，边读边写，稚嫩的声音此起彼伏，构成了一曲美妙的童声小合唱。写好了就等着老师来批改作业，老师认真的目光在地

面上扫来扫去，那些缺胳膊少腿的字词总会被火眼金睛的老师挑拣出来，错了的自然要重写，一直到熟练。

小学的生活简单而充实，我们在一位老教师的哨声中上课下课，撒尿做操，吃干粮喝凉水，滚铁环打沙包，老鹰抓小鸡，跳绳踢毽子。三个老师“统领”着整个学校，所有的“兵马”加起来不足百人。我们的言行举止乃至个人的命运完全掌控在这几个老师的手中，一把戒尺足以让那些调皮捣蛋的小子们望而生畏，如履薄冰。

当全国掀起一股“学黄帅批老师”的热潮时，我们这个偏远的小学校总是显得过于的木讷、迟钝，老师在乡人的心目中是完美无缺、至高无上的，不要说批老师，就是在私下说句老师的坏话，父母都不会饶恕我们的屁股。乡亲们虽然不懂得师道尊严的大道理，但得罪先生总是大逆不道，是不可随便就能原谅的错误。那时候，村子里的人把老师像阿訇一样看待，但凡有“过乜贴”吃油香的事情，老师是非请不可的贵客，倘若来不了也会包上一份心意送去的。乡人不把老师当外人，老师也就把学生当成自家的孩子那样来管教。

三

家乡的日子虽苦犹甜，总有许多往事在心底缠绵。海子曾经说过这样一句话：生命中有很多东西，能忘掉的叫过去，忘不掉的叫记忆。每每整理那些零碎的记忆时，立刻就产生想回家的冲动。几十年来，走过许多的路，看过无数的景，家乡总是让人魂牵梦萦。我从来没有把那些渐渐远去的过往看成是一种痛苦或者灾难，有些记忆就像一节甘蔗，越嚼越有味，越品越香甜。这些年我时常感怀家乡一切美好的东西，感恩故乡赋予我的一切，原因很简单，在我认识世界之前，我首先认识的是生养我的故乡。

世上最累的活计莫过于种地，天下最苦的职业莫过于农民。一年四季耕耘不辍，用汗水浇灌每一寸土地，难得有一点消闲的时光，春耕夏播，秋收冬藏。穷人的孩子当家早，生长在农村的孩子没有一个不会干活的，上学的孩子最繁重的假期作业就是帮助大人干农活。每逢寒暑假，辽阔无际的田野就是我们的课堂，在父辈们反复踩踏的黄土地里磕磕绊绊地长大，一年一年地成熟。

人的一生或许都要经历这样一个过程，从出门到回家。我很难弄明白出去是为了什么，回来又是为了什么。近几年回家的次数越来越多，曾经留给我诸多欢快的小院依旧伫立在村子的中央，饱经风霜的土墙依然有阳光流淌，院子里父亲种下的几棵树，枝繁叶茂，春天开着各色的花，秋天挂满殷实的果。小时候住过的土箍窑依旧横在院子的左侧，像一个风烛残年的老者，面目沧桑，摇摇晃晃，一副即将倾倒的模样。窑洞的炕上落满了浮土，上面印满各种小虫小鸟爬来走去的痕迹，交叉重叠成一张素描。

自从母亲被我们接到了县城，老院子就交给三叔一家去住，三叔在院子的西边给我留了一间小屋，屋子不大，拾掇得很精致。屋子里有一个四方四正的土炕，足以睡下好几个人。现在的土炕已经改头换面，少了几分土气，多了一些洋气。土炕的两侧贴上了彩色的瓷片，也不再用羊粪烧了，屋子里自然缺了一股过去的味道。幸好土炕的本质还没有完全改变，土炕的温暖依旧如初，睡在上面有一种踏实的感觉。城市的软床虽然也有温度，但总归还是少了一些硬度，以至于我的腰椎时常出现一些不大不小的毛病。

我和弟妹们，相继走出了这座老院，在一个个陌生的地方，守候着各自的新家。家乡对于我们的儿女来说，只不过是一个抽象的名词或模糊的概念，是父母的老家或籍贯的出处，其他则与他们无关，生活在不经意间改变了我们的后代。

我非常感激三叔的用心，有了这间小屋，我的思念就有了依托，我的灵魂就有了归宿。到任何时候，我都不会有背井离乡的孤独，不会有漂浮不定的感受。走到任何地方，我都不会迷失回家的方向。

有时候我的脑海里会突然冒出这样一个念头：我只不过是家乡山沟沟里的一棵小草，一棵单独的小草，只有回归到家乡这片辽阔的山坡上时，我的生命才会有绿色，我的生命才会有意义，以我现在的智慧与悟性，我只能思考到这种程度。

四

老院的南墙下立着一盘石磨，圆圆的脸庞光滑温润，像一对荣辱与共的夫妻，在风雨侵蚀中相濡以沫。爷爷在的时候，它们就在。如今的石磨只是默默无语、一动不动地待在墙根下，懒懒地晒着阳光，静静地思考着、反刍着那些轰隆隆的日子。

村子里家家户户都用过石磨，一袋袋粮食从磨眼里流进去，磨出的面粉像高山流水，从两片石头的缝隙里倾泻而下，洋洋洒洒地落在磨台上，轰隆隆的磨坊里充满了新面的芬芳，韵味悠长。

大多时候都是用毛驴推磨的，给毛驴戴上笼头，蒙上眼罩，驴就辨不清东西南北，在磨道里一直转个不停，完成一种机械而单调的任务。驴，大概是世界上最忠实、最听话的动物；驴，也是庄户人家最得力、最强劲的帮手。农民对待毛驴的态度就像对待自己的子女，感情自然是深厚的。

小时候最喜欢做的事情就是争着抢着去放驴。没有一个孩子愿意跟着羊把式去牧羊，羊是最调皮的，漫山遍野地疯跑，稍不注意就钻到长满庄稼的地里偷吃青苗。一旦被队长发现，回来还要扣工分，吃力不落好。

放驴相对轻松自由，有足够的时间做许多有趣的事情。约上几个小伙伴，赶上几头小毛驴，到村子西边的沟坡上。有了青草，驴就不会多事，只顾埋头啃食。吃饱了，原地打几个滚；寂寞了，抬头嘶叫几声，吼得山响。然后，又老老实实地低下头，继续吃它的草。

放驴的好处就是来回都可以骑驴，在乡间大大小小的沟梁上，骑上一头毛驴，哼上一段小曲，沿着山花烂漫的羊肠小道，曲折向前，乐哉悠哉。骑在驴背上，没有生活的喧嚣和追逐，什么事情都可以去想，什么事情都不用着急，尤其是雨过天晴，艳阳高照，这时候，和风拂面，心旷神怡，山道两侧的野草闲花娇嫩欲滴，尽收眼底，空气里弥漫着一股淡淡的花草味，沁人心脾。

村子里回娘家的小媳妇，多半也是以驴代步。驴是乡人出行最常用的交通工具。驴背上坐着一个衣着鲜艳的小娘子，再驮上一个褡裢，里面装满瓜果蔬菜。前面有个小男人牵着拽着，走着说着，在弯弯曲曲的山路上活灵活现。

古代文人骑驴吟诗，也算是一件体面潇洒的儒雅之事，连神仙也有倒骑驴的。陆游曾在驴背上顿生感悟，吟出了许多好诗词。孔子当年坐着驴车周游列国，摇摇晃晃的毛驴车，嗒嗒作响的驴蹄声，在悠然的时光里仔细地琢磨那些艰深的问题。

有一次六婶回娘家，叔叔碰巧外出，我就充当了一回牵毛驴的小男人。山道弯弯，从山的这边一直延伸到山的那边，路途遥远，似乎永远都走不到头。我实在走不动了，婶婶就下来，把我放在驴背上。六婶在前面走着，毛驴在后面跟着，驴背上有汗渗出，湿漉漉的。

婶婶的嗓子好，唱的花儿高亢悦耳，在寂寥空旷的大山里回荡。“风吹榆树叶叶响，麻雀子展开了翅膀。背篼放下上学堂，鸡窝里要孵出个凤凰。”山的对面，有牧羊人也在唱：“一对白马儿犁地呢，地头上鞭鞘子绕呢。喊一声尕妹妹我走呢，心里头如刀子绞呢。”有点与六婶“对花”的意思。婶婶害羞了，白净的脸上泛起几朵粉红的云，悄悄地不唱了，只顾埋头走自己的路。

那时候家乡好多人都会唱几句花儿，家乡是花儿的故乡。高兴了，寂寞了，都会情不自禁地吼上几嗓子。我也学会了不少，至今还能唱几首：“山里的野鸡娃红冠子……”“园子里长的是绿韭菜……”。花儿曲调高亢嘹亮、挺拔明快、激越动听、情感真切、乡土气息浓烈。花儿最能表达山里人的真情实感，最能代表家乡鲜明的个性。花儿在一种无名的节奏和忧郁的曲调中使人情不自禁，泪流满面。高亢的声音像一股强劲的风，穿透万水千山，把力量带给艰难的生活。

五

村庄的北面有一条小沟，过去我们都叫它“树沟沟”，沟底有一块平地，种满了杏树、桃树、榆树，还有枣树，每年的春天，鲜花盛开，满沟的芳香。两面坡上是开垦了的熟地，种了一些向日葵、萝卜和青菜。小树沟是我们儿时最向往的地方，我们像丢了魂似的，一有时间就往那儿跑。

小时候，我们在这个装满诱惑的树沟里偷过酸杏，摘过榆钱，拔过萝卜，揪过向日葵头。偶尔被生产队的看林老汉逮个正着，屁股免不了挨一顿树条子的抽打，但事后照旧我行我素。饥饿总是让人忘乎所以。我们就像一群贪吃的小猫小狗，只记吃不记打。那时候吃什么都香，吃什么都有味。沟坎上的“奶瓜瓜”，林子里的“酸瓜瓜”，地埂畔的“黄花菜”，糜子地里的“火穗子”，凡是能吃的东西，一样都不会漏掉。儿时的记忆刻骨铭心，童年的经历缠指绕心。

六

四叔算得上是生产队的一个牛人，像赶马车这样的技术活非他莫属，再野蛮的牲口在他的鞭鞘下都会乖巧服帖、温顺听话。我们从小就仰慕四叔，心里巴望着快快长大，做一个赶马车的人，长鞭一甩叭叭响，车轮滚滚向前方。

四叔成家的时候就住在爷爷的老院里，新房是一孔倚崖而挖的土窑洞，崖背厚重而沉稳，长满了各种小草，在风雨飘摇的岁月里，绿了黄，黄了又绿。窑洞深邃而幽静，在季节的轮换更替中，坚守着冬暖夏凉的秉性。窑洞里弥漫着淡淡的羊粪味，土炕周围裱上了花花绿绿的墙纸。生存的空间虽然有限，但生活的模样随时都在发生着变化。

刚刚娶进门的四婶心灵手巧、干净麻利。窑洞的木格窗棂上贴满了她的剪纸，各种各样的花草鸟兽在她的剪刀下栩栩如生。窑洞拾掇得有条不紊，衣被叠得整整齐齐，灶台擦得亮锃锃，坛坛罐罐摆放有序，锅碗瓢盆一尘不染。干净与贫富没有必然的联系，只与追求完美的生活情趣有关。四婶显然是一个懂得生活的人。

每天晚饭后，我和几个堂弟堂妹，都要到四叔家的窑洞里，坐在暖暖的热炕上，听四叔的半导体收音机，那个神秘的黑匣子总会飘出许多美妙动听的声音来，一直听到播音员说再见的时候，我们依然余兴未尽，不肯离去，非要缠着四婶弹口弦，讲古今不可。四婶弹奏的竹口弦，悠扬婉转，回响在那个充满欢乐的窑洞里，有了这些，山村的夜晚不再漫长，家乡的土地不再寂寞。

故乡究竟是什么？是一溪清澈的山泉，是一座伟岸的大山，是一片翠绿的草地，是一口古老的水窖，是一簇山丹的芬芳，是一声布谷的脆鸣，是驴背上牧童的笛音，是黄昏里婀娜的炊烟，是游子身上的衣衫，是母亲手中的针线，还是一碗飘着葱花的浆水面？这个问题就像水是什么形状一样深奥，没有人能够说得清。

家乡的确是有味道的，处处弥漫着一股熟悉的味道，这股味道在时光的隧道里越来越厚重，越来越浓烈，仿佛是一条无形的丝线，牵着你的心，扯着你的肺，羁绊着你的行程，左右着你的生命。

村　庄

一

村庄和我一样，都会变老的。

爷爷家的老院前面有一棵大榆树，我出生的时候，榆树就在那。如今，我老了，榆树也老了，都是一脸的皱褶。

榆树下乘凉、拉家常的爷爷那辈人基本上走完了，只剩下三奶奶一个人睡在自家的热炕上，其他人都去了村北边的坟园洼了。

爷爷在世时，曾经说过一句话：活着的人没有根。那时候我还小，没有明白爷爷说的话。

随着一个又一个亲人的离去，我明白了爷爷的那句话。每个人都是一片树叶，只有落在地上才会回到根部，这就是叶落归根。人活的时候，绝对走不到树根能够走到的地方。人活的时候，在生活中行走，在尘世间游荡，脚是人的根。人死了，生命就会有了根，就会扎进厚重的泥土里。

村庄的老院子，就是一个家族的根。人可以离开，老院子离不开。老院一旦没有了，家族就没有了根。如今很多人没有了老院，就像是飘浮在空中的蒲公英。

我们都是村庄的生命，就像村庄里的一棵树、一株草、一只麻雀、一只燕子，在自己的身上刻着村庄的名字，我们不会忘了归途。即便是某一天，不小心弄丢了自己，也会有人把我们送到老院的大门口。

我已经不知道爷爷的父亲到底埋在老坟园的哪一堆黄土里，人过了三辈或四辈，就陌生的如同路人，每个人都会在时间里变成一捧黄土，人的一切最终都会输给时间。

二

春天来时，整个村庄都忙着播种。

村里的孩子们总是跟在大人的屁股后面，到地里去帮点小忙，牵牲口，递种子。有时不小心，把种子洒到田间地埂上，大人们也不会有什么抱怨，也不会让孩子们去拾拣，他们自然会有一番道理可讲：把洒了的种子留给那些天上飞的、地上跑的小动物吧！它们也是村庄里的一条命，只要村庄活着，它们就应该活着。

老辈人都懂得，村庄里的每一个生命都不是孤立无助的，他们在大自然的怀抱里以一种非常默契的方式相互依靠着。既然命中注定能在同一个庄子里生活，就没有什么理由不给这些活蹦乱跳的小动物留点口粮。

村庄的人都知道如何善待每一个小生命，所以，村庄的任何声音都不会死亡。每个洒满阳光的院落，都有几只小鸟在树梢、屋顶上欢快地歌唱。这是小鸟向村庄报恩的声音，清脆动听。

春天来了，从柳树上随意拽下一根枝条，用手拧拧，抽去中间的树枝，做一个柳笛，悠扬的柳笛声成了村庄的另一种声音。

风是那样地轻，云是那样地淡，晚归的牛羊寻找着自家的门，村庄的炊烟在夕阳中向天的远处飘去。

时光静美，岁月温良，在万物复苏的季节，把清浅的日子书写成短小的文章，把自己的灵魂寄托在古朴幽静的村庄。

三

我的村庄在南华山脚下的一个黄土梁上，一年四季总会有风从门前吹过。不管是东南风还是西北风，都在村庄的空间里穿行。

以前的村庄，家家户户的门扉都是虚掩着的，每一头牛骡驴马，每一只鸡鸭猫狗，都能认得自家的柴门。王家的母鸡不会把蛋下到李家的鸡窝里，李家养的蜜蜂也不会把花粉送到王家的蜂箱里。

村庄的女娃长大了，让一头毛驴驮走了，到山那边的另一个村庄安了家、落了户。村里的小子长大了，从山外面带回一个又一个大姑娘。过不了多久，村庄就会生产出许多小生命来，在黄土围起的院落里，跌跌绊绊地长大。

村庄的名字叫二沟，一方贫瘠的土地养育了村庄所有的人。苦苦菜、黄米饭、荞面搅团、洋节面，滋养了一代又一代村子里的人。

四

三月的村庄，我独自站在西沟沿边的崖畔上，回忆那些渐渐远去的往事，心中自有春阳般的温馨。一场春雪之后，脚下似乎有一股春潮悄然萌动，一抹抹尖尖嫩嫩的新绿崭露头角，羞答答地在春风里摇曳，冬眠了一个季节的树木也开始温润了起来。

村庄离县城很近，不足十公里的路程，刚修好的水泥路把两点连成一条曲折蜿蜒的线，各种车辆来往于村庄与县城之间，如今通了公交车，行路不再犯难。

村庄里很多人都把孩子送到县城去读书，有的甚至从上幼儿园就开始，再小的城市都比农村更有诱惑力。我有时也这样想着：人就像一窝蜂，一只飞到哪里，后面就跟随一大群。

一个寂静的村庄肯定影响不了一个喧嚣的城市，但城里的许多事情却不断地向农村延伸。

那些在城市的街道上摆地摊的小商贩们，借助便利的交通，把三轮车开到乡村的小道上，吆喝生意的声音从庄子的北边进来，从南边出去。爆米花的，卖凉粉的，走了一波，又来一波。

为了逃避城市的纷扰，我来到了村庄，但我还是担心：村庄的明天还能像以前那样不慌不忙、淡定从容吗？

五

站在村庄的沟坎上，看春天的骄阳把一坨坨冰雪融化，这是一个任何生命都忙于展示活力的季节，红嘴鸦以饱满的激情在沟畔上空盘旋，几只野兔在对面的山坡上赛跑，羊群悠闲地啃食着刚刚有点绿色的野草。

春天的日子并不宽裕，从黎明到黄昏仿佛是一支烟的功夫。好多想做的事情仍在计划之中，我总是在无奈中后悔那些逝去的光阴，岁月何曾饶过人，活着活着就老了。

静静地回味村庄的安详与宁静，心底已是波澜不惊，凝望头顶湛蓝的天空，脚下不失一方心灵的净土。

我的村庄，我的家乡，在这里你可以沉淀任何的不安与浮躁，你可以过滤任何的浅薄与无知。村庄里的每一个生命，每一种声音，都能让人顿生感悟，明白事理。村庄的善良，村庄的包容，村庄的平和，村庄的澄明，村庄的一切都会让人难以割舍，难以离弃。

东沟放驴，西沟牧羊，南台偷酸杏，北梁摘榆钱，儿时的顽皮与淘气，定格在村庄的梁峁上。

六

村庄不大，只有四十几户人家，二百来口人，整个村庄都信仰伊斯兰教。全村有两座清真寺，一个在村子的最南端，一个在村子的最北边。所谓的清真寺其实就是两个土墙围起来的普通院落，只不过里面的主人是两个年轻的阿訇而已。有了执教的阿訇，村子里那些没有上过学的老辈子们都能念《古兰经》了，家家户户的土院里又平添了吟诵经典的声音，如高山流水，不舍昼夜。

每天晨礼开始之前，两座寺里的大喇叭几乎同时传来嘹亮的宣礼声，急风骤雨的呼唤声在村庄的上空碰撞，巨大的声浪淹没了整个村庄。那些睡在土炕上的男人们，赶紧沐浴，急匆匆地走向清真寺的殿堂，赞美安拉的声音从每一个黎明开始，日复一日，风雨无阻。

村庄最优美的语言，最清澈的心灵都来自虔诚的信仰，每一个生命从信仰开始，在信仰中结束。正是因为有了坚韧不变的信仰，村庄的步履才如此的沉稳，从远古走到如今。

村庄喂养了我的躯体，我浑身都有一股村庄的土地里长出来的五谷杂粮的味道，村庄也喂养了我的灵魂，我骨子里蕴含的善良、忍耐、知足、感恩以及其他诸多的品质，都来源于我的村庄。

从有我的那一刻起，二沟，就是我的村庄，就是我的家，就是我的名片，就是我的身份证。我生活的哲学都来自这个四季有风、四季阳光的黄土高原。

七

春天是一年中最好的一段光阴。

春风轻轻地吹过村庄的每一个日子，在那些琐碎的、温暖的时光里，总有一些让你觉察得到的幸福和感动。草木绿得恰到好处，一树树杏花、桃花、梨花开放得正是时候，五彩缤纷的颜色装扮了村庄的各个角落。在这样一个意境中，任何冰封的心情都可以解冻，像那些无忧无虑的小鸟一样，唱上一首春天的歌，献给自己也献给亲人。

一场不期而遇的春雨悄悄地降临，滋润万物于细微之中，雨是那样的轻柔，生怕惊扰了春天的宁静。风是那样的和煦，轻轻地吹过村庄，只想把一切吹得生机勃勃、绿意盎然，包括黄土、石头、旧屋和满目沧桑的老人。

雨过天晴，春光一望无际的明媚，空气里弥漫着草木清新的芳香，深深地吸一口，沁人心脾。饥饿了一个冬天的羊群也开始走出圈门，不顾一切地在辽阔的田野上抢青，牧童的鞭鞘又甩出清脆的响声。乡人们舒展着闲散了一个冬季的筋骨，在自家的田间地头忙碌。农用车、毛驴车来往于一条条乡间的土路，拉肥送粪，为春天的耕耘做好一切准备。

那些留存在记忆里的老时光，依旧在岁月的长河里淡定从容，走来走去的时光，始终走不出古老的村庄。农民永远是农民，总是走不出自己的村庄离不开自己的根，他们的生命坚守在养育了自己的一方水土上，源源不断地为自己的后辈们供给着粮食和蔬菜，供给着血脉与传承。

我的灵魂在村庄的空间里漫游，每一次回家，不为别的，只是想看看我的村庄，见见我的亲人。

三奶奶

一

一接到三奶奶病情加重的电话，我的心就像火烧火燎似地，焦灼不安。

电话是三奶奶的小儿子，我的小堂叔西格，在斋月的农历二十八那天中午打给我的。西格叔说：你三奶奶已经几天几夜不吃不喝了，恐怕过不了这个月份了。你三奶奶病重的时候，嘴里不停地念叨着你的名字。他说完这句话，电话那头就断了。堂叔没有说让我回去的话，我知道他是害怕影响我的工作。

单位离老家足有两百公里的路程，路途大多是崎岖不平的山路，开车最快也得两个小时。履行完请假手续之后，我就急匆匆地开上车，沿着那条熟悉的路，一直向南驶去，心里巴望着能够见上三奶奶最后一面。

三奶奶是我们马家大院唯一的一个活在人世的老人了，当然我是指爷爷那辈人。我不知道她出生在哪一年，不知道她的生日。谁也没有给她过过生日，也没有说过生日快乐这句话，更没有蜡烛和蛋糕。只知道她生在民国，从小没了父母，八岁的时候，被哥哥用一头毛驴驮到马家的老院子，从此，就成了三爷的童养媳。

二

三奶奶依旧坐在院子西边那间小屋子的热炕上，眼皮耷拉着，头低垂着，身子斜靠在炕角处摞起来的被子上，腿上盖着一条单薄的碎花褥子。炕边上、地下的沙发上，坐满了三奶奶的儿女、侄儿侄女、孙子孙女，还有清真寺里的执教阿訇。听到我来了，三奶奶勉强地睁开了沉重的眼皮，轻轻地说了声：大孙子回

来了。我说回来了，并道了一声色俩目，三奶奶缓缓地回应了我的问候，气若游丝。

土炕烧得很热。我坐在三奶奶的身边，握着她那双干柴一样的手，一肚子的话不知从何说起，泪花不由自主地在眼眶里打转转。

我问堂叔咋没去医院？堂叔说，三奶奶不肯去，说这是老病了，没有啥药能治好的，该走的时候了，只要真主给个容易的“口唤”，无常在贵重的斋月里，就是一辈子的积修。此时的三奶奶，就像当年的爷爷、奶奶，还有三爷一样，固执地守在自家的那一坨热炕上，哪儿都不去了，静静地等候生命中最后的一刻。

三奶奶的呼吸越来越困难，生与死仿佛是隔着一张薄薄的白纸，用不了多大的力气就能戳破。

阿訇跪在炕头上，一边诵读《古兰经》，一边提醒三奶奶念清真言。三奶奶的嘴皮蠕动着，声音微弱而含糊，谁也听不清楚她的念叨。

在我们几个孙子的一再恳求下，三奶奶勉强同意让田家渠的村医马得英来，给她输点液。

日头偏西，快到做晌礼的时候，清真寺的高音喇叭里传来嘹亮的宣礼声，阿訇匆匆忙忙地回清真寺去领礼拜了。村医被老十八——三奶奶最小的孙子三尔，用摩托车捎来了。老十八是我们马家大院的排名。爷爷和三爷一共有十八个孙子，我排行老大，是爷爷的长孙，爷爷那辈人都喊我大孙子，弟妹们则叫我大哥或者“马老大”，其他的也按次序被唤成马老二、马十七等。都是同根同门的兄弟，这样的称呼倒也显得亲切了许多。

三

输液瓶挂在砖墙的一颗钉子上，一滴滴药水通过透明的输液管慢慢地流进三奶奶的身体，就像久旱之后的甘霖不慌不忙地滋润着干涸的土地。或许是因为液体的作用，三奶奶的脸上竟然有了些许的温润，眼睛里也有了一点微弱的光芒，呼吸均匀顺畅了许多，渐渐地睡了过去。

秋后的下午，阳光变得有些稀薄。村子里的空气一如既往，花钱都难买到的新鲜。几只灰鸽、麻雀慵懒地蹲在高高的屋脊上，安静地享受着秋日的暖阳。牛棚里拴着一头刚刚买来的黑犍牛，是堂叔专门为三奶奶的“四十”准备的。牛显然还不知道自己已经被举意了用途，淡定地嚼着槽里的青草，一副若无其事的样子。

从三奶奶的热炕上下来，我的浑身湿漉漉的，风一吹，脊背上就有了丝丝缕缕的凉意。

走出三奶奶家的大门，走过几棵老榆树，又走过几家老院子，我看见三叔在菜园里铲韭菜。园子里的几棵果树还是父亲在世时种下的，如今依然是枝繁叶茂，果实累累。每次回家，总会到这个陪伴着我长大的老院来看看，把对父亲的念想寄托在那些依旧鲜活的树木上。时间过得真快，一晃就是三十几年。

自从在县城买了房子，我们把母亲接到城里，老院便留给三叔一家住着。

老院存活着，我的内心就踏实着。老院是一个家族的根，不管我们现在流落到什么地方，即便是某一天不小心把自己弄丢了，也会有人把我们送到老家的大门口。

四

金子般的夕阳落在家家户户的土墙上，牧归的牛羊踏着满地的晚霞，寻找自己的院落。放学回来的孩子们像鸟儿一样，挥动着稚嫩的翅膀，飞向各自的家门。

夜幕刚刚降下，寺里的人喇叭又传来高昂的邦克声，激越的宣礼声在村庄的上空飘荡。晚上开斋的时候，整个村庄都弥漫着一股浓郁的饭香，连袅袅升起的炊烟里都蕴含着过去的味道。

三婶烙了韭菜馍馍，熬了一锅小米粥。

开了斋，我和三叔盘腿坐在上房的大炕上，边吃边论着三奶奶的病情。

你三奶奶这次恐怕熬不过去了，要是无常在这个贵重的月份里也好，人迟早都要走这条路的。三叔急急忙忙地喝了一碗小米粥，话还没有说完，就奔清真寺做礼拜了。

你三奶奶吃了大半辈子苦，受了大半辈子罪，日子刚刚好点了，人却不行了。三婶接过话茬，继续和我聊着三奶奶的事。就是啊，我们都希望三奶奶多活几天，好好享几天福，她这辈子活得太艰难了。话题始终围绕着三奶奶转来转去，一直到三叔从寺里回来。

夜色渐浓。月亮不知道隐藏在什么地方，天空布满了密密匝匝的星星，整个村庄出奇地安静。偶尔传来一两声犬吠，显得格外的空旷而遥远。

五

三奶奶的一生，平淡无奇。除了给三爷生养了八个女儿和两个儿子之外，似乎再也没有什么可以叙述的大事了。但在我的心里，三奶奶却是极其重要的。

母亲常常给我讲小时候的一些事，那些遗落在旧时光里的零碎记忆，被一片一片地捡拾起来，串联成一块铁打的经历，烙在我的内心深处，无论如何都是忘却不了的。

晚上，睡在堂弟耶尔古拜为我特意留下的那间小房子的热炕上，思绪像南华山脚下自流而出的泉水，哗啦啦地淌着。我不由自主地想起了那些散落在岁月里的亲人们，亡故的，活着的。他们以各种各样的称呼嵌入我的生命，脑海里抢先走出来的一个人，就是三奶奶。

自从给三爷当了童养媳，三奶奶的一生就与我们的家族休戚相关。

我出生的时候，母亲没有奶。那时候，三奶奶也刚刚生了一个女儿，就是我的姑姑法图麦。我的第一口奶是三奶奶喂的。母亲说是开口奶。当时的乡村，日子都过得极其艰难，每个出生在农村的孩子，基本上是靠奶水喂养的。三奶奶与我而言，既是奶奶，也是奶娘。

我们家与三奶奶家只有一墙之隔，每次听到我的哭叫声，三奶奶都要来给我喂点奶，一直到我一岁多断奶时为止。

六

三奶奶家的老院后面有一个小菜园，园子里种着韭菜、萝卜、洋姜、红葱、紫蒜等蔬菜，还有几棵杏树、桃树和梨树。每年春暖花开时，小小的菜园就是一个五彩缤纷的世界，十分地诱人，这个地方自然成为我们这群小孩子日夜惦记的乐园。

放学回来，我们马家大院的几个兄弟，总要趴在菜园的墙头上偷偷地瞄一会儿。三奶奶似乎看出了我们的企图，只要我们一出现，她就提上一把小木凳，静静地坐在大树下的阴凉里，一边做着手里的针线活，一边看护着自己的菜园子，像边防战士一样，神圣而不可侵犯。

我们那个时代的孩子，虽然都在上学，但没有人会刻意地考虑自己的前途，不去想长大了去干什么，最糟糕的未来莫过于和家乡的父辈一样，回家种地。我们的童年是在苦难与欢快的纠缠中度过的。

日子在不咸不淡的滋味中一天天过去。暑假到了，生产队的小麦也到了收割的时候。那一年，风调雨顺，地里的麦子长得特别努力，金黄的麦穗像大海的波涛，在一望无际的麦田里汹涌，一浪接着一浪。

七

三奶奶家的杏子是“六月黄”，拔麦子的时候，树上的杏子就熟了。

有天晚上，天上的月亮特别地清亮，星星也特别地晶莹，村庄的夏夜显得静谧而空灵。我们弟兄几个仰面朝天地躺在生产队的粮场上，悄悄地商量着偷三奶奶家杏子的计划。谁放哨、谁接应、谁上树，我们自认为各个环节考虑得完美无缺，滴水不漏。然后凝神静气、蹑手蹑脚，像日本鬼子进村那样，偷偷摸摸地来到三奶奶的园子里。

杏子熟得恰到好处，我们来得正是时候。月光像水一样在杏树的空隙里流淌，碧绿的树叶在微风中簌簌作响，杏树的枝丫上缀满了金灿灿的果实。一些熟透了的杏子，迫不及待地滑落在大树下，仿佛等着什么人似的。

上树显然是多余的一道程序，用脚蹬一下树干或者用手摇一下树枝，杏儿就像雨点一样跌落到地面上。

我们品咂着甜中略微带点酸的红杏，高兴地忘了睡觉。嬉闹着、谈笑着、快乐着，天上的月亮都不肯离去，陪我们度过一个无眠的夜晚。

八

出生在一个缺吃少穿的时代，任何一点有关吃的东西，对我们而言，都有非凡的吸引力。榆树上的榆钱、沟畔上的“奶瓜瓜”、糜子地里的“火穗子”、洋芋地里的黄花菜、荞麦地里的“红根子”，没有一样能够逃出我们饥饿的肚子，三奶奶家的菜园子就更不会例外。

三奶奶的善良与宽容，助长了我们“偷”的欲望和勇气。即便是偶尔失手，被她逮住，顶多也是拧拧耳朵，打打屁股，这些对我们来说根本就不算什么，比起父母的棍棒和巴掌来，那简直就是小菜一碟。我们小时候就像是一群贪吃的小猫小狗，只记吃不记打。

我知道三奶奶从内心是喜爱我们的，有时候也和我们开一些没大没小的玩笑。

一个特别炎热的夏天，队里的人都在糜子地里薅草。三奶奶握着一把锄头，腰弯着像一张弓。我尾随在她的身后，给家里的那只小尾寒羊捡点除掉了的杂草。

劳动间休息的时候，三奶奶和其他人一样，吃干粮喝凉水。我站在三奶奶的身边，吃着她给我的一块干粮。

不知道什么原因，三奶奶突然把我的裤子拽了下来，还没等我反应过来，全村男女老少的目光像聚光灯一样，齐刷刷地照在我的身上，我的下半身彻底地袒露在光天化日之下。我赶忙提起裤子，像一头受了伤的野狐，在辽阔的田野里狂奔，恨不得找个老鼠洞钻了进去。

九

自从那次被三奶奶扒了裤子之后，一股被羞辱的心情让我在村子里抬不起头，特别是一看见那些大姑娘、小媳妇，我就像做了什么见不得人的丑事，赶紧绕道而去。

一个强烈的报复三奶奶的种子在我的心底生了根，计划正在紧锣密鼓地酝酿之中。我的几个兄弟也不约而同地加入到报复三奶奶的队伍之中。

三奶奶的软肋就是害怕屎壳郎、癞蛤蟆、蚯蚓、田鼠这样的小动物，这些在乡村的田地里多得是，我们不愁找不到打击她的武器。

一周以后，行动开始。趁三奶奶在火窑里拉风匣做午饭时，我首先把一只软乎乎、墨绿色的小蛤蟆丢进三奶奶的衣领里。只听见三奶奶妈呀、大呀、真主呀地哭喊着，我们几个一溜烟似的，从三奶奶的老院子里飘了出来。

后来，听小姑姑说，三奶奶那天真哭了，午饭都没吃。三爷回家时还嚷了她几句，看你再敢惹你那几个碎爷爷吗。

乡间有一句老话，爷爷孙子没大小，奶奶和孙子也是如此。我们习惯了和三奶奶开玩笑，但有一次玩笑确实开得有点过了。

有一天，中午放学时，我们弟兄几个又来到三奶奶的园子里。三奶奶照旧坐在树荫下，头一点一点地打瞌睡。这一次，我们的计划是强攻，而不是偷袭。

听到我们故意弄出来的咳嗽声，三奶奶警觉地看着我们，看我们几个手里面有没有小动物。我们什么也没带，连书包都没拿。

我们的目的很明确，就是把三奶奶抬起来放到园子的墙头上。

土墙很高，正午的太阳也很毒辣，灼灼地挂在没有一丝云彩的天空，一动不动。骑在墙上的三奶奶，像骑着一峰高大的骆驼，越发显得纤弱而瘦小。

然后，我们一口萝卜，一嘴韭菜地狼吞虎咽了起来。吃完之后，把萝卜秧子放在三奶奶跟前，还说让三奶奶窝点浆水，过几天还要吃三奶奶做的浆水面。

十

那天，我们的确闯了大祸。

在三奶奶那儿折腾罢，我们就各回各家，吃完午饭去上学，把三奶奶这档事忘在脑勺背后了。

山里的天气，像小孩的脸，说变就变。

骑在土墙上的三奶奶，刚开始还有点新鲜，眼睛不住地向远处看，很悠闲地享受着眼底的风景。

不大一会儿，麻烦来了，夏日的太阳像一团熊熊燃烧的火焰，把三奶奶烤得直淌汗，盖头湿了，衣服湿了，连袜子都湿了。三奶奶像蒸笼里的馒头，浑身上下冒着气。

又过了一段时间，天空中冒出一些乌云，越来越多，越来越厚，并伴着一声惊雷从远处滚滚而来。被强烈的阳光晒透了的三奶奶，昏昏沉沉地趴在土墙上，两只手紧紧地抱着墙壁。

一场暴风雨，说来就来了。

雨势来得突然而凶猛，颗颗粒粒砸在地面上，砸在土墙上，砸在三奶奶瘦弱的身体上，发出噼里啪啦的巨响。

雨雾和土雾交织着，整个村庄像一叶小舟，淹没在汹涌澎湃的暴雨之中。

三爷发现三奶奶时，三奶奶已经昏迷不醒。

听说几个叔叔拿着宰牛刀，满村子找我们，要剥我们几个“害祚子”的皮。那一夜，我们几个都不敢回家，知道回去了一定不会有好果子。我们像几只被遗弃的流浪狗，在村庄的犄角旮旯里游荡。

十一

三奶奶发了整整一晚上的高烧，一会儿热得冒汗，一会儿又冷得发抖，一会儿笑，一会儿哭，脸色苍白如蜡。

清晨，红彤彤的太阳照旧从东边的山头上冉冉升起。村子里的人照样忙着各自的农活，犁地的犁地，放羊的放羊。雨后的田野生机勃勃，青翠欲滴的草木散发出沁人心脾的芬芳。紫色的黄色的粉色的蓝色的苜蓿花油菜花荞麦花洋芋花，齐刷刷地开放在一望无际的沟坡粱峁上，像一幅色彩斑斓、婀娜多姿的油画。

叽叽喳喳的麻雀又开始了新一轮的争吵，青蛙的鸣叫此起彼伏，红嘴鸦精神抖擞地盘旋在村庄的上空，两只喜鹊站在三奶奶门前的老榆树上，“喳、喳、喳”的叫个不停，仿佛在向全村的人报喜。

三奶奶醒了，三奶奶好了！当碎姑姑把这个好消息偷偷地告诉我们时，我们几个已经到了小学的土窑洞，准备上课了。

三奶奶的大儿子，苏鲁麻乃叔叔比我们先到学校，手里拿着一把牛皮鞭，原本是用来惩罚我们几个的屁股的。后来，看见了校长，就改变了初衷，决定把我们几个人交给学校去处理。

李校长是我们大队的人，又是我的姨夫，交给他处理，自然是我所希望的，用校法总比用家法文明许多，我们再也不必担心家里的棍棒和皮鞭了。

那天上午，老师让我们几个站在教室里听课、写作业。

校长又罚我们打扫一个星期的校园卫生并给学校的水窖里抬十桶子水。

马思华，我告诉你，要不是我看在你为学校争光的面子上，今天这件事就不会这么简单。李校长说完，背着手，踱着步，回自己的办公室去了。

马思华是我上小学时母亲给我起的名字，听起来像个女娃娃的名字，我一直不大喜欢，上中学时我就改成了现在的名字。

至于给学校争光，我知道他指的是在全大队社员大会上背诵毛主席的“老三篇”这件事。那时候我刚刚上一年级，代表学校背诵了《为人民服务》《愚公移山》和《纪念白求恩》，获得了第一名。李校长高兴地嘴都合不拢了，逢人就讲，恨不得让全世界的人都知道。

十二

三奶奶一辈子没有做过一件恶事，内心装满了善良与宽容，村子里的人都是同样的看法。

三奶奶不识字，连个大名都没有，那双不大不小的脚，始终围绕着村庄这片土地转悠，去的最远的地方大概是县城了。

三爷在世的时候，三奶奶坐在三爷赶的毛驴车上，去城里赶集。

县百货公司刚刚盖了个很宽大很气派的门市部，柜台是椭圆形的，货架上摆满了琳琅满目的小商品，逛商场的人挨挨挤挤，摩肩接踵。

三奶奶一进门就迷失了方向，忘记了从哪里进来的，也不知道从哪里出去，只是随着川流不息的人群，像一头套在磨道里的毛驴，一圈又一圈地转个不停。

找不见三爷，看不到一个熟人，时间一长，三奶奶的心里就恐慌，就着急，像一个被妈妈领丢了的孩子，突然坐在地上哭起来。哭声惊动了所有的人，别人还以为她丢了钱呢。

秋天的糜子快熟了，成群结队的麻雀飞来了。

队长让三奶奶去村子东边的沟坝地里“喊雀”，喊雀就是用声音惊扰那些吃粮食的鸟儿，不让雀儿祸害庄稼。这个活计听起来轻松，好像只是动动嘴皮的事情，做起来并不容易。

麻雀像一群调皮的孩子，三奶奶追到东边，它们就飞到西边，追到南边，它们又飞到北边，把三奶奶折腾得腰酸腿软，口干舌燥。

不知道啥时候，一头跑散了的毛驴偷偷地钻进庄稼地里，悠闲地啃食着糜子。吃饱了，又撒欢又打滚，把一片快要收割的粮食，糟蹋得令人惋惜。

发生了这么大的事件，生产队自然要处理的。三奶奶既不是党员也不是干部，只能从工分上下手。

扣工分时，三奶奶觉得委屈，说了一句话：我是喊雀的，不是看驴的。“喊雀的不管驴吃糜子”一时间成为村子里最流行的一句名言。到现在想起这句话，我都觉得三奶奶太有才了，简直就是一个哲学家。

十三

打了两天的点滴，输了几瓶药水，三奶奶的病情由重到轻，能喝点小米粥、酸拌汤了，脸上也红润了起来，连咳嗽的声音都有了力气。

真主不收我，还得一天一天地活。坐在炕头上的三奶奶好像对她的存在作说明似的。

活到这种地步，三奶奶的心里十分明白自己从哪里来，到哪里去。生死一旦变得像花开花落、云起云灭那样自然时，生命就不会有太多的重负。对于信仰虔诚而坚定的三奶奶来说，面对任何的不幸与灾难，她能够做到的就是忍耐、祈祷和心静如水地等待。

多年来，我总是忙着各种各样的事情，脚步匆匆地追赶越来越快的世界，有时候也想慢一慢，却发现自己想慢都慢不下来了。

离开村庄的时候，三奶奶拄着拐杖，站在门前的那棵老榆树下，目送我们渐行渐远的背影。苍老的身子在秋天的阳光里凝固成另一种风景，伫立在家乡的黄土高坡上。

相约在冬季的母亲山

2016年的最后一天，恰逢周末，约了几个喜欢文字和摄影的朋友，一起去县城南边的南华山。

一直以来，生活在海原的人，把南华山比喻为母亲山。是的，除此之外，似乎再也找不到更为合适的比喻了，无论从形貌还是情感，南华山都广阔地展示出一位母亲博大无私的胸襟。我们以及其他这里的生物或种群，都是她的孩子，所有的孩子为她所孕育，为她所抚养，强壮或弱小，凶残或善良，俊美或丑陋，高贵或卑微，都在她的怀抱里长大、走出。不管走多远，总会有一条无形的线，牵扯着我们。

吃过简单的早饭，沿着刚刚扩建的柏油路，驱车向南。

冬日的阳光极其贵重，但凡天晴日丽，必定是温暖舒适的。

越野车在崎岖的山路上蜿蜒前进，一会儿向左，一会儿向右，车内飘荡着我最喜欢的草原歌曲，特别是乌兰托娅的声音，如高山流水，缠绵于心。

不到半个时辰，车子就从五桥沟爬到平岘顶。站在寒意料峭的山顶，极目远眺，一座别具一格的小县城尽收眼底。从来都没有这样的闲情逸致认真地欣赏过生活了几十年的地方。透过淡淡的雾气远视，山城海原像一位披着白纱的少女，隐约含蓄，端庄秀丽，模样十分可爱。

多年来，我总是把目光投向家乡以外的地方，形色匆匆地追逐远处的风景。殊不知，这样的认知让我错过了许多不该错过的东西，对家乡的关注与了解，恐怕就是其中的一项。

在平岘顶的最高处，有一个六角形的建筑，有点像草原上的蒙古包，里面住着一对护林员夫妇。经了解，夫妻俩的家在大山深处的一个小村庄，全家前几年搬迁到沙坡头区的南山台子。由于思家心切，他们又回到阔别已久的南华山，靠着一点微薄的巡山护林收入，维持眼前的生活。

屋子里的陈设极其简陋，一个火炉，一盘热炕，柴米油盐，锅碗瓢盆，日子过得云淡风轻。不到二十平方米的房子，却开了六个大窗户，从东南西北四个方向看外面，周遭的情况一目了然。这样的建筑风格，定与瞭望有关。

冬日的阳光穿过明净的玻璃，把整个六角形的小屋照耀得通亮而温馨。

守林员夫妇很热情，把家里能够拿出来的瓜子和水果一股脑儿地摆在我们面前的炕桌上，并且絮叨着要为我们准备午饭。

虽然是萍水相逢，山里人待客的实诚，像寒冬腊月里的一团火，温暖着我们的行程。从他们的言谈中，我似乎看到了一种幸福与知足。有了他们的呵护，今天的母亲山才如此安详与稳定。

冬日的母亲山，给人一种苍茫而庄重的感觉。这是一种洗尽铅华之后的内敛与厚实。

漫山遍野的油松、侧柏，还有那亭亭玉立的白桦，随着风的节奏，轻歌曼舞。枯草丛中不时地钻出几只野鸡和野兔，羽毛鲜亮，精神抖擞，给寂寥的大山带来无限的快乐与生机。

洪荒的自然界，真的少不了这些活蹦乱跳的小动物。所有物种的存在，都有它们自身的合理性，这是上苍赋予它们的权利。

随着年龄的增长和阅历的增加，我不由自主地多了一些恻隐之心和悲悯之情，以骨子里的善良，对待身边的一草一木。

告别了平岘顶上的守林员，我们又一次向南华山深处行进。

道路两侧，残留着一些冰雪，阳光落在上面，白花花地耀眼。越是高处，积雪就越多。

没有雪花纷飞的冬天，是一件很无奈的事情，如果一年四季老是一种底色，那就无情趣可言了。雪，有一种特殊的调子，她让你产生一种被拥抱和被亲吻的感觉。雪，总是引导人缅怀已经失去的岁月，也会给人留下尘埃落定的直观印象。

山坡上及膝深的荒草随风摇曳，饱含情意，仿佛向我们点头致意。那一刻，我突然想起在鲁迅文学院学习时，人民文学主编施战军老师讲的：我一看到谁写“人非草木，孰能无情”，直接“枪毙”。你怎么那么肯定，草木是无情的，而人一定是有情的？

仔细琢磨施老师的话，感觉有一定的道理。作为一个喜欢文字的写作者，尤其是一个喜欢写散文的人，除了生活中大碗吃饭以外，还得有两样本事，宏观上有江湖情怀，微观处存草木之心。

细草摇动，不一定来自外力，是草在那里说话，草说给草听。当然，草也说给你听，你听到或听不到，不是草的问题，一切只关乎你的悟性。

自然界的一切生物都是有灵性的，它们藏而不露。只有那些富有人文情怀的智者，才能透过表象，和它们面对面地交流与沟通。

一路的风景，不甚热闹，也不太单调。有了几个挚友的陪伴，再长的路也不寂寞。

白鸽和老鸟，的确像两只喋喋不休的鸟儿，在我的耳畔唧唧喳喳。车子载着我们，同样承载着一些永远也聊不完的话题，关于文学，关于摄影，关于村庄，关于人生……

在连绵不绝的群山深处，一个个特色鲜明的村庄，直入我们的视野，关门山、新庄子、关马路、木耳沟、相桐、阳洼、二百户、条子沟……

老鸟在文化旅游部门工作，对海原的山水以及风土人情了如指掌，白鸽从小就生活在大山之中，虽然不常回来，但是儿时的记忆如刀刻斧凿般储存于脑海。有了这样的向导，我们轻而易举地找到了那些隐藏在山坳里的小村落。

关门山的沟坡上，镶嵌着几十个大小不等的土窑洞，生活在这里的主人去向不明。窑洞的墙壁上依然存留着一些时过境迁的旧报纸和煤油灯熏过的痕迹，窑脑里还有一些盛过米面，腌过酸菜的坛坛罐罐。这里曾经是几十个烟火人家的居所，如今已是人去屋空。我不知道，那些背井离乡的人们，在离别故园的那一刻，怀揣着怎样一种难以割舍的心情。

那些洞开的窑门，犹如一张张永远也合不拢的嘴巴，向每个来访者滔滔不绝地诉说一段渐行渐远的往事。

伫立在漆黑的窑洞前，我的内心五味杂陈，形成一股势不可挡的澎湃之力，如江河之波涛，一浪追赶着一浪。

我禁不住热泪盈眶。

关门山的最高处，盘旋着一群红嘴乌鸦和羽毛如雪的野鸽，落下来的时候，整个山峦就像是一个巨大的棋盘，上面布满了密密匝匝的黑子与白子。这里没有博弈，没有争夺，没有尔虞我诈。

世间最丑陋的事情莫过于人与人之间的钩心斗角。

站在高耸入云的山巅，任凭冬天的风肆意地穿过我们的躯体，我们不约而同地伸开双臂，摆出一副展翅欲飞的姿势。那一瞬间，我真的希望自己能够变成一只飞鸟，翱翔于蓝天白云之间，毫无羁绊，自由自在。

沿着荒草萋萋的山坡顺势而下，山里的路，抽象而含糊，凡是能走的地方，都可称作路。牛羊走过的，人照样也能走。

下山的时候，我们意外地看见一处掩映在草木深处的坟地，没有围墙，也没有墓碑。一个个黄土堆起来的坟包，被杂草覆盖，静谧地安置在一个没有喧嚣的世界。

正午的阳光直射下来，给冰冷的坟地带来丝丝缕缕的暖意。我轻轻地吟诵一段经文，为每一个亡灵祈祷。我们来自于真主，必将回归于真主。

坟地是最有说服力的警示教育基地。它明确地告诉每一个活着的人，死亡是那么的真实和紧迫。人的生命如此脆弱，就像一片树叶，经不起任何的风吹雨打和时间的检验。疾病、灾害、意外、饥饿和战争等各种各样的原因，都会不露痕迹地夺走每一个鲜活的生命。

近几年来，我时不时地接到亲人或朋友逝世的信息，尤其是目睹了几位至亲离世的过程之后，我的心态发生了一些微妙的变化，对死亡的认识越来越清晰，越来越深刻。我的灵魂由狂躁渐渐地归于寂静，这个转变的形成，一定是时间和阅历起的作用。

这么一想，我又一次不由自主地陷入纷乱的沉思中。

今天，当我再次走进母亲山的怀抱，站在新旧交替的门槛上时，每个日子的消逝，都让我无比慌张。我并不是担心什么或者害怕什么，该来的终究会来。

马老师，你站在阳光里的样子很酷，我给你抓拍了一张，看看吧。白鸽一边说着，一边把相机拿到我的眼前。我仔细地看着镜头里的自己，近处是崇山峻岭，远处是蓝天白云，我站在清冷的风里，衣角撩起，头发张扬，仿佛是一座若有所思的雕像。

山道弯弯，我们走走停停，沿途的风景也在不停地变换，不断地进入镜头之中。

戴着墨镜，拿着手机的牧羊人；靠着土墙，眯着眼睛打盹的老人；头发散乱，蹦蹦跳跳的孩子；炊烟缭绕，鸡犬进出的农家院落；石磙转动，风尘仆仆的打麦场以及那些在覆盖着薄冰的小河里饮水的牛马驴羊，村庄的每一个场景，都会轻易地拨动我们内心深处那根最敏感的弦。

距树台乡政府大约四五公里地方，有一个古墓群。据说是西汉时期的，我们无法考证它的历史，只好随着向导的脚步，缓缓地走近那些散落在山腰上的黄土包。

站在这些尘封已久的，像山丘一样大的黄土堆前，缅怀所有深埋于地下的亡者，不管是王公贵族还是平民百姓，凡是睡在土里的，都应该值得追思。

我们脚步轻轻地徘徊于古墓群的空间，连说话的声音也放到最低，唯恐惊扰了这些长眠于高天厚土之下的亡灵。对逝者的尊重，就是对生命的敬畏。

下山途中，回望身后的古墓，它们像一群患难与共的兄弟，无言地躺在母亲的怀抱，静静地享受着冬日的暖阳和永久的安宁。

从东南口进入，再从西南口出来，几乎用了一整天的时间。

太阳渐渐向西垂落，连绵的山峦在金子般的晚霞中显得过于巍峨挺拔，神气十足。

晚风轻轻地吹来，牧羊人的鞭子在风中炸开，羊群像一条白色的河，默默流向山下的村庄。

村庄上空炊烟缭绕，杨柳枝头疏影横斜。山风一阵一阵地吹，鸟儿一阵一阵地叫。洒满阳光的土墙，苔藓斑驳，触手温热。

倏忽间，听到一个熟悉的声音在呼唤：回家了，吃饭了。

第二辑
远处才是应该去的地方

一条蜿蜒的土路，伸向遥远的地方。路的两边是白茫茫的山崖，天空似乎在明灭之间的梦里，并非晴朗，也不黑暗，星星混杂其中，睡眼惺忪。

狭小的架子车厢里，下面铺着干草和麻袋，上面盖着一件宽大的老羊皮袄，就像一个家，我钻在皮袄里看昏暗的山川。

第二辑
远处才是应该去的地方

远处才是应该去的地方

那是一场遥远的旅程，像一种无法道清的暗机，将我未来的道路缓缓地打开。

在一个隆冬的清晨，公鸡还没有来得及打鸣，母亲就把我从冬日的长梦中唤醒。吃过冒着热气的早饭，套上毛驴车，跟着爷爷，在咯吱咯吱的黑夜里，走出了一个叫二沟的村庄。

一条蜿蜒的土路，伸向遥远的地方。路的两边是白茫茫的山崖，天空似乎在明灭之间的梦里，并非晴朗，也不黑暗，星星混杂其中，睡眼惺忪。

狭小的架子车厢里，下面铺着干草和麻袋，上面盖着一件宽大的老羊皮袄，就像一个家，我钻在皮袄里看昏暗的山川。

爷爷坐在车辕右侧，手里拿着一根皮鞭，淡定地看着前方。车轮下发出吱咛咛的声响，这声音跌宕在身后，印下两条永远平行的车辙，那些含糊的车辙之间，是毛驴敲打出的蹄印，歪歪扭扭，不急不缓，就像村庄里走过的日子，并不怎么顺坦，却还是一直向前。

毛驴走得异常缓慢，摆出了一副长途跋涉的架势。

爷爷也不着急，手里的鞭子，和他一样沉默。我们走得慢，却没有停止。

太阳从东边的大山后面升起，冬日的阳光极其贵重，但凡投罩下来，必然暖融融的。阳光照耀下的土路，像一根曲折的白线，向无穷无尽的远方不断地伸展，路仿佛是一个抽象的概念，永远也没有终点。

爷爷坐在摇晃的架子车上，眯着眼睛打盹。身上穿的老灰布对襟棉袄，黑棉裤黑棉鞋，历经风雨的浸润，显得陈旧而沧桑。他的双手拢在袖口里，缩着脖，垂着头。一顶白帽像天上掉下的一朵云，在明媚的冬阳里纹丝不动，俨然一副蹲在墙根下晒日头的模样。这个镜头我非常熟悉，像刻在脑海之中。

村子里总有些老人，农闲时，扎成一堆，坐在背风的土墙下，无什么大事，也就为晒晒太阳。冬天的北墙根，是村庄里阳光最多的地方。老人们脸上的皱纹深如沟壑，谁也不知道他们在日光下想些什么，但，那一刻起码是安宁的。

若要问他们，生活是什么，他们肯定会说：生活就是晒晒太阳。

此刻的爷爷，却不能和村子里那些老人一样，坐在悠闲的时光里晒太阳。一家人整个冬天的取暖，只靠阳光是解决不了的，需要一车烟煤才能勉强度过。

我是爷爷的长孙，十五岁的时候，书已经读到高中，在离家不远的公社中学读书。恰逢寒假，便跟着拉煤的爷爷出了一趟远门。

煤矿离村庄很远，驴车很慢，一路的风景，不单调，也不热闹，正如我的少年氛围一样。

走出山谷，走过平川，趟过一条覆盖着薄冰的小河，太阳已经移到西边的天空，路照旧在吱吖吖的车轮下，向着更远的远方铺开。

傍晚，夕阳落在山头上，霞光扑面而来。驴车抵达一个烟火缭绕的小镇。一条平整的沙砾路，像棋盘上的界河，把小镇隔在两边。

路的南边是一座四方四正的古城堡，城墙不高，残垣断壁，随处可见。墙上蓑草萋萋，在料峭的寒风里不停地摇曳，仿佛向过路者诉说着一段鲜为人知的历史。路的北侧，是一个硕大的盐湖，盛产食盐，白花花的湖面在夕阳下绰绰生辉。

爷爷告诉我，这个地方叫甘盐池。

源源不断的食盐从这个不起眼的小镇，私密地流向四面八方。那时候，做生意还没有公开，各种交易只能在暗地里进行，否则，就会被当作投机倒把分子，轻者挨批斗，重者要坐牢。食盐是国家管控比较严的物资，民间买卖是禁止的。

前些年，村子里有个亲戚，用一架子车硝盐，换了一些粮食和鸡蛋，被公社背着长枪的基干民兵，当作投机倒把的典型，割了“资本主义的尾巴”。每次社员大会，总会被揪出来，让贫下中农们批来斗去。

走了一天的长途，毛驴的四条腿颤颤巍巍，脊背上汗水涔涔。爷爷和我一样，也是人困马乏，饥肠辘辘，都需要休憩一下。掌灯时分，我们投奔于甘盐池的一家旅馆。

说是旅馆，其实不过是一个土墙围起来的车马店。

旅馆大门两侧的土墙上，各有三个用铁铲子铲出来的圆形图案，底部刷上白灰，上面写着“抓革命促生产”，六个鲜红的大字，格外醒目。

院子里，只有一排土木结构的灰瓦房，破败不堪。十几个从门窗上面伸出来的旧铁皮烟筒，冒着淡蓝色的煤烟，被风吹得摇来晃去。零星出进的旅客，身穿棉衣棉裤，表情模糊，神色冷淡。

卸了车，爷爷牵着热汗津津的小毛驴，走进旅店北边的棚子里，操心毛驴的吃喝。

我站在充满驴粪马尿味的院子里，四下张望。宽大的院子里随意摆放着一些驴车马车，地面上积满污水，肮脏不堪。

天，说黑就黑了，冬天的夜晚，出奇的冷。我身上的每一个关节都是僵硬的，骨头似乎咔咔作响，我的确需要一间温暖的屋子，也需要一碗热气腾腾的面条。

昏黄的灯光，从各个房间的窗户里钻出来，像一条条橘色的飘带，挤在黑沉沉的夜色里。

侍弄完毛驴，爷爷拉着我，走进旅馆的食堂。此刻，整个院子里，只剩下饭菜的香味，浓烈而悠长。

偌大的食堂里，布满油迹斑斑的木桌木凳，蒸汽在屋子里弥漫，夹杂着一些难以分辨的调和味。爷爷盯着价格牌，目光落在最便宜的烩面片上，每碗两角，外加二两粮票。

爷爷和我，和衣躺在车马店的热炕上。爷爷睡在里边，我睡在靠窗户的一边。房间里没有窗帘，隔着玻璃，就能看见外面的天空，天上有许多星星，和我一样，眨着眼睛，想着各自的心事。

冬天的夜，长得不可思议，艰难的时光总是过得徐缓。劳累了一天的爷爷，像一块沉重的石头，老早就进入甜美的睡梦里，鼾声均匀流畅，在深沉的夜色里起起伏伏。

远处，偶尔传来一两声犬吠，显得旷远而清晰。

自从三十九岁的父亲病逝之后，我不止一次地动过回家种地的念头。虽然，我还是一个不明世事的懵懂少年；虽然，我的肩膀还扛不起过重的家庭负担，但我已经知道“长兄如父”的古训。

村子里也有人对母亲说，让你儿子回来吧，回家帮你干点活，书念多少是个够。

母亲知道我喜欢读书，不忍心把我从学校拉回来，何况，我已经读到高中。她用一副柔弱的肩膀，独自挑起了像山一样重的担子，在风雨飘摇的黄土地上，艰难地拉扯我们五个失去了父亲的孩子。

白天，母亲和村里的男人一样，在贫瘠的土地里，辛勤耕耘自己的光阴。晚上，和村庄的女人一样，坐在土窑洞的炕头上，在一盏煤油灯的光亮里，一针一线地缝补破破烂烂的生活。

夜深人静，万籁俱寂。我的思绪像潮水涌动，那些点点滴滴的暖，在寒意渐浓的冬夜里，不停地漫漶，汇集成一首难忘的歌。

第二天凌晨，天麻麻亮时，爷爷和我又一次踏上去煤矿的路。驴车盘旋在崎岖的山道上，一会儿向左，一会儿向右。

毛驴，大概是世界上最忠厚的动物，一旦吃饱喝足，只顾埋头干活，不会生出其他的事来，寂寞了，放开嗓子吼几声，然后，又默默无语地走自己的路。

午饭时分，我们翻过最后一座山峰，进入甘肃境内，眼前呈现出一片辽阔的天地。首先映入眼帘的是那些堆积如山的煤炭，在蓝天白云下，散发出幽黑的光。

矿区不大，却不失繁华，一条狭长的街道，人来车往，热闹非凡。街道上，店铺林立，挨挨挤挤。

那些刚刚从矿井深处走出来的煤炭工人，穿着劳动布制服，像流水一样，涌进飘香的饭馆。

那一刻，我突然萌生出一个理想，将来，我也要当一名煤炭工人，做一个领工资的人。

爷爷给了我一块钱，让我在街上逛逛，他自己牵着毛驴，等候在排队装煤的队伍中。

我的脚步随着川流不息的人群，毫无目的地在嘈杂的街道里漫游。那张印着一个穿工装的女人开拖拉机的钞票，被我紧紧地攥在手心里，捏出了汗，湿漉漉的。

看见新华书店几个字，我不由自主地走了进去。书店的铁架

上摆满了各种各样的书，琳琅满目，十分诱人。

柜台后面站着书店的营业员，满脸春风。白皙的面孔泛出淡淡的红，像一朵正在开的桃花。鼻梁上架了副黑框白片的眼镜，镜片后面的眼睛，炯炯有神，这是个让人看一眼，就很难忘记的姑娘。

我从小就崇拜戴眼镜的人，总觉得眼镜后面藏着很多学问，深不可测。

上小学时，我的语文老师，一位来自北京的知青，戴着一副高度近视眼镜，镜片上有层层波纹，像明净的湖面上被风吹起的涟漪。我特别喜欢知青老师的课，尤其是那字正腔圆的朗诵，如山谷里的鸟鸣，娓娓动听，滋心润肺。有一次，趁老师不注意，我偷偷地戴上她的眼镜，顷刻间，天旋地转，重心失衡。原来，眼镜不是谁想戴就能戴的。

我慢慢地浏览着书店里的书，也顺便偷看一眼卖书的姑娘，想和她说几句，却找不到搭话的茬口。真的，这姑娘比村子里所有的姑娘都好看，有点像《林海雪原》里的白鸽。

回家的路上，爷爷问我买了些啥，我说是书。爷爷说，书虽然不能当饭吃，但它或许能给你一个吃饭的碗。至今，我都不能确信，这句话是从爷爷的嘴里说出的，听起来像名人名言。

我的祖辈都是土里刨食的农民，几辈子没有一个读书人。我是家族中第一个读高中的，也是村子里第一个通过高考，走出大山深处的人。

现在，我终于明白了爷爷带我出门的用意。

远处，才是应该去的地方。

在鲁院学习的日子

一

同学走了，整个鲁院显得空旷而寂寥。

我是最后一个离开鲁院的，不是不能走，只是不想走。

夜晚悄然来临，一钩弯月悬在不远处的楼顶之上，散发着一丝幽幽的光。微风无力地拂着瑟缩的梧桐，楼道比院子更寂静，没有一点儿响动。

静静地回味在鲁院一个月的时间，与来自十七个民族的五十四名同学相聚在一起，共同度过了一段难忘的文学时光，内心充满了温馨与甜蜜。

在鲁院，我又一次找到当学生的感觉。起床、跑步、用餐、上课。被急促的电铃唤来呼去，被班主任老师表扬、批评，踏着课表的节奏生活，突然意识到自己真的成了一名学生，这种感觉很好，像是回到了久违的过去。

没有课的时候，把自己关在屋子里，让浮躁与喧闹立在门外。捧上一本心仪已久的小书，慵懒地躺在舒适的圈椅里，一页一页地打发一个下午的光阴，这些只有一个不谙世事的学生才能做得到。

不知道从什么时候开始，渐渐地远离了读书。书年年都在买，越买越多，读过的却没有几本。读书的时间被无奈的生活盘剥得所剩无几。

走进校园，才能觅到那种渐行渐远的读书之味。

拉开窗帘，让冬日的阳光毫无遮拦地洒进来，一个人的空间灿烂而精彩。越来越喜欢一个人独处，在清浅的日子里享受一段宁静的读书时光。

二

2015年12月13日的傍晚，我从银川火车站出发，前往北京的鲁迅文学院学习。

刚刚走进Z275列车的3号硬卧车厢，夜幕便彻底地落了下来。狭窄的通道里拥满了手提行李的过客，像一群小鸟，吵闹着寻找自己的窝。

车厢内灯光昏黄、微弱。车外的雪依然纷纷扬扬，自由自在地飘落。

火车上没有一个熟识的面孔，旅途就有点落寞。拉开天蓝色的窗帘，车外已是漆黑一片，远处的灯光像鬼火，零零碎碎地闪烁在寂寥而漫长的冬夜。

晚上的旅行，除了睡觉，别无他事。

头枕着沉闷的火车轰鸣声，脑海中的思绪也像车外的雪花，摇曳着、飘忽着。

从银川到北京，十二个小时的车程。列车像一匹憋足了劲的黑马，向着北京的方向，一路狂奔。

这次到鲁院学习，心中竟然有一点小小的纠结。首都的空气让人担忧，这并非杞人忧天。

北京已经发布了空气污染红色预警，中小学停课、车辆限号、建设工地停工、事业单位弹性工作、有些单位免费发放口罩……

对北京虽然谈不上十分的熟悉，但也不是特别的陌生。之所以在这个时候来北京，不是无奈而是选择。

北京有雾霾，也有鲁院。

我刚好在合适的时间，做了一件适合自己的事情。一想到这些，心中的忧虑荡然无存。

三

看见校门口“鲁迅文学院”几个金光闪闪的大字，心中激情涌动。一张熟悉的面容映入眼帘，阳光中的鲁迅和蔼、亲切，笑容可掬。我仿佛听见先生轻轻地问候：你终于来啦！是啊，我来了，你却走了。

感谢宁夏作协对我创作的认可和鼓励，感谢鲁迅文学院在寸土寸金的首都给了我一方安憩灵魂的所在。梦想照进现实，作为一名文学的爱好者，怀揣一颗敬畏之心，在鲁院这所文学圣殿中被开悟、启蒙、养护和成长，我是幸运的。

鲁院重塑了我文学的精神高地。十二次名家讲座，三次文学对话，三次小组讨论，一次教学观摩，一次社会实践，从文学体裁、生命体验、文学视野等知识结构，到个体、民族、人文等价值体系，可谓理论与实践相得益彰，文学细节与文化生态相辅相成。

在鲁院，我记下了厚厚的一本笔记，写下了两万多字的日记。

在鲁院，我记住了李建军老师："文学只有好坏，文学是征服时间的"，李一鸣老师："人文情怀就是天下情怀"，记住了梁鸿鹰、施战军、陈晓明老师以强烈文学的带入性，引领我们感悟美的价值生长过程、预示生活的创造能力、文学中宗教元素的渗入、唯有细节刷新真相等文学特质。

在鲁院，记住了石一宁、白庚胜、包明德老师对少数民族文学的历史和现状的梳理以及美好愿景，对少数民族的个性精神自守及宽怀慈悲的人道追求的肯定与弘扬。

四

北京的天气就像我们现在的日子一样，时好时坏。

没课的时候，约了几个同学，去了一趟后海。

后海的冬天，十分清冷，强硬的西北风在错综复杂的小胡同里肆意穿行。

天气寒冷，游客极少，一辆辆黄包车慵懒地躺在羸弱的阳光里，艰难的日子总是过得缓慢。

车夫们三个一群五个一伙，坐在一起打纸牌、看手机，悠闲地打发着一段百无聊赖的冬日时光，眼睛时不时地盯一下游客的表情，企图寻找出一点微薄的生意来。

后海不是海，只能称作湖。湖面上已经结了一层薄薄的冰，一排排游艇像长在湖中的树木一样，纹丝不动。一池荷花只剩下光秃秃的枝条，在料峭的寒风里瑟瑟摇曳。

沿着白米斜街、烟袋斜街、南锣鼓巷、恭亲王府、醇亲王府、郭沫若故居、宋庆龄故居慢慢地行走，脚下的步履越来越沉，我们似乎正在穿越一段厚重的历史时空，那些藏匿于胡同深处的人物与故事，像电影里的回放镜头，一幕一幕地闪现在我的脑海之中。昔日的气派与辉煌，烟消云散，无论是仕宦官家、文人雅士，还是普通的平民百姓，都被淹没在滚滚的浪潮之中，所有的一切最终都输给了时间。

今天的我们，也只不过是游荡于北京老胡同里的一个匆匆

过客。

我喜欢旅游，因为喜欢大自然的自由与随意，而胡同恰恰是看似拥挤、喧闹，实为自由、放松的地方。我固执地认为，旅行是人生不可或缺的，没有旅行经历的人生是不精彩的，是乏味的。

人只要活着，脚步是停不下来的，不在此地，便在别处。

黄昏时，我站立在北京的老胡同口，夕阳从树梢头，从灰色的屋顶上洒下余晖，给胡同染上一层淡淡的红色。那些涌进老胡同的黄包车，让寂静的胡同变得热闹。随后是家家户户炒菜做饭的响动，香气开始在空气里散开，向胡同的远处飘去。

我曾经在牛街的老胡同里住过一段时间，妻子是北京人的女儿，我自然地成为北京的姑爷。

我懂得住在胡同里的那种感觉，那里所有的温煦、质朴和对待生活的韧性是我所熟识的，这恐怕是北京留给我的最难以忘怀的一段记忆。也许某一天，北京的胡同也会像曾经居于其间的人一样悄然逝去，但是它们留给这世界的灵魂却永远存在。

五

到了知天命的年龄，能够到鲁院第二十二期少数民族文学创作培训班学习一次，真的感谢宁夏作协给我的这次宝贵的机会。

每个夜晚，我都习惯于坐在电脑桌前，用笨拙的手指敲打一段稚嫩的文字。为了写作，我需要脚踏实地。

少数民族居住区相对边远落后，少数民族文学有着更加广阔的空间，每个民族都有自己的文化，民族作家的写作资源应该是丰富的。如何把本民族那些原始的、混沌的、朦胧的素材感性地发掘出来，而不是理性地去解释、说明，应该成为少数民族作家关注的重点。

作为一个少数民族作家，我们不仅要学会自尊，更要学会尊敬，恢复对于他人的尊敬和对其他民族的尊敬。民族不只是一个标签、一种身份认同。在低头观照本民族的同时，更应该抬头看世界，因为你今天的努力，有可能成为一个民族今后的方向。

我们以民族的名义来到北京，我们以文学的名义相聚鲁院。历史赋予我们这样的职责，用纯洁的笔端书写民族的情感，用清醒的灵魂唤醒沉睡的灵魂。文学一定能给予我们一种超越自我的力量。

夜游秦淮河

两次去南京，两次去了秦淮河，而且都是在夜晚，都是在雨中。我不知道这是巧遇还是缘分。出游的时间可以选择，下雨却是可遇而不可求的。第一次游秦淮河是在万物复苏的初春，正是金陵城里百花盛开的时节。春风习习、春雨微凉。游船在碧绿的河面上快速地行驶，两岸的风景在曲曲折折的河道里一晃而过。我忙着看景、忙着拍照，还没来得及回味秦淮河的秀丽，浏览就已经草草地收场，心中落下了一丝淡淡的缺憾。

再次去南京，恰逢秋季。同学建议我晚上去游秦淮河，夜晚的景色与白天大不相同。夜幕刚刚拉下，河的两岸已是华灯初上。河面上流光溢彩、斑斑驳驳。我选择了一条速度较慢游人较少的画舫，在轻轻的秋风、静静的秋雨中，慢慢地欣赏秦淮河的秋色。在稀稀疏疏的雨中看两岸的景色，正是一番缠缠绵绵的心灵感受。

南京的秋天已经少了许多的燥热，温柔的秋雨给我增添了更多的感怀、更多的思绪。若来南京，却没有经历过一次秦淮河上异彩纷呈的夜游，必将是一生中最大的一件憾事。画舫在水面上如人工摇橹的小篷船一样慢慢地行驶。这一次我什么都不去做，只是静静地坐着、看着、听着、想着。

两岸古色古香的建筑参差不齐、错落有致，像江南女子似的灵秀可人。高高挂起的红灯笼把一束束柔柔的光线挥洒在碧绿如茵的河面上。画舫里录制好的解说词在优美的琵琶声中娓娓而来。“烟笼寒水月笼沙，夜泊秦淮近酒家。商女不知亡国恨，隔江犹唱后庭花”，唐朝诗人杜牧的《泊秦淮》在耳边轻轻地回荡。这是杜牧的一首即景感怀诗，字里行间洒满了诗人对唐朝衰败的伤感之情。

小桥流水的幽静之美，风雨灯影的多彩迷离，如梦如幻。当画舫驶过李香君故居时，我仿佛看到了香君站在清瘦的秋风中，向我深情地挥手，我不由自主从心底叫了一声：香君你好！恨不得飞身上岸和柔情似水的香君在缠缠绵绵的秋夜促膝长谈。

游船刚一靠岸，我便直奔香君故居而去。朋友笑我太痴狂。香君故居坐落在秦淮河畔，是一座两层灰砖灰瓦具有明清风格的古建筑。客厅、琴房、卧室，小巧玲珑但很别致、很古朴，处处彰显着主人生活过的痕迹。庭院不大却不失幽静。面对汉白玉雕刻的香君塑像，我心潮澎湃，只能默默地道一声：我来了，你却走了。我静静地聆听香君抚琴的忧伤之音，感叹着自古红颜多薄命。这又是一个柔情似水、侠骨铮铮的女子啊！

漫步在夜深人静的夫子庙街，秦淮河的故事在心底徜徉。“秦淮八艳”的音容笑貌在眼前一幕一幕地闪现。莫道商女不知恨，桃花扇里寓真情。南京以六朝古都的繁盛与执着赢得了一个又一个不朽的传说。

秋雨依旧下个不停，淅淅沥沥的雨声在耳边如泣如诉。

哨马营游记

周末，与几个朋友相约，去了一趟哨马营。这个名字对我来说并不陌生，留存在记忆之中由来已久。作为一个海原人，前些年就知道海原的“震柳精神”，当时的口号叫得很响。一棵柳树被一场8.5级的环球大地震劈为两半，却幸存了下来，至今依然枝繁叶茂、郁郁葱葱，不用说就是一种“自强不息、坚韧不拔”的精神。

早上起来，每人一碗牛肉拉面。六个人、两辆小车，从县城出发，一路向西，奔哨马营而去。一路上我们走走停停，本来就没有什么重任在肩，旅途当然是极为轻松、愉快的。柏油路的两侧，是一望无际的农田。四月的乡野，到处可见农人忙于耕种的身影，喊牲口的声音在空旷的田野里此起彼伏、格外洪亮。对农民而言，春天的日子很紧，不可有丝毫的耽搁。

看见一对夫妻、一对骡子在路边的一块地里忙碌，我们纷纷下车，举起相机，手忙脚乱地开始拍照。一路上，总有许多的风景让你不由自主地停下行走匆匆的脚步。很想干一会儿农活，征求了主人的意见后，我踩上了一对骡子拉的磨，帮那对农民夫妻磨地。朋友看后，大加赞赏，说我的基本功还在，有点农民的味道。

一条蜿蜒的水泥小路把我们引到了哨马营，许多人对这个地名不熟悉。哨马营城位于西华山（天都山）北麓的营盘山顶，建筑年代不详。据《光绪海城县志》记载："哨马营在西安州西北二十里，为探哨夏人之处"。海原地震局的刘局长告诉我们：2013年县上专门为"震柳"修了一条水泥路。特意为一棵古老的树木修一条路，足以证明这棵树在海原人心目中的位置。一棵柳树造就了一种精神。

看着这棵经历了无数次风雨，特别是经历了海原环球大地震被"一分为二"的劫难之后依然顽强地活了下来的柳树，我的内心充满了由衷的敬佩。今天我们看到的何止是一棵树呀！我的面

前仿佛站着一位饱经沧桑的老者，这分明是我们的一个前辈，滔滔不绝地向每一个来访者诉说着一段过往的历史。

“震柳”的附近有一泓清澈的泉水，汩汩而出，自流不息。喝一口凉爽、甘甜。朋友说这是一眼“神泉”，过去有考不上大学的学子，到这儿来掬一捧清泉一饮而尽，之后定能榜上有名。我无从考证这个传说，只好信其有了。但我坚信，正是因为这眼泉水，才滋养了无数个生命，当然也包括这棵几百年的柳树。

站在营盘山的最高处，脚下的一切尽收眼中。不远处，古城西安州一马平川，被淡淡的云烟笼罩得若隐若现。古老的城堡依然清晰可辨，一条古老的护城河环城而挖，这是前人留给我们的智慧。在营盘山的旧城堡内，我们捡拾到了一块块细碎的砖瓦、瓷片以及冶炼兵器留下的碎铁。县志办的原主任说：这是宋朝的兵营遗迹，过去这里驻扎着兵马，作为瞭探西夏人入侵的哨口，军事地理位置十分重要。

伫立在高高的营盘山顶，我的思绪在微微的春风里飞扬。夕阳斜下，春色苍凉，看着不远处的那棵“震柳”，我的内心充满了力量。

世外梨园——北长滩

周末，与中卫市作协、摄协的几个朋友相约，去了一趟北长滩。小车在蜿蜒的柏油路上曲折向前，夏日的阳光暖暖地照着一望无际的田野，窗外鲜绿的庄稼、青翠的树木，在习习的风中轻轻地摇曳，仿佛向我们诉说着自己成长的经历与安然的岁月。一曲曲优美的轻音乐，在车内柔和地飘荡，平日的繁忙与疲劳顷刻间烟消云散。

在中卫工作了好几年，还没有去过北长滩，想起来总感觉到有一丝遗憾。以前曾去过南长滩，脑海里有了一种固定的思维模式，总认为，南北长滩相差无几，都有梨园的风情，景致应该不相上下。这个想法让我几乎错过了去北长滩的行程。

当我们一行十几人，抵达北长滩自驾游营地、黄河水车人家的时候，热情的主人早已在大门迎候。营地不大，景色无限。院内草木葱茏，各种各样的小鸟在幽静的树林间自由地飞翔。四周的高山巍峨挺拔，绵延起伏。一条条青石板铺就的小径，通向一个个神奇的角落。一盘石磨、一张木犁、一辆驴车、一座院落向我们不停地诉说着北长滩过往的农耕文化，一段曾经辉煌与文明的历史。黄河对面陡峭的山坡上，羊群慢腾腾地啃食着青草，像蓝天下的朵朵白云，悠悠地移动。奔腾汹涌的黄河，在大山与村庄之间流过，一泻千里，向着东方滚滚而去，耳畔传来钟鸣般的涛声，恢弘高昂。

果园内，古树参天，伞似的撑开，遮天蔽日。繁华退尽，随处都是花瓣落地的凄美，静默地守候一段难忘的时光，与昔日的树木相依相偎，不离不弃。一树树新结的果子，像一串串碧绿的珍珠，在夏日的阳光里青翠欲滴，闪闪发亮，诱得人口水直流。静静地坐在大树的阴凉之下，一篮殷红的大枣子，一杯清淡的酸枣茶，陪着我们天南海北地闲聊，心中有一种淡定与厚重悄然涌动。虽然错过了繁花似锦的季节，我们却没有错失梨园的沉稳与庄重。

北长滩像一颗璀璨的明珠镶嵌在黄河的北岸。古老的水车，以自己的性格与节奏，在悠悠的岁月中不慌不忙、不紧不慢地转动着，昼夜不舍。一渠清澈的河水，唱着欢快的歌谣，流向农人的田间，流进果园的深处。寂静的园子，树叶叠翠，蔬菜鲜嫩，彩蝶蹁跹，蜜蜂飞舞。梨树之下的菜地里，到处都是农人忙碌的身影，他们耐心地守护着自己的家园，把殷实的希望寄托在挥汗如雨的劳作中，坚守着一种与世无争的坦然与宁静。

多么美好的北长滩，一个让人流连忘返的小村庄，一个偏僻安详的人间天堂，一个让人思绪万千的梦中仙境。这里暂时还没有手机信号，也就没有了外界的喧嚣与纷扰。北长滩像一个世外桃源，有一种自然的恬静与安然。静美的日子如一泓泉水，在指尖轻轻地滑过。耳闻斑鸠、布谷、麻雀、雨燕清脆的鸣啭与昼夜不息的黄河涛声，好想把自己隐匿于此处的山水之中，过一段悠闲自在的日子。一日三餐，粗茶淡饭，不管世态的炎凉，不闻外界的喧嚣，不与岁月争青春，不和他人谈功名。

夜幕降临，神秘的北长滩淹没在一片深沉的夜色之中。农家土屋的热炕头上，我们盘腿而坐，促膝长谈。岑寂的村庄，偶尔传来一两声犬吠，若有若无，时近时远。夜晚的北长滩，比白天更为安逸，更加寂静。黄河的涛声也比白日更清晰，更壮观。满天的星星在寂寥的夜空密密匝匝、闪闪烁烁。我似乎有一种感觉，仿佛天上所有的星星都聚集在北长滩的夜空，星光下的高山肃穆、庄严。黄河的浪尖上承载着星星的私聊与情话，承载着一个不为人知的秘密。房前屋后的大树上，树叶在微微的夜风中簌簌作响，伴着我们渐渐地进入梦乡。鼾声四起的土炕上，我们和小巧玲珑的北长滩一样，做着一个舒酣而温馨的美梦，一个关乎明天的美梦。

走进郑旗堡

往事如烟，那些流失的岁月逐渐冲淡了的记忆，因为一次采风活动，突然间在我的心底鲜活起来。

周末回家，受郑旗乡党委书记卢彦宁的邀请，有机会与郑旗的沟壑山川、人文地理再次相遇，内心的丰满，像一泓湖水，涟漪四泛。

漫步在这片古老而神奇的土地上，总有一个镜头、一处风景，触动你的视觉，拨动你的心弦，以至成为你心灵深处最柔软、最温暖的内存。每一种激励人心的正面存在，都是合理的，都值得珍惜与保护，传承与张扬。

神奇的嘎拉木

王家树沟自然村的背后，有一条十几米深的褐红色的干沟，沟的两侧，坡度陡峭，没有一条正规的路，只有牛羊踩出来的一些曲折小径，权且承担着路的作用，路在这里只不过是一个抽象的概念而已。

沟底狭窄悠长，铺满沙土，踩上去松软舒适，像一团揉好的面。由于长期干旱，水分缺失，草木生长极其艰难，植被稀疏。沿着蜿蜒的沟谷前行，周遭萧条，满目苍凉。

拐过几道弯，眼前陡然亮了起来，那一团团、一簇簇碧绿如茵、娇嫩欲滴的植物，灵动鲜活地呈现在我们的面前，惊艳了所有来访者的目光。如果不是亲眼所见，谁也不会相信，在这人烟稀少的荒蛮之地，竟然有一种神奇的生命，活泼生动地攀附在悬崖绝壁之上，悄无声息地释放着自己的能量。

担任导游的村干部告诉我们，这就是嘎拉木。

嘎拉木是一种天然的多年生野生植物，和玫瑰、月季一样，同属蔷薇科。嘎拉木的枝叶形似枸杞，其枝叶比枸杞的枝叶温润、柔软，开白色的小瓣碎花，成熟时期的果实，呈红色或浅黄色，像一串串晶莹剔透的玛瑙，悬挂在低垂的枝条上，模样可爱，色泽诱人。

孩童时代，也曾品尝过嘎拉木的果子，那股酸中有甜，甜中带酸的滋味，缠指绕心，难以忘怀。

今天，当我再度面对这种奇特的植物时，一股对生命的敬畏之情，油然而生。像嘎拉木这样卑微的生命，在一个不适宜生存的干旱地区竟奇迹般地活下来。敢于挑战极限的坚守，坚忍不拔的品行，给每一个生命的延续与传承，赋予最完美的诠释。活着并不需要太多的理由，只需要足够的忍耐与坚守。

我自己也不曾想到，在这样一个火热的季节，与一群志趣相投的朋友，涉足沟壑纵横的乡间僻壤，以文学的名义，聚集一处，观赏怒放在峭壁之上的生命奇迹。

我不知道，在我的有生之年，是否还会有机会，带着我的子孙，再一次来到这里，来到王家树沟，仔细品味嘎拉木安宁与自在的生命气息。只愿这一天，不会太遥远。

百年古堡与千年的荡羌寨

黑海路把撒台村一分为二。柏油路南边，有两座黄土夯筑起来的古堡，其中一座修建在村子的最高处，显得突兀挺拔，给人一种鹤立鸡群的感觉。

堡子的主人姓李，据说古堡已有近百年的历史。我们推测，这种说法较为可靠。追索起来，古堡应该建于海原环球大地震之后，也就是民国十八年（1931年）以后，当时正处于军阀混战的年代，到处都有打家劫舍的土匪，许多腰缠万贯的地主老财为了保全身家性命，筑高墙、修堡子，购买军火，训练家丁，以防匪患。

如今的古堡，已经完成了使命，像一位行将土木的老者，颤悠悠地立在村庄的西北角，饱经风霜的面孔上透出些许的憔悴与沧桑。

通过一道拱形的小土门，进入这座方正的古堡，堡子里杂草丛生，门可罗雀。陈旧的土墙散发出一股腐朽没落的气味。那些发生在堡子里的传说与故事，终究被湮没在历史的尘埃中，世界上所有的人和事，无论过去多么辉煌，最后都毫无例外地输给了时间。

沿着黄土筑起的台阶，我们拾级而上，登上墙顶。堡墙厚实宽绰，足以容得下几个人并肩而过。高墙之上，几面彩旗迎风飞扬，猎猎作响，给陈旧的氛围带来些许的艳丽。

站在高耸的堡墙上，思绪如水，在阳光澄明的夏日里静静地流淌。山风徐徐，空气清澈，成群结队的鸽子，带着悦耳的哨音，飞向远方。村庄的孩子们，像一群兴奋不已的小鸟，在宽阔的堡墙上跑来跑去，那一刻，他们是欢快的，银铃般的笑声里溢出幸福的味道。

看着这些天真烂漫的孩童，突然感觉自己真的老了。长年累月奔波于尘世间的功名利禄，身体这部车磨损严重，浑身的零部件都松动了。童年时期所经历的一切，恍若隔世，像做过的一场梦，令人捉摸不定。

脚踏着铺满野草闲花的地埂，我们向撒台村的东边走去。离村庄一公里左右的河畔上，有一个古老的寨子，名曰：荡羌寨。同行的海原县志办主任田玉龙告诉我们：据史书记载，荡羌寨始建于宋夏王朝之争时期，距今有约千年的历史。关于寨子的修筑年代，到底由谁修起来的，建成之后承担了什么历史作用，这些问题，对于今天的后来者来说，已经不是十分重要的了。任何的探古访幽，只有一个目的，那就是对后人的现实生活起到一定的借鉴。

站在黄土垒起的古城墙上，整个寨子的轮廓依稀可辨，远去了战马嘶鸣、刀光剑影，只剩下一方肥沃的土地，为当地的百姓默默无闻地奉献着庄稼和饲草。

古寨内的苜蓿正处于旺盛的生长期，稚嫩的枝条上缀满紫色的小花，彩蝶、蜜蜂，还有一些不知名的昆虫，在芬芳的花丛中飞舞，它们和农人一样忙碌，正在认真地营造一段甜蜜的时光。

轻轻地漫步于开满鲜花的荡羌寨，手捧着那些散落在田野之中的残砖断瓦，像是捧着一个朝代的兴盛与衰败，用一颗淡然的心去感悟厚重的历史烟云，脑海里不由自主地涌起几句词：“大江东去，浪淘尽，千古风流人物……”。

再一次爬上几米高的城墙时，脚上穿的一双白色旅游鞋已经面目全非，上面染了一层浅绿色的痕迹。我暗自思忖，这是荡羌寨留给我的印痕，或许，它不仅仅只是留在鞋面上而已。

极目远眺，呈现在眼前的是连绵不绝的群山和一望无际的河川。苋麻河流域的农田、屋舍、古堡、水库，高低起伏、错落有致、秩序井然、气象万千，郑旗堡美好的田园风光，让人唏嘘不已，流连忘返。

苋麻河上的一颗明珠

从海原去固原的路上，要经过一段很长的河谷，这个河谷就是现郑旗境内的苋麻河谷，史书上曾称其“没烟峡”。苋麻河发源于南华山东麓，流经郑旗，然后再经黑城，最后汇入清水河流域。郑旗境内的苋麻河流域，有两座水库，一个叫苋麻河水库，另一个叫盖牌水库。

相比于苋麻河水库，盖牌水库显得小巧玲珑，精致典雅。一库水清澈透亮，碧波荡漾。水库依山而建，像一颗璀璨的明珠，嵌在苋麻河中游。水面如镜，倒映出远山、树木和农舍以及鸟儿飞过的影子。

两个年轻的小伙，用手中的方头铁锹当桨，在水库里慢悠悠地划着一叶橡皮筏子，神态淡定自若。水面上泛起的涟漪，一波接着一波，向小舟的远处扩散。午后的阳光落在水上，折射出金子般的光芒，整座水库沐浴在明媚的风光中，清新秀丽。水鸟挥动着翅膀，贴着碧波飞翔。鱼儿摆动着灵巧的身子，尽情地游来游去。浮在水面上的橡皮筏子，不急不缓，就像是村庄里走过的日子，从容不迫，却一直向前。

盖牌村坐落于苋麻河南岸，依山傍水，风光旖旎，被人誉为“小台湾”。村子不大，名气却不小，河南省原省长李成玉先生就出生在此地。

村子背后的小山，像一条很有灵性的鳄鱼，横卧在苋麻河岸边，始终如一地凝望着炊烟缭绕的村庄。

正午的太阳灼灼地悬在村庄上空，尽管已是炎炎夏日，却丝毫感觉不到炽热。村庄的老树，冠如伞状，撑起一片阴凉，它们和村庄的老人一样，共同为每个生于斯长于斯的后生，营造一处遮挡风雨的港湾，静候那些游离于村庄之外的孩子们不期而归。

我想，生活在盖牌的人，应该是幸福的。在一个不是江南却胜似江南的小村子里，过着一种衣食无忧的日子，可遇而不可求，每一寸光阴都值得珍惜与守护。

李贵海，一个长得帅气而精明的小伙，和其他走出村庄的年轻人一样，对盖牌村的未来充满希望。他自信地告诉我们，他要把自己的村庄，打造成一个具有江南水乡韵味的文化旅游新村，让更多的人走进盖牌，爱上盖牌，享受垂钓、休闲的舒适，品尝独特的回乡饮食，体味浓郁的伊斯兰文化和深厚的农耕文明。

有梦想的地方，就一定有希望。何况，在这么一个独具自然风光和人文环境的地方，还有一批满怀抱负的青年才俊，他们像早晨八九点钟的太阳，给一个山区的小村庄带来蓬勃向上的力量。

行走在戈壁滩的人

——海原县进疆务工人员走访纪实

九月，是新疆最美的季节，天蓝云白、秋高气爽，瓜果飘香、牛羊肥壮。天气正好，不冷不热，没有冬季的寒冷，也没有夏季的炎热，天是那么高远，水是那么清澈，大自然把最好的一面呈现在我们面前，它好像含着笑告诉我们：在这个季节里，大自然不会给你们任何威胁和损害的。

在这个收获的金秋时节，受海原县劳动就业局的邀请，宁夏恒德传媒有限公司与中卫驻疆劳务服务站工作人员一同走进大美新疆，共同见证了在疆务工人员的工作、生活情况，用镜头记录了他们在新疆创业的酸甜苦辣。

据了解，行走在茫茫戈壁滩上的海原人有十万之多，当然，受地域和时间的限制，我们无法走访所有的人，只能将其中的一些情况用文字与图片的形式，分享给家乡的父老，让我们共同关注那些为了改变生活而奔波在远方的亲人。

人们常说，一方水土养育一方人，可是对于贫苦甲天下的西海固来说，由于自然环境恶劣，土地贫瘠，一方水土很难养活一方人。为了生存，许多人不得不背井离乡，踏上一条游走于远方的路。不管是“闯关东”还是“走西口”，都是为了养家活口。

当我们的脚步走进广袤的新疆时，一个个鲜活的面容展现在我们的镜头之中。每个人都有一段值得书写的传奇经历，每个故事的背后都有一些鲜为人知的艰辛与不屈，为了生存，那些奔走在茫茫戈壁滩的人，付出的不仅仅是体力与汗水，还有许多无法言说的苦衷。

到了新疆，我们才真正地感受到什么叫幅员辽阔，地大物博。新疆的路仿佛永远也没有终点，尽管我们日夜兼程，车马劳顿，对于辽阔的西域，我们所能了解的也只是冰山一角。一路上，棉田吐玉，像天上掉下来的朵朵白云；牛羊塞道，像长途行军的士兵。

新疆的秋天，像一幅刚刚完工的油画，内容丰富，色泽鲜艳，层次分明，秩序井然。

为了能够看到一些真实的情况，新疆的朋友给我们提供了两辆越野车，极大地方便了我们随时随地地采访。越野车行驶在一望无际的戈壁滩上，像漂泊在波涛起伏的大海里的小舟，随波逐流。新疆的路况倒也不差，车况也不错，只不过到处都是区间测速，车速只能限定在一个恒定的范围内。新疆的朋友告诉我们，他们已经习惯了这种不紧不慢的生活。

从米东到北屯，几乎用了一整天的时间。

傍晚时分，当我们走进新疆建设兵团农十师183团驻地时，尽

管已是中秋时节，西域的阳光依然炽热。

在一家建筑工地，我们见到了来自海原县贾塘乡双河村的几十名农民工，领头的名叫田风山。面对摄像机，这位不到四十岁的小伙子，显得极其慌乱与不安。从他那些不太连贯的表述中，我们终于搞明白了一些情况。他带领的团队有八十多人，主要从事外墙粉刷和外墙保温工作。每年春暖花开时，他们从老家出发，拖家带口，直奔新疆，在各个建筑工地上，挥汗如雨。十几年如一日，他们就像一群候鸟，在海原与新疆之间飞来飞去，每个月八千元左右的收入，足以改变每个家庭的生活现状。

夕阳斜下，金子般的余晖铺洒在楼群之上。那些悬浮在半空中的农民工，依然忙着手中的活计，一脸的汗珠在晚霞里闪闪发光。那一刻，我看到他们每个人的脸上都写满了安详与淡定，手中的工具不慌不忙，挥洒自如。

工地简易的厨房里飘出一股诱人的香味，我们不由自主地走进厨房，揭开锅盖，鸡肉的香味直扑鼻腔。做饭的厨师告诉我们，明天就是古尔邦节，老板特意买了几只土鸡，想改善一下工人们的伙食，为他们做一顿新疆风味的大盘鸡。

离开183团驻地的时候，太阳已经落在不远处的天山之巅。我们从内心默默地祝福着那些依然忙于生计的老乡，只愿他们的明天更加美好。

在北屯的福海，我们见到了来自海原树台大嘴村的马成贵，这位刚刚步入知天命之年的老乡，一说起自己一家人走西口的经历，眼眶里噙满热泪。这是一个有故事的人，他的新疆之行足以写成一部长篇小说。

十多年之前，在老家以种地为生的老马，靠着十几亩山地，勉强地过着度日如年的生活。二十世纪九十年代末，由于连续几年的干旱，颗粒未收，一家人的生活几乎到了绝望的边缘。无奈之下，他不得不带着一家人背井离乡。听人讲，新疆是一个养活穷人的地方。于是，搭乘一辆去新疆拉煤的卡车，他和妻子带着两个尚未成年的孩子，从树台到新疆，颠簸数千公里，来到北屯的福海边。在福海渔场，靠打鱼为生。刚开始，一家人住在戈壁滩上的地窝子里，忍受着西域的酷暑与严寒，还有野兽的侵扰。对于这位性格刚毅的山里汉子来说，面对一切的不幸与灾难，他能做到的只是承受与忍耐，因为他始终坚信，一切都是真主对人的考验，明天的日子肯定比今天好。

后来，他看见新疆的哈萨克牧人成群结队地在戈壁滩上捡石头，他感到奇怪，经过再三了解，他才知道这些石头里面有文章可做。在人烟稀少的戈壁滩，他一天又一天地跟随在那些哈萨克牧羊人的屁股后面，挑拣一些看起来像玉的石头，这些古怪的做法，引来不少人的非议，就连他的老婆也骂他神经病，捡这些破石头有什么用，又不能当饭吃。一年下来，简陋的“家”里堆满了五颜六色的石头，每天看着这些石头，老婆的气就不打一处来，甚至嚷嚷着要断他的口粮。

面对家人的误解和埋怨，老马只是一笑了之，并不做多余的解释。每天早饭之后，他照旧风雨无阻地行走在茫茫的戈壁滩上，照旧专心致志地捡石头。

辛勤的汗水和执着，终于给他的生活带来了意想不到的结果。当他的几块石头被当地的一家玉石鉴定机构认定为“戈壁玉”的时候，他再也无法控制自己的情绪，他像一个年幼的孩子，站在戈壁滩上号啕大哭。那一刻，他百感交集，一肚子的委屈仿佛决了堤的河水，哗啦啦地流淌在脚下的戈壁滩上。

靠着那些被称作“戈壁玉”的石头，老马一家的生活发生了逆转。大儿子大学毕业之后，在北屯一家石油公司上班，娶了媳妇，买了房子，还买了车。如今，他在福海的交通要道开了两个玉石店，和小儿子一起经营玉石生意，日子过得云淡风轻，有滋有味。当我们坐在老马的店里与他闲聊的时候，我看出了老马的喜悦与知足。这位从南华山脚下到天山脚下的山汉，像一棵历经风雨而不屈不挠的芨芨草，把根扎在西域的戈壁滩上。他告诉我们，他现在也学会了用微信谈生意，并且给自己起了一个微信名字，叫“行走在戈壁滩上的人”。我说这个名字很有意思，可以作为我以后一篇文章的题目。

和马成贵一样经营玉石生意的海原人，还有好几个。其中一个是来自海原关桥乡脱场村的田仲全，这是一个曾经穿过衣的阿訇，在老家开过学，如今也在福海做玉石生意。采访田仲全阿訇的这天，恰逢古尔邦节，从福海县的解特阿热勒乡三大队的清真寺做完礼拜之后，我们在田阿訇的玉石店里与他的家人一起欢度天下穆斯林共同的节日。田阿訇把我们当作自己的亲人一样招待，我们没有任何理由虚情假意，只好坐在阿訇的店里，与阿訇的家人一道度过了一个难忘的古尔邦节。古尔邦节这天，那些客居在阿勒泰的海原人，几乎每家都宰了牲，家家户户的厨房里都飘出馓子、油香和牛羊肉的香味，整个新疆充满了节日的吉庆与安详。

同样来自脱场的田仕明，在福海县承包了九千多亩土地，从事油葵、小麦、籽瓜、玉米、黑枸杞等农作物的种植，并且成立了一家农业科技有限公司，和他一起从事农业生产的亲朋好友近千人，当我坐在田仕明的路虎车上时，不用问我已经知道了他在新疆的状况。

事实上，对于每一个走出家乡的人来说，出去的理由可能千差万别，但结果几乎是一致的，那就是他们都拥有了一个比过去更好的生活，远处才是应该去的地方。

沿着去北疆的路，我们走走停停。一路上总有一些人和事，触动我们的视角，拨动我们的心弦，成为我们内心深处最柔软最温馨的回忆。

那些和哈萨克人一样，骑在马背上放牧的海原人，那些在喀纳斯景区开饭馆、做环卫、当保安的海原人，那些在米东区木材市场经营木材生意的海原人，那些在伊犁河畔种棉花、种葡萄的海原人，那些在火焰山下的葡萄干市场上晾晒葡萄干的海原人，那些在建筑工地上粉外墙、做保温的海原人，他们依靠自己的勤劳与朴实，在辽阔的西域大地，赢得了当地人的信赖与接纳，在新疆博大的怀抱里生根、开花、结果。他们和新疆的维吾尔族、哈萨克族以及其他民族一起，为边疆的繁荣与稳定，做出了不可估量的贡献，他们才是新时代最可爱的人，最应该值得书写与尊敬的人。

在新疆采访期间，与我们同行的驻疆劳务站的马永俊站长接到了一个劳务中介人的求助电话。他叫罗成仓，来自海原李旺镇的罗川村，多年来，他带着几十个建筑工，长期辗转于乌鲁木齐市米东区的各个建筑工地。今年他的小团队承接了几万平方米的外墙保温，活计接近扫尾的时候，工人的工资却没有按合同及时兑现。无奈之中，他只有求助于驻疆劳务站。

干完活计拿不到工资的情况，在新疆劳务市场算不上新鲜。数年来，驻疆劳务站的马永俊、马进梅曾多次协调、处理过此类事件，为进疆务工人员开展了一系列锲而不舍的维权活动，帮助家乡的农民工兄弟讨回了一笔又一笔血汗钱。

罗成仓打电话的那天，我亲眼目睹了马永俊站长与米东区同心社区的领导以及乌鲁木齐市劳动监察部门的工作人员一起协调劳资纠纷的情况，看着他们苦口婆心的现场直播，看着他们为了打工人员的工资据理力争而错过了吃饭的时间，我的内心竟然生出一种无以言状的感动。一面面饱含感激之情的锦旗挂满了劳务工作站的墙壁，每一句赞美的语言后面都有一段鲜为人知的维权佳话，这些滚烫的词语来自农民工兄弟的内心深处。

记得有人说过这样一句话，一个国家对待农民工的态度，彰

显着整个国民的道德与良知。

我曾经听过一首非常感人的歌曲，是写农民工的，歌曲的名字是《农民工我的好兄弟》，听得人泪花儿闪闪，心尖儿颤颤。“抖落满身的黄尘，怀揣美好的愿景，背起简单的行囊，告别家乡亲人，告别亲人。大街小巷里，有你留下的脚印，高楼大厦里，有你打造的风景。宽阔的街道上有你播种的绿色，都市的天空里有你点亮的星星。叫一声农民工，我怦然心动，叫一声农民工，我热泪滚滚……”这首歌真实地反映了所有务工人员的情况。真心实意地为每个农民工所思所想，是驻疆劳务站工作人员的神圣使命和义不容辞的职责，多年来，马永俊他们的所作所为，也是向着这样一个目标努力的，他们为每一个在疆务工的兄弟姐妹架起了一道桥梁和纽带，为务工人员解除了所有的后顾之忧。

在新疆采访的日子里，有幸认识了几位维吾尔族朋友，其中一位是居住在吐鲁番的力提木大哥，这位心慈面善的维吾尔族老大哥，多年来无私地帮助过许多在新疆打工的海原人，不管是跑长途运输的，还是采摘棉花的，只要找到力提木，他总会倾囊相助。他说，不知道什么原因，他对海原有一种特殊的感情，见了海原人仿佛见到了自己的亲人，不帮助心里过意不去。另一位维吾尔族朋友艾义·买素提，是一位从事葡萄干批发的小老板，他每年招收的季节性用工都是来自海原九彩乡的。他用不太流利的普通话告诉我，海原人憨厚朴实，吃苦耐劳，用起来放心，所以他每年都要找海原人给他打工，已经形成了一种习惯。

在新疆采访期间，有个新疆朋友问过我这样一句话：你们海原到底有多大？怎么到处都能碰到海原人？事实上，我也有同样的疑问。新疆很大，也很小，我们随时随地总会遇见老乡和亲戚。在米东区木材市场，我遇到了一个多年未见的学生，见面的时候，我们都是无比的兴奋，没有比他乡遇故交更令人惊喜的了。

近年来，中卫市委、市政府把发展劳务产业作为增加农民收入，脱贫致富奔小康的战略举措来抓，通过规划长远目标、完善服务体系、建立工作机制，推行培训、就业、维权“三位一体”工作模式，丰富了劳务输出形式，促进了剩余劳动力的合理、有序转移，走出了一条加速经济发展的好路子。

当我坐在电脑桌前，敲打这些文字的时候，我的眼前不时地浮现出那些依然滞留在新疆的务工人员的影子，他们的音容笑貌，仿佛像电影里的慢镜头一样，在我的心底一幕一幕地闪现。

此时的新疆，正是收获的季节。而我们的劳务产业何尝不是如此呢？

四月的山花开满彭阳

周末，朋友打电话，邀我去彭阳，说一起去看山花。好久未去彭阳，心中总有一丝割舍不下的牵念。彭阳，于我而言，就像一个不常联系的密友，一旦提及，却再也安放不下。

初春的黄土高原，天空澄明，像水洗过一样洁净，阳光透出些许的温柔，暖暖地照着淡定的山川。

越野车像一匹脱缰的野马，奔驰在通往彭阳的高速公路上。车内，一曲萨克斯演奏的《回家》，循环播放。车外，一片明媚的春光，挥洒在无垠的田野上，春天的气息，扑窗而来。

沿路的农舍房屋，红砖灰瓦，透出一些憔悴，有点正在老去的意味。一排排垂柳、白杨，像列队整齐的士兵，表情肃穆地站在平整的田埂上，其中夹杂着几棵杏树，羞答答地绽放着粉白稚嫩的花朵，显得独特而内敛。

人在旅途，心随景动。从起点，到终点，中间有一条无形的线，连接着来去的行程。任何向往，都需要脚踏实地。人只要活着，脚步永远停不下来，不在此地，就在别处。

彭阳，并非遥不可及。两个多小时的车程，说到就到。刚下高速，就看见县城两边的山坡上，开满了一树树杏花，白里透红，铺天盖地，像大海的波涛，汹涌在我们的面前。

对我而言，彭阳并不陌生。十几年前，我们同属于“西海固”这一文化地理重镇，过去的“贫苦甲天下”，都是铭刻在我们内心深处的痛。曾经的苦难，造就了一种坚忍不拔的精神。

一张蓝图绘到底，一辈接着一辈干。不管外面的世界有多么喧哗，彭阳人只顾埋头苦干，坚定不移地沿着自己的目标，默默前行。

多年来，彭阳在山坡沟壑治理林域近百条，整个林带串联起来，可以绕赤道三周半。种植的杏树、桃树总面积达一百多万亩。跳动的数字背后，隐匿着多少鲜为人知的不屈与执着。

每年的四月，正是彭阳的山花遍地开放的时节。一组“走咧走咧去彭阳”的图片，在朋友圈里疯传，美轮美奂的影像，勾起了我们对“生态彭阳”的向往。

车子行驶在蜿蜒的柏油路上，每一处风景都那么引人入胜，我们不由自主地走走停停，把最美的镜头留在相机里，留在脑海中。

弯弯的山道旁边，停放着各地牌照的车辆，来自四面八方的游客，在潮水般的花丛中，游来荡去，拍照留影。

漫步于游人如织的花海中，暗香盈袖，身心愉悦。倏忽间，我情不自禁地想起了泰戈尔的《渡口》：“我是一只蜜蜂，沉迷在你金色黎明的花心里。我沾满花粉的翅膀闪烁着灿烂的光芒。在你四月的歌宴上，我找到我应有的席位……”

世界这么大，到处有杏花。彭阳的花却是与众不同、富有个性，开得热烈而奔放、自由而烂漫，骨子里有一种天然的野性。走进芳菲的四月天，彭阳带给我的不只是惊艳，更有一些让人难以忘怀的温暖与感动。

走着走着，花儿就开了。我一直喜欢这句话，简单的词语里，充满了芬芳的哲理。有人说，身体和灵魂，总要有一个在路上，才能不辜负这大好的春光。

开满鲜花的山坡上，我碰巧遇到两个小姑娘，站在一棵苍老的杏树下，用塑料绳轻轻地缠绕着折断的树枝，枝条上缀满正在开的杏花。我好奇地走到跟前，看见她们正认真地为受伤的树包扎，仿佛为自己的手指疗伤。那场景，真的令人感动。我问她们是哪里的，她们回答说是彭阳的学生。从她们的举止中，我看到了彭阳人对大自然的慈悯与钟爱，这难道不是彭阳未来的希望吗？

彭阳人的质朴与憨厚，给我们留下了深刻的印象。

说起来也是一种可遇而不可求的缘分，游览彭阳的这天，恰逢一场全国性的山地自行车赛在这里举行。在崎岖的公路上，全国各地的自行车运动员齐聚杏花盛开的山城，几百名山地车运动员，从县城的安定大桥出发，途经陡坡、白岔、长城塬、五峰山，最后抵达茹河瀑布终点。

沿路观赏比赛的群众和游人，挨挨挤挤，加油声、喝彩声，此起彼伏。一辆辆山地车，像离弦的箭，从我们的身边飞驰而过。

我们同行的几辆车，沿着比赛线路，缓缓向前。突然，有一辆警车停在我们前面，车上下来几名警官，示意我们靠边停车。我心想：糟糕，又要罚款了。出乎意料的是，他们一脸阳光地向我们打招呼，并告诉我们说，这里正在比赛，请靠边停车。

“不好意思，打扰了你们出游的心情，欢迎你们来彭阳。”简短的几句话，让我的内心盛满感激，彭阳的警察更像警察，执法中饱含着脉脉温情，没有那种盛气凌人的姿态。那一刻，我只想给他们敬个礼。

在五峰山的山腰，我看见一块黑色的大理石碑，一面篆刻着“五峰山慈善林”几个红色的大字；一面，刻录着一段碑文和慈善林捐赠者的名字。盖闻：神农偿百草而兴农事，黄帝手植柏而开人工林耶。改变居境，人之本愿，史料所载，早已久矣。朝那古地，牛羊衔尾，林茂草密……名单的后面罗列着捐赠的树木和价值，侧柏、油松、云杉、花灌木……

虽然我不认识捐赠者，但他们的确是应该载入彭阳史册的人，有了他们的大爱，今日的彭阳，才显得草木青翠，棘条葱茏，山川清秀，鸟语花香。

登上五峰山，居高临下地俯视，彭阳的山，很有个性，群山环抱，绵延不绝，山的远处还是山，“横看成岭侧成峰，远近高低各不同”。草木深处，鲜花簇拥，掩映在花丛中的土窑洞，红砖灰瓦的土坯房，像饱经风雨的彭阳人一样，淡定地生存在洒满阳光的山坡上，不离不弃。

静静地伫立在五峰山的最高处，心境空灵得像湛蓝的天，很想唱一首节奏明快的花儿，把它献给心目中的彭阳。我暗自思忖：再忙的行程，都应该给自己留一点宁静的守望。

在茹河，我的心随着飞流直下的瀑布澎湃不已。一朵朵飞溅的水花，晶莹剔透，落地有声。茹河两岸，杨柳吐绿，山花摇曳，蜂拥而至的游客，携老扶幼，把最美的心情留在细细的风里，留在春意盎然的四月。

彭阳的四月，是风与花相亲的季节。微风轻拂，春阳温煦，袅娜的杏花，风情万种，春的枝头，诗意正浓。

记得有位作家曾经说过：“有温暖的地方，就有活力”。在彭阳，我身临其境地感受到了宾至如归的氛围。彭阳的山，彭阳的水，彭阳的花，彭阳的人，总是让人看不够，想不够。

西行漫记之张掖

吃过简单的午饭，载上家人，沿着定武高速公路，一路向西，直驱张掖。

高速两侧，沙漠浩瀚，群山连绵，春天的热情铺满大地。车外，艳阳普照，天色明净，草木青翠，春意渐浓。

从中卫到张掖，大约七百公里的路程，越野车在限定的速度里前行。下午六时，抵达目的地。

张掖的朋友老早就定好了饭店，等着为我们接风。虽然不熟悉张掖，但因为有几个知心的友人，脚步踏上这方水土时，并不感到特别的陌生。朋友是一笔无法估量的财富，当然，这世上从来就不会有无缘无故的友情。

每个地方，都有一些本地人引以为豪的风味小吃，张掖也不例外。

餐桌上，摆满了张掖的特色菜肴，椒麻鸡、糖包子、手抓羊肉、蒜泥苜蓿、油炸面饼、牛肉小饭。每一道菜，都蕴含着张掖的味道。

吃饭只不过是一种形式，朋友之间随心所欲的闲聊，才是饭桌上最主要的内容。食物也可以成为一个不错的话题，无论身份高低贵贱，饭菜是每个人都能触手可及的东西。即便是生活不济之人，也能说出一大串让人饥肠辘辘、垂涎欲滴的家乡菜来。

初次来张掖，仿佛回到了阔别已久的家乡，心底竟然掀起一股莫名的感动。张掖话，我基本能听得懂，没有语言上的隔阂，就少了许多不必要的麻烦。

傍晚，夕阳跌落在祁连山巅，夜幕低垂。华灯初上的张掖，流光溢彩，车水马龙。街道上来往的行人，衣衫洁净，神色从容。

生活在河西走廊"金"张掖的人，对自己现有的一切，充满爱慕与向往，脚步轻盈而淡定，没有那种永无止境的追逐。

为了看丹霞地貌，我们起了个大早。

越野车在黎明前的黑暗里，向西行进。一条通向张掖丹霞地质公园的柏油路，顺直而平坦。

运气不好，遇到了下雨。

早上六点，抵达景区售票处。红砖铺就的停车场内，空空荡荡。两辆搭载游人的大巴，静静地等在景区入口处，睡意蒙眬。

不远处，依稀看得见红褐色的山丘，连绵起伏，神态冷峻。

细密的春雨，潮湿的空气，让登山看日出的计划成为泡影。

等了几个小时，天，仍然没有一点要转晴的意思。看来，好天气是等不来了。

眼睁睁地看着气势如虹的丹霞地貌，在烟雨迷茫的天色中若隐若现，却不能身临其境地去触摸，一下子觉得很无奈。原来，距离是一个非常残忍的词汇。

就在你身边，却无法揭开那层神秘的面纱。

临近中午，雨停了，天空渐渐地亮了起来。

导游说，雨后的丹霞更美，别有一番滋味。

真的，经过雨的洗礼与滋润，丹霞地貌像一幅刚刚完工的油画，色彩斑斓地映入我们的视线。

五百多平方公里的丹霞景观，是造物主赋予张掖的一份得天独厚的礼物。

陡峭的岩壁，气势磅礴，造型奇特，远看似朝霞升腾，近观如彩虹落地。艳丽的色彩，随着山脉的走势蜿蜒起伏、迎风飘逸，给人一种“谁持彩练当空舞”的震撼。

越来越喜欢旅游。当然，不是那种随团出游，被人牵着鼻子走，从一个地方到另一个地方。

有人说，一生中至少要有两次冲动，一次为奋不顾身的爱情，一次为说走就走的旅行。

最好的出游，莫过于约上几个好友，或者做一个独自行走于江湖的背包客，在大自然的神奇中，酣畅淋漓地行走，悠然地体味一山一水、一草一木，直面花开花落、云卷云舒，用自己的眼光判断和思考沧海桑田的变迁，在随身携带的本子里，记录每一个阴晴圆缺。

如此，便好！

第三辑
让读书成为一种习惯

真正的阅读源自于书，而非实时的“马路消息”，我承认在微信圈里也能看到一些好文章，但毕竟是肤浅的，也是有限的。比起这些来，我们更应该去阅读一些更有价值的东西，而这些东西只能从书中去寻觅。

第三辑 让读书成为一种习惯

让读书成为一种习惯

世界上没有任何一种语言像汉语这样博大精深，一个古老的话题可以作上几千年的文章。多少年来，不知有多少人写过多少有关读书的文章和名言警句。我也曾写过几篇关于读书的感想和体会，总觉得还是有一些话没有说到，于是，又有了想写一点关于读书方面内容的念头。同样的一个命题，不同的人有不同的角度，不同的感受，自然也就有不同的文字，就像四季里只有一个春天但花开的姿态和颜色不尽一致一样。一篇文章有你自己的思考和观点，哪怕是一两点，就已经足够了。聪慧的人不需要重鼓鸣锣地去敲打。一句善意的提醒足以使他明理，明白自己该做什么，不该做什么。

人都有自己的习惯，不管是成人还是孩子，无论是好的还是坏的。习惯总是与我们相伴相随，形影不离。一个好的习惯能改变生活中的许多事情乃至人的命运。一个习惯于锻炼的人，身体一定是健康的；一个习惯于读书的人，内心一定是健康的。

读书产生力量，习惯改变命运。我小的时候，家境十分贫寒，用家徒四壁、一贫如洗来形容也一点都不过分。买一本课外阅读的书对我来说简直就是一种奢望。有时候父母给我几个鸡蛋，我会拿到学校里在老师那儿换几本小书，像《小鹰展翅》《向阳院里的故事》《雷锋的故事》《王杰日记》等。我对读书的兴趣超过了一切。曾经为几个打碎的鸡蛋哭泣过。上中学时，我会从同学那里借来一些书，其中有一些是没有封面封底的“禁书”，如《迎春花》《红楼梦》等。上大学时，学校里有图书馆、阅览室。读书的空间大了，读的书也就自然多了。除了专业书籍外，读得最多的便是文学方面的书，也曾经偷偷地读过几本手抄书。同学说我是一个成功者，我深知所谓的成功，就是在别人不读书的时候我却多读了几本书。毫不夸张地说，是读书成就了我，成就了我的家，我们兄妹五人有四人考上了大学或中专，如今都有了各自幸福的家。

前不久，去北京出差，邻座是一位外国乘客，手里捧着一本书，正专心致志地阅读，那种优雅的读书气质令我肃然起敬。我历来尊重读书的人，尊重有知识的人，尊重有学问的人。我们用英语作了一些简短的交流。他是德国人，来北京旅游。他说德国人都喜欢阅读，每个人的背包里都会有一两本书，只要一有时间，他们都会拿出来读一读。简短的一次交流，就足以使我思考诸多。

我记不起在哪里看到过一篇写德国的文章，文中的一些话让我记忆深刻。整个德国给人的一种感觉就是安静。在这里人们无聊的只能看书了。所以这个无聊的国家出现了很多的哲学家、思想家、作家和诗人，也因为读书才变得民富国强。阅读，已渐渐成为与众不同的德国习惯。由此联想到德国的现任总理默克尔，德国历史上的第一位女总理，有“铁娘子”之称。默克尔年轻时就喜欢读书，曾获得过物理学博士学位。“年轻时生活十分简朴，衣着的色彩总是很浅淡”。酷爱读书造就了她沉稳的执政风格和敏锐的政治头脑。她的品质、涵养乃至坚持与自信皆来自于书的力量。

真正的阅读源自于书，而非实时的“马路消息”，我承认在微信圈里也能看到一些好文章，但毕竟是肤浅的，也是有限的。比起这些来，我们更应该去阅读一些更有价值的东西，而这些东西只能从书中去寻觅。

培养孩子良好的读书习惯，家长有责，老师有责，每个人都有责。每个家庭、每所学校都应该为孩子爱读书、读好书创造一个良好的氛围。家中应该有一个书房，至少要有一个书架，让书香之气充满孩子的成长历程，伴随着他们健康成长，天天向上。

习惯需要耐心地培养与坚持。我们虽无力改变所有人的习惯，但我们至少可以去影响离我们最近的人和我们最亲的人。我们至少能做到在孩子生日或过节的时候，给他们送一本书。“一个家庭没有书籍，就等于一间房子没窗户。”我们不能让孩子在一间没有窗户、没有阳光的房子里生活。

当今社会是信息爆炸的时代，很多人养成了一种叫作“浅阅读”的快餐式阅读方式或习惯，阅读量有可能增加了，但质却不一定能够保证。有好多人接受了太多的垃圾信息，阅读了太多的不良文字，内心充满了浮躁、恐慌和不安。很多人都说忙，可到底都在忙什么呢？有多少人真正愿意把时间和精力花费在一本陶冶情操、净化心灵的书上呢？我们虽不能“读万卷书，行万里路”，但我们至少应该做到行万里路读几本书吧！读书的时间总会有的，读书的人总会多的。让读书成为我们的习惯吧，习惯了便自然了。

对知识的尊重和读书的习惯决定着一个民族的品质与内涵，决定着一个民族的生死存亡。我们不能把未来交给一群没有读书习惯的人，交给一些脑袋比口袋更干净的人。

关于写作

每逢周末或是夜晚，除了东门，整座办公楼的大门都上了锁。楼道里保安巡逻的脚步声，由远到近，由近到远，在寂静的大楼里显得格外响亮。每一次进门，值班的保安总是笑盈盈地向我打个招呼：又加班啊！我笑而不语，只是轻轻地点一下头，算是回了他的问候。保安已经熟悉了我的这张脸，虽然他们还不知道我是谁，在哪个单位工作。

近年来，无论是不回家的周末，还是上班期间的晚上，我已经习惯了回到办公室，回到这间只有我一个人的小房间里，把心沉在自己喜欢的文字中，一杯清茶、一本小书、一段文章、一种心境，乐哉悠哉。幸福其实很简单，并不像我们所想的那么复杂。有时候我们会感叹：活得好累呀！实际上，真正累的不是身体，而是心灵。一个人如果不能在浮躁中沉淀下来，成天追求一些虚无缥缈的东西，不累才怪呢。

每当我的一些文字见诸报纸杂志时，总有一些人会说：你怎么这么能写，经常看到你写的文章。可是，他们哪会知道，我是把别人休息的时间都用在了写作上。我的许多文字都是加班加点赶写出来的。没有人强迫我这样做，所有的一切，都是心甘情愿，都是来自于内心深处的那一份执着。正如周国平先生所说的：我的确感到，读书、写作以及享受爱情、亲情和友情是天下最快乐的事情。“定力”不是修炼出来的，它直接来自所做的事情对你的吸引力。人生有两大幸运，一是做自己喜欢做的事，另一是和自己喜欢的人在一起。所以，也可以说，我的“定力”来自我的幸运。

有很多人老是抱怨没有时间，其实写作与有没有时间关系不大，没有时间你或许写不出东西来，但有了时间你就一定能写出文章来吗？时间就像海绵里的水，挤一挤总会有的。时间对于每个人来说都是公平的，谁也不会多一分，谁也不会少一秒。有人说写作需要灵感，这一点我也赞同，灵感就像火花一样一闪而过，稍纵即逝。灵感不是凭空而出，说来就来的。它是你脑海中长期储存的东西在突然间的一种喷发。没有经历、没有积淀、没有思考，就没有灵感。

文学之树植根于土壤，扎根于生活；植根于生命深处，扎根于文化长河。一篇文章有没有品位，取决于作者对生活的态度、对生命的感悟、对文化的坚守。当今的社会是一个消费的时代，许多人的观念发生了变化，人们过分地追求名利，甚至在一些作家那里，真善美被颠倒，崇高被嘲讽，是非被混淆。就连一些所谓的大作家也不甘寂寞、随波逐流，他们甘于庸俗，用一些轻浮的文字，写低级趣味的文章，让读者的内心装满了垃圾，充满了阴暗。

作品就像自己的孩子，无论他是聪明的还是憨厚的，你总是喜欢。你不可能像喜欢自己的孩子那样要求别人喜欢你的文章。假如十个人当中有一个人说，你写的文章还不错，我就能坚持下去，哪怕有很多人不在意，也没太大的关系。能否发表与我无关，那是编辑的事情。

一个不热爱生活不热爱生命的人，不可能写出好的文章来。生活中总会有许多事让人感动，生命中总会有许多人令人难忘。用你的真心把这些感动和难忘写出来，有可能就是一篇好文章。有时候写着写着会被自己的一段文字所感动，有一种立刻想把它献给读者的冲动。虽然我看不到读者的脸面，但我想我喜欢的，读者也一定会喜欢，这应该是一种心灵的感应。

生活中并不缺少写作的题目和素材，唯独缺少的就是发现这些东西的眼光。一个高考作文题目，几百万人都在写，你不可能找出两篇同样的文章来。日积月累是写作的基石，思考的角度和独到的眼光决定着文章的品质。毛主席曾经对做学问有过精辟的论述：今日记一事，明日悟一理，积久而成学。一篇好文章就是在这种厚积薄发中脱颖而出的。

对于写作我有自己的一些观点和认识，自由而不散漫、真实而不虚伪、热情而不冷漠、激越而不夸张。写一些自己经历的事、写一些自己熟悉的人。文字应淳朴、情感要纯真。我最喜欢的人是毛泽东、鲁迅和林语堂。他们三人有一个共同的习性，那就是书不离手、笔不离手、烟不离手。毛泽东的诗词气势磅礴、如雷贯耳，一股帝王之气，直冲九霄；鲁迅的杂文如枪似刀，“横眉冷对千夫指”；林语堂的散文像潺潺溪水、滋心润肺、娓娓道来、余音绕梁。我最不喜欢的就是那些所谓的朦胧作品，读起来让人如坠云里雾里，搞不清东南西北。看似深奥，实则无聊。作品应该接地气、聚人气，应该扎根于土壤，面向芸芸众生，让人读得懂、看得清，否则只会是孤芳自赏、自吟自唱。读孔孟的之乎者也我都不会感觉特别吃力，但凡看那些意识流的作品如嚼蜡一般不知其味，读起来总是头痛。我喜欢简单也愿意把最简单的东西分享给他人。文字只不过是一种安妥灵魂、抒发情怀的方式，何必要把它搞得那么复杂。把你的真情实感流淌在文字的缝隙之中，便是一篇不错的文章。文学之路亦是人生之路，走好为人之路才能走好为文之路。我一直认为没有经历就不会长大，没有阅历就不会成熟。林语堂曾经说过这样一句话：一个人彻悟的程度，恰等于他所受痛苦的程度。西海固之所以能够崛起一个作家群，不是没有道理可讲的。

读书教不了你发财，教不了你做官，却能培养你的眼光。

“读书破万卷，下笔如有神。”唯有读书才能培养你独到的眼光，提高你写作的水平。

写作是孤独的。一个人、一杯茶、一盏灯，静静地守候寂寞漫长的黑夜。有时候一坐就是一个通宵。写作也是幸福的。把心沉在喜爱的文字中，等待黎明的到来，等待阵痛之后的喜悦。

有时候我也急于求成，把不成熟的作品发出去。幸好还有编辑把关，否则我就真的对不起读者了。编辑和作者一样都该有良知、有道德，用好的作品鼓舞人、激励人，是我们共同的责任与担当。

不读书的人肯定不会知道读书究竟有没有用，肯定不会有“无限风光在险峰”的心境。因为你一直不想读书，不想往高处走，表象的东西大家都能看到也都知道。

西海固的存在对于所有的人来说都是一样的，在石舒清的笔下却是不同的。他对西海固的认识是全面的、深刻的，也是理性的。他不是为了苦难而写苦难，他的作品透视了西海固人热爱生活、追求美好，与悲惨命运不断抗争的精神力量。他在西海固乡土文学领域树立了一座丰碑。我认识石舒清已经很久了，但真正了解他却是通过他的作品。

我生在西海固、长在西海固，有时候也想写一点西海固的东西，但在石舒清的作品面前望而止步。我并不是说西海固再没有什么可写的内容了，题材总会有的，但我们所缺的是把握素材的角度和挖掘深层的眼光。

关于写作我不敢多言，更不敢妄言。仅仅把自己的一点体会写出来，和我一样热爱文学喜欢写作的人交流。

教师理应多读书

有知识的人不一定有涵养、有品位，但有涵养、有品位的人肯定有知识。一个人的学问可能来自于很多方面，但我始终认为最重要的渠道莫过于读书。知识来源于读书，读书造就了未来。读书决定了一个人的高度、一个人的素养、一个人的品质乃至一个人的命运。

当今社会是一个知识爆炸、信息疯长的时代。传输知识和信息的工具越来越先进，越来越便捷。人们有了手机和电脑，有了自己的微信圈子和上网空间。电子化的阅读方式潮水般席卷了我们的生活，许多人已经不由自主地陷入到这种无奈的漩涡中而不能自拔，甚至连那些教书育人、传道授业的园丁们也不能幸免。我实在不知道通过电子化的阅读方式到底能够读到多少有价值的东西。有些人心浮气躁、牢骚满腹，有些人怨天尤人、讥讽时弊，有些人悲愤不平、无病呻吟……一夜之间有多少人仿佛成了伟大的革命家、理论家、思想家、文学家和评论家。人人都在玩微信，处处能闻“鸟”叫声。许多负面的、消极的东西悄无声息地走进了我们的生活之中，绑架着我们、左右着我们，甚至支配着我们。

我承认在现代化的电子世界里也能学到一些东西，但毕竟都是有限的，也是肤浅的。真正的阅读来源于实实在在的书本，拿起来有重量，读起来有味道。别的人读不读书我不敢妄下雌黄，但我认为，作为传道授业解惑的教师理应多读书。其他人不读书耽误的是一个人，教师不读书耽误的却是一批人、一代人。教师只有学而不厌，才能诲人不倦；教师只有博览群书，才能教书育人。登高才能望远，博学才会多思。教师的责任大于天，教师的担当重于山。

现在的学生越来越难管理，他们懂得的东西实在是太多了。一个教师要想在三尺讲台上站稳脚跟，仅靠师范院校里学的那点东西显然是不够的。教师只有读一辈子书，才能教一辈子书，否则你只能被学生抛弃、被社会淘汰。教师教不了学生怎样做官、如何发财，但一定要教给学生怎样做人、如何做事。教师或许清贫，但一定不能失去清高；教师或许囊中羞涩，但一定不能脑袋空空。

现在的教师越来越不好当。一册教案、一本书、一支粉笔、一张嘴的时代已经一去不复返了。要想在三尺讲台上站稳脚跟，教师必须有分量。教师的轻与重，只能通过读书来衡量。不读书的教师肯定不是一个好教师。先生不是比别人早生一天而是比别人领先一步。书山路长、学海无涯，教师理应多读博学、引领后生。巍巍教坛不是人人都能站，莘莘学子不是人人都能教。为师一日、万世师表。教师不读书谁人还能读？

现在的学校越来越漂亮了。图书馆、阅览室倒是不缺，只是少了读书的人；风声、雨声仍旧在，只是缺少读书声。我承认社会上的一些不良风气对学校的冲击确实不小，教师也不可能生活在真空中。但是，一些人的狂躁不安，教师断然不能盲目随从。既然选择了教书这个行业就意味着与众不同，就意味着默默无闻。

我无意对任何人指手画脚、说长道短。教师理应多读书是来自我心灵深处的一点感悟，因为我曾经也是一名教师。

我和《中卫日报》

我一直怀揣着一个梦想，想当一名作家，在文字的脉络里梳一缕清风明月。

上中学的时候，就特别喜欢语文，把主要的精力和时间都用在这门学科上。后来却考取了一所大学的英语系，做了一名中学英语老师。生活与工作的重压让我忘记了自己的初衷，一个梦孕育了半辈子，蓦然回首已步入知天命的年轮，梦醒时分才知道自己最喜欢什么。

去年三月，正是春暖花开的时候，塞北的这座小城桃红柳绿，姹紫嫣红，周围一些美好的景色吸引着我、激励着我，那些隐匿于内心深处的文字像春潮一样涌动，我无法控制自己的激情。于是，便写了几首小诗和几篇散文，把它们投给了《中卫日报》。当看到自己的作品发表时，心中有一种难以言状的兴奋与激动。我的写作从此一发而不可收。

十年前，春夏之交的时节，一份全区乃至全国最为年轻的地市级报纸《中卫日报》应运而生。年轻的中卫有了自己的报纸，发展的中卫有了历史的见证。一份年轻的报纸，记录了新中卫砥砺奋进的如歌岁月，见证了新中卫快速崛起的厚重印痕，传扬了中卫人可歌可泣的奋斗精神。十年磨一剑，中卫报业人用自己的智慧与汗水，把一份报纸办得如火如荼、风生水起。

命中注定我与《中卫日报》有一段不离不弃的缘分。十年前，我曾经写过一些与工作有关的理论文章，其中有好几篇都刊登在这份报纸上。从此，一个离我最近、与我最亲的朋友陪伴着我，在人生的道路上走过了十个春夏秋冬。十年间，我读得最多的报刊就是《中卫日报》，关注最多的也是《中卫日报》，这份报纸已经融入到我的生活乃至我的生命之中，假如没有了她的陪伴，我的情感世界一定会非常寂寞。

毫不夸张地说，我的创作信心来自于《中卫日报》。当我的一篇篇文章见诸报端的时候，很多人知道了我的名字和我的文

字，我有了自己的读者和“粉丝”，许多人给予我很高的赞扬与评价。

我真诚地感谢每一个编辑朋友，正是因为他们的关心与厚爱，才让我在写作的道路上渐行渐远。我知道，我的文字虽然稚嫩，但我的态度不失认真与诚恳，写作使我的内心更加宁静，写作使我的生活更加丰盈。

当我与《中卫日报》亲密接触的时候，我惊奇地发现：我的生活在一种不知不觉的状态中发生了极大的改变。我的业余时间已经远离了一些不良的嗜好，我在读书与写作中度过了一个又一个寂静而漫长的夜晚。如果说我能在写作的道路上走得更远、站得更高，《中卫日报》一定是我的“加油站”和“助力器”。

说起来真的有意思，总有很多人问我，对我写作影响最大的是什么？我的答案永远都是一样的，当然是《中卫日报》了。如果没有这份报，我肯定写不了那么多的东西，也肯定加入不了中卫市作家协会，当然更不会有几十篇文章发表在区内外各个报纸杂志上。

感谢你，我的朋友，我的《中卫日报》。你让我在白纸黑字里闻到了花的芳香，听到了鸟的鸣叫，你让我感觉到了大自然仿佛回到了我的身边，你让我深切地体会到：拥有一颗宁静的心，就拥有了一种简单而实在的幸福。

那时候

那时候，我们正年轻，懂得的事情不多。除了那些无奈的英文，我们什么都不想、什么都不说。每个清晨总在“Get up! You lazy bones.”的督促声中匆匆起床，出操、自习。在“Good morning”“Good bye”声中，上课、下课。在那个叫黑城的地方，我们生活了七百多个日日夜夜。

每个太阳还没有升起的清晨，小鸟仍在梦乡的时候，玉米田边、葵花地畔，便有了一个又一个青春年少的身影，或背诵单词、或朗读句型。那是一个对知识如饥似渴的时代。十六岁、十七岁乃至十八岁，多么诱人的年龄啊！“学高为师、身正为范”，如山一样的重担已经过早地压在了我们这些学子的肩头。

那时候，我们都有一股子读书的冲动，把青春的力量全都用在了学习上。没有时间梳妆打扮，没有精力谈情说爱，没有人敢偷懒也不会去偷懒。每个黎明都会有一个熟悉的声音把我们从梦中唤醒，那个戴眼镜的李老头像闹钟一样的准时。我们曾在暗地里称他为《半夜鸡叫》里的“周扒皮”。李老头是我们英语系主任，河北保定人，支教来宁。那时，固原师专的大部分老师都因为这样或那样的原因，从全国各地的大城市里来到宁夏、来到固原。很多人都是名牌大学的高材生。他们远离了家乡、远离了亲人，把毕生的心血献给了宁南山区。从这些人的身上，我们看到了什么是教师的责任与担当。

黑城不是城，而是一个很小很小的村子。我不知道为何把它叫作城。村子里的人纯朴、厚道、宽容，他们爱我们胜过爱自个儿的庄稼，任由我们在他们的玉米田里、油葵地中读书、戏闹，听着我们朗诵英语的声音，站在一旁憨憨地笑。我们便越加骄傲，把充满激情的洋文读给那些听不懂的人。

那时的黑城还没有一栋楼房。教室、宿舍都是红砖灰瓦、木门木窗。文科与理科被一片小树林分隔成两个独立的小院。英语系在南院。南院有个小礼堂。每天华灯初上的时刻，我们便在礼堂内看电视剧、读英文书。许多时候都是在李老头“Go to bed! ”的催促中上床睡觉。英语系不大，总共有三十名学生，一群不知愁滋味的少男少女在蓝天白云下、在洒满阳光的平房里学习、生活。

两年的光阴不长，却承载了我们许多的欢声笑语。那时候的日子真好，没有名利的杂质、没有物欲的浊流，我们共同走过了一段黄金岁月。因为至纯至真，所以像玉壶冰心、像银色月光，温馨了我们的一生。同学就是同学，没有高低贵贱、没有你争我夺，你帮我做补习，我帮你提开水、打饭菜。我们从“前门”出出进进，正大光明；评先选优全靠自身，不请客、不送礼、不走后门，照样拿到一本红色的毕业证。

同学之间无猜疑、无忌讳，你开一个玩笑、我起一个外号，都一笑而过。她叫吴敏，我们却习惯喊她“apple”，圆圆的脸蛋像秋天熟透了的苹果，她是一个典型的学习狂，成绩一直名列前茅，后来留校当老师，如今在上海的一所大学里教英语、当教授，网名就叫“apple”，她说这是同学送给她的礼物，一辈子都值得珍藏。他叫“monkey”，真名杨阳，和我同一个宿舍，我睡上铺他睡下铺。整天嘻嘻哈哈，人如其名一样阳光灿烂。他学习成绩很是一般，我帮他写论文，他便送给我一盒烟，我们在烟雾缭绕的宿舍里说现在、谈未来。像猴子一样精明的杨阳，如今已不在三尺讲台上传道授业、教书育人了，他在北方的一个城市里开酒店、当老板，日子过得很滋润。他说自己不想当老师的理由很简单，害怕误人子弟。“bee”是我们同学中最忙碌的一个，成天在同学中间，特别是在女生中间飞来飞去，不辞辛劳。他的二胡拉得很悠扬，有点专业的味道，特别是那首《二泉映月》，拉得炉火纯青，让阿炳的音乐在我们的业余生活里弥漫。我们都喜欢他，主要是因为他的二胡。他在花丛中飞得好忙，却始终没找到一朵真正属于自己的花。后来，他娶了一个农村的女孩做老婆。他在家乡的一所中学里教音乐，因为学校里音乐老师比英语老师更稀缺。

那时候，我们正年轻，青春是一首最美的歌，在唱歌的日子里走过了一个又一个春花秋月。那时候，我们还不懂，其实人生最美的是过程。

黑城不是城，也一点都不黑，更像一个漂亮的乡村姑娘，淳朴、自然、清新、秀丽。每个油菜花儿黄、苜蓿花儿紫、马兰花儿蓝的季节，便是我们自由潇洒、激情奔放的时刻。在那么短暂的青春里总会有一些事情像金子一样闪闪发光。

“二蛋”是我们对他的爱称，这称呼源自在部队大院里看的一部电影。片子里有一个叫“二蛋”的，无论长相还是言行举止和他都很像，或者说他更像电影里的那个“二蛋”，于是，我们就这样喊他、叫他，他也毫不客气地应承着。他家离学校不远，父亲是大队支书，上大学的时候是“专车”送来的。支书用了大半天的时间赶着摇摇晃晃的毛驴车把他和行李一并送到了黑城。

“二蛋”是我们英语系的歌星，出了名的男高音，虽然不识简谱也不会拉弹，但嗓子好、记性好，流行歌曲听一两遍就会。那时候，国内一些男高音唱的歌曲，他基本都会唱。特别是一曲《牡丹之歌》唱得是高亢有力、风生水起，堪与蒋大为比高低。

人与人的相遇、相识、相知，是一种缘分，难以解释的，命中注定我会在黑城、在我最美好的青春岁月里遇到她。她个子很高，白净的瓜子脸上一双黑黑的眼睛，扑棱扑棱地闪着，像一对可爱的小鹿，瀑布似的秀发洋洋洒洒地飘落在双肩上。她来自一个不大不小的城市，父母都是知识分子，在城里的一所中学教书。和她的第一次相遇是在南院的小食堂，正是排队打饭的时候。她那刚刚洗过的秀发，黑黝黝、湿漉漉的，飘散着一股诱人的芳香。虽然不知道她的名字，但我在心里却已记住了她。排在她的身后，用木筷轻轻地敲打镶着蓝花的白瓷碗，静静地等候一碗揪面片的到来。我一点儿都不着急，心里盼望着打饭的时间再长一点儿、再慢一点儿。和她能成为同学该多好，我心里就这样想着。

我出生在南华山脚下的一个小山村里。黄米和土豆滋养了我的童年。父亲的早逝使我过早地承担了长兄的责任。每一个假期我都会帮着母亲挣一点可怜的工分，好在“秋后算账”的时候能多分一点口粮。农村的活计我基本都会。在乡里上中学时，我的背包里总是装满了土豆。母亲很会做饭的，把个土豆能折腾出五花八门的吃食。我几乎是吃着这一种食物长大的，但总会有不同的花样和不同的味道。有时我的同学会突然问我，你咋老吃洋芋？我说，我也不知道。除了洋芋，还有什么能让我填饱肚子呢？我上高中时，长得又矮又黑又瘦，头发枯黄得像旱地里的麦子。那时候，我最大的梦想就是跳出农门，过上像城里人一样的生活：每个月头或者月尾拿上粮证，到粮站打点米面。为了这样的一个理想，我发奋学习。在充满了羊粪味的土炕上，度过了一个又一个漫长的夜晚。

我一点儿都没想到能和她坐在同一个教室里，而且就实实在在地坐在我的面前。她个子比我高，坐在前排的理由是她戴着眼镜。我好喜欢看她的背影、闻她的发香。即便是她挡住了我的视线，使我看不清老师在黑板上写的英文字母，我也不会有一丝一毫的怨言。大学的生活相对自由但并不散漫，每人一张课桌、一把椅子，不像中学生那样界限分明，一张桌子被分成两半，中间有一条男女生都不可逾越的线。

那时候，我们已经知道读书不再无用。每一个没有课的下午或者回不了家的周末，我们都会在图书馆、阅览室，或者农民的玉米地、高粱田里读英语、背单词，记住那些枯燥的过去式、现在式、将来式、完成式的句型。我们都感觉两年的时间太短，要装满一桶水，必须加油、必须努力，否则我们给不了未来的学生一碗水的。

我总喜欢跟着她，不远不近，看她读书的样子，听她读书的声音。她读的书很多，浑身散发着一种知书达理的气场。许多的时候她都是安静的，但只要一开口，便显得优雅大方，使人在她面前总是局促不安又强烈地被吸引。

学校的阅览室是我们常去的地方。阅览室不大，很安静。她坐在阅览室中间的窗户边，窗子正对着学校的小花园。春天来临的时候，各种花儿尽兴地开放，校园里便多了一个五彩缤纷的地方，小鸟在花丛里跳来跳去，叽叽喳喳叫个不停，像一群调皮的孩子，仿佛要打破这读书的宁静。她读书的样子好看至极。我坐在她的对面，中间隔了一张桌子，看着书也看着她，总希望她能看我一眼。她的眼睛盯着书，偶尔笑笑，很开心的样子。看累了，轻轻地推开窗户，让花园的芬芳飘进来。

我从小就沉默寡言，不喜欢与人交流，以至于每学期的操行评语中，班主任老师都会给我写上这样一句话：多和同学交往。她有时候也会问我：你咋不喜欢说话？我说，从小养成的习惯。她说，有些习惯是可以改的。我只是苦笑着摇摇头。

我始终是一个赶不上潮流的人。当校园里流行喇叭裤时，和我同龄的一些毛头小伙子，留着长长的卷发、穿着艳丽的格子衬衣，八寸五宽的裤脚在校园里晃来荡去，一副流里流气的潇洒。我没有追赶这个时尚，回想起来心里不免有点小小的遗憾。年轻真好啊，回望人生时，一再会有这样的感慨。

街上流行红裙子的时候，她是我们班第一个穿红裙子的人。那年她十八岁，浅白色的长筒袜、印着暗花的粉色衬衣、棕色的皮凉鞋，把一个水灵灵的她衬托得更加妩媚，她就那样亭亭玉立在充满青春气息的校园里。

校园里开始偷偷地传阅一本当时流传很广的青春读物，带有强烈的魅惑感和禁忌意味。大家都以一种飞蛾扑火般的心情，私下里传阅着。我甚至幻想过我们就是书中的男女主人公。那是一个情窦初开的年纪，我们都有过一种懵懵懂懂的情愫。直到大学毕业的时候，我们都未曾说出一个爱字来。我知道这个字的分量有多重，说了就要融入到生命里，说了就要坚守一辈子。那时候，我的肩膀还稚嫩，还没有做好担当如此重负的准备。我只能默默地关注着她、暗暗地喜欢着她，为她的快乐而快乐、为她的忧伤而忧伤。

当李谷一的《乡恋》还没有上春节联欢晚会的舞台时，全国早已开始悄悄地传唱这首所谓的靡靡之音。一首歌造就了一个时代。我们这些从小就听惯了革命歌曲的青年们欣喜不已，再也按捺不住青春期的狂热，让一首首流行歌曲飞进校园。“过去的事情不再想，弹起吉他把歌儿唱”，那是一种多么年轻而又美好的忧伤，像刀刻一样留在我们的记忆里。

命里注定让我们有这样一种美丽的错过。后来，她走了，像鸟儿一样飞向遥远的南方。

尽管我们谁也没有走进谁的生活，但那纯粹而又简单的喜欢，在我们年少的岁月里留下了一首让人难以忘怀的歌。黑城这个让人刻骨铭心的地方，让我们拥有了一个共同的名字——同学。

风从这里吹过

春天来了，风紧跟而来。

春天的风，温煦而轻柔，像一个害羞的姑娘，在你的面前躲躲闪闪，但你一点儿都不厌烦，反而有点喜欢。你不知道她来自哪里，也不知道她要去哪儿。总之，你和她只是偶然邂逅，彼此之间都不熟悉。

昨夜刮了一场风，很大，很凶猛。大风掀开了小院的铁门，门扇撞在砖墙上，发出的声音惊天动地。

风在院子里奔跑，院墙挡住了风的路，扯住了风的腿，让她追不上自己的同伴。孤独的风，像囚在笼子里的狮子，她着急，抓狂，撕扯，吼叫。

黑暗中，我似乎看见母亲的身影被风吹得歪歪扭扭。隐约听见她的声音在风中飘忽：哪里来的这么大的风，把门都吹开了？

院子里还有一些东西，在风的追逐下不停地滚动。垃圾桶、铁簸箕、火筷子、晾衣架，像喝了迷魂汤一样，也在院子里疯跑，并不时地发出各种砰砰嚓嚓的怪叫声，像一出戏开始之前的紧锣密鼓。

我拉开院灯，浑浊的灯光在风里摇晃。

院子里一片狼藉，摔碎的花盆，屋顶上掉下来的破瓦，歪倒在地上的自行车，不知道从什么地方跑来的塑料袋、矿泉水瓶。

风和人一样，也是有性格和脾气的。高兴的时候，风平浪静；生气的时候，雷霆万钧。

本来我是喜欢风的，说起来令人难以置信。

小时候，每到夏天，我总是抱着被褥和枕头，在老院的南墙根下睡觉，摆一个仰面朝天的姿势，数着满天迷乱的星星，在风的催眠中渐入梦乡。

此时，清风入怀，满心澄澈，别有一番情味。

有时会看到一轮圆月，独挂苍穹，月光如水，铺洒在漫无边际的天空。寂静的夜晚，只有风的声音在耳畔回响，我喜欢听着风声，仔细地打量月光。月亮里似乎也有一些东西，隐隐约约。后来，我从小学老师那儿知道了一个故事，叫嫦娥奔月。原来，月亮里也有人，嫦娥和吴刚，还有一只雪白如玉的兔子。

有风的夜晚，特别适合幻想。

恍惚之间，我变成了一只飞鸟，在风的催助下，展翅翱翔。我飞得又高又远，飞到云层下面，俯瞰天空之下的村庄、城市、群山、河流，还有沙漠和绿洲。

我在飞机上看到过这些景象，有一种似曾相识的感觉。

有风的夜晚，也有梦。

每天晚上，我几乎做同一个梦。梦见自己被风带到一个陌生而遥远的地方，和一群少男少女在一起，读一种古怪的书。书本上的字不是方块字，而是我从来都没有见过的洋文。我懵懵懂懂地咀嚼这些奇异的字母。

后来，梦变成了现实。我考上了一所师范院校的英语系，在一个叫黑城的地方学习English。

学校的四周，田野辽阔。地里长满茂盛的玉米和油葵，庄稼在风中摇曳，彩蝶和蜜蜂在开满鲜花的田野里蹁跹。

傍晚，我喜欢在微风吹拂的夕阳之下，带着我的英文书，独自行走在田间地头。走累了，顺势躺在开满黄花的油葵丛中，思念心中的某个姑娘。

微风轻吟浅唱，蔚蓝的天辽阔高远，我情不自禁地唱着刚刚学会的一首英文歌曲，“彩虹之上的某个地方，蓝色的小鸟在飞翔。小鸟飞在彩虹之上，它们能，我为什么不能……”。

唱着唱着，我的眼眶里便盈满一层湿润。

小时候，我曾经问过爷爷无数次同一个问题：风从哪里来？爷爷告诉我，风从山上来。家乡的人都说，南华山有个出风口，所有的风都是从那儿跑出来的。

我信以为真。

现在，我知道爷爷的回答不正确。当然，这不能怪爷爷。谁也不能确定风到底从哪里来，又到哪里去。这是一个貌似简单却非常深奥的问题，恐怕没有人能够给出一个标准答案的。

山城有个广场，以前叫南门广场，后来有个领导把它改成海喇都广场，百姓不解海喇都之意，甚为疑惑。为此，广场雕塑的黑色大理石墙面上，便刻上了对海喇都的释义，说是蒙古语，意思是美丽的高原。费了不少的周折，但老百姓并不认可，还是把它叫回了南门广场。习惯有时候很顽固，改变不是一件轻而易举的事情。

这里是山城百姓茶余饭后休闲的地方。

有风的时候，就有孩子聚集在一起，他们的手里都有一个风筝。风筝被他们扯得呼呼作响，广场的上空，色彩斑斓。孩子们像小鸟一样，唧唧喳喳。他们的身影在风中飘逸，欢声笑语堆在狭小的广场上，把明丽的阳光挤得七零八碎。

突然，一阵狂风，有个小男孩的风筝被风卷走了。孩子边哭边责骂这股突如其来的风。旁边的母亲却笑呵呵地安抚自己的儿子：如果没有风，你用什么放风筝？孩子不哭了，也不再埋怨。我真的佩服这个聪慧的女人。

她教给孩子的是感恩。

我有理由相信，这孩子将来一定是个善良的人。

广场上还有一些退休的老人，淡定地坐在贴了瓷砖的地上，以大地为棋盘，用石子和土块当棋子，博弈在精彩纷呈的方格世界里。阳光落在他们的身上，轻风抚摸着他们沟壑纵横的老脸，笑面如花，十分灿烂。

老人当中，我看到一张熟悉的面孔，他是我曾经的一个领导。我没有与他打招呼，因为不想打扰他此刻的安然和兴致。

偶尔，也有风跑过来捣乱，掀翻棋盘，让一盘棋失去了输赢。老人们没有任何的抱怨，面对调皮的风，就像面对自己时常捣蛋的子孙。

棋局结束，老人们纷纷起身，拍一拍屁股上的尘土，然后，迈着蹒跚的步履，各回各家。

输赢对于他们而言，已经不再重要。他们要的只是一个简单而平凡的过程。

人生只有经历了足够的风雨，才能明白这样一个道理：我们这么努力，不过是为了成为一个普通人。想到自己曾经在某一篇文章里读过的这句话，心中陡然酸楚，泪流满面。

前不久，我的一个朋友得了胰腺癌。他是一个拥有千万资产的老总。他知道自己的病情之后，让家人把他从北京接回来。弥留之际，他对家人说的最后一句话是：我想吃一碗拉面。拉面还没有来得及端来，他就离开了人世。

其实，大多数人一辈子，最重要的事情，就是接受自己是一个平凡的人。但是，真正接受自己的平凡并享受自己的平凡的人不是太多。

简单安然的生活，真的是很美好。

周末的一个下午，妻子带着小孙女外出，把我一个人留在小院里。大门被反锁，外面的人进不来，我也出不去。手头上正好有几本杂志，信手翻翻，无意间发现一篇好小说，是方方的《云淡风轻》。文字的运用行云流水，故事的叙述精彩纷呈。

我被小说的情节牵扯着，从开头看到结尾，意犹未尽。小说虽然与风无关，但写的风生水起。

春日的阳光，明媚温馨，轻柔的风从外面吹来，只觉得满怀心绪苍茫，说也说不清楚。

隔壁邻居家的梨树把枝丫伸向我家的院内。那些枝条在春风的轻抚中日渐柔软，潜滋暗长。过不了多久，我又能看见满树的梨花，繁花似锦。

早春的清风，带着灵动的音符，悄悄地来了。空气中，飘着春天的味道。

在寂静的小院里端坐了一个下午，直到黄昏降临。想来，自己并不是一个志向深沉意气风发之人，只是贪恋现世的安稳，人生的和煦。

春天的风，吹醒大地，万物即将拔节而起。我的内心也开始萌动。

如此美好的时光，应该读几本美好的书。

静静地坐在春意润润的暖阳中，让春风亲吻我的面颊，亲近我的书本。心中自然也有一个问题“清风不识字，何故乱翻书？”

风吹，书乱，本是一件很正常的事情。历史上曾发生过一起千古奇冤的大案。雍正年间，清朝有个文人，写了几句诗：“莫道荧光小，犹怀照夜心。清风不识字，何故乱翻书。”然而，万万没有想到的是，这个读书人因为风吹乱了他的书页，即兴作的一首诗，便被清朝政府误解，招致了杀身之祸，并连累了一帮亲友的性命。这就是满清王朝制造的骇人听闻的“文字狱”。

很庆幸，我们生在一个光明的时代。

关于风的诗文和成语很多，数不胜数。

五代后主李煜的《虞美人》：“春花秋月何时了？往事知多少。小楼昨夜又东风，故国不堪回首月明中……”这是一首关于生命的挽歌，读起来心情格外沉重。

最近，我给上小学一年级的孙女辅导语文作业，看到唐朝李峤的《风》：“解落三秋叶，能开二月花。过江千尺浪，入竹万竿斜。”令人耳目一新。诗文之中没有一个“风”，却让人感觉到处处有风的影踪。还有唐朝贺知章的《咏柳》、孟浩然的《春晓》、宋朝王安石的《船泊瓜洲》，都是写风的绝句。

此外，关于风的成语也很多：风吹草动、风花雪月、风起云涌、风马云车、风清月明、捕风捉影，等等。如果你对风感兴趣，可以上网查查，关于风的词语成百上千。汉语言真的很奇特，区区几千字，就能制造出数以万计的文章来。天底下既有“江郎才尽”，也有汉语宝库的取之不尽，用之不竭。

家乡的母亲山发生了一场火灾，有人把它归咎于风。那天确实有风，而且风很大，大约六七级。我觉得很可笑，风能把火吹着？明明是人祸，偏要说成是天灾。后来也有人说了一些公道话，说如果那天不刮风，烧毁的就不只是几千亩的草木，很可能是整个山林。因为风把火赶到了一片荒草萋萋的山坡。草烧尽了，火就灭了。

伫立在南华山的最高处，纷乱的思绪在风中飞扬。那些值得怀念的物事，早已随风飘逝，去向不明。

山顶的风，清澈明朗，微凉温润，直扑胸怀。此刻的我，像一个寂寞的孩童，在自由的无人天地里想象漫游。脚下是刚刚被大火肆虐过的山坡，灰烬中依然散发着一股焦煳的味道。

我还是相信，过不了多久，这里一定会草木葱茏，绿意盎然。否则，我们从小耳熟能详的“野火烧不尽，春风吹又生”，将会失去所有的内涵和意境。

我喜欢风，就像喜欢一个人一样，没有多少道理可讲。

乡村的风清凌而干净，方向明确。从南跑到北的叫南风，从东跑到西的叫东风。风喜欢在宽绰的乡间行走，自由自在，无拘无束。

乡村应该是风的故乡，是风的出生地。

城市的风浑浊而含糊。

风一旦进入城市，就像一头蒙了眼罩的毛驴，在高楼林立的缝隙里乱串。风走不出迷宫似的城市，着急得呜呜大叫。困在城市的风，脾气暴烈，她们毫不客气地揭开城市的隐私，把一些暗藏在犄角旮旯里的塑料袋、卫生巾、水果皮，挂在树枝上和电线杆上。

风像一个掌握内幕的新闻发言人，把城市所有的表面文章公之于众，让整个城市颜面扫地，辉煌尽失。

风肯定不喜欢城市的味道，不喜欢那种混杂着羊肉串、麻辣烫、汽油以及女人的口红和香水的气味，风把它们赶跑，把远方带来的泥土和草木的气息留在城市。风把城市的树木吹得摇摆不定，把城市的行人吹得趔趔趄趄，把城市的流浪狗吹得迷离四散，把汽车的喇叭声吹得时断时续。

曾经在沿海的一座城市挂职，经历了人生中第一次台风。风从海面上呼啸而来，势如破竹。海水浩荡汹涌，高下起伏，那种场面惊心动魄，让人无端地生出“抬望眼，仰天长啸，壮怀激烈”的豪情壮志来。

很想为风写一首诗，为风的排山倒海，摧枯拉朽而歌，像汉高祖刘邦的《大风歌》那样，“大风起兮云飞扬。威加海内兮归故乡。安得猛士兮守四方”。

当然，《大风歌》里的风，不仅仅是自然现象中的大风起，云飞扬，这里的风是一种隐喻，是一种风卷残云，横扫千军的力量，这里的风气势恢宏，气吞山河。

细节决定成败

——再读《清水里的刀子》

与石舒清相识已有三十多年的时间了，说起来也是一种缘分。二十世纪八十年代初期，石舒清就读于海原回民中学，那时我正好在那所学校当老师。他上中学时，我就记住了他的名字——田裕民。

但凡能够让一个老师记住的学生，大致都有这样几个方面的因素，要么成绩优秀，要么调皮捣蛋，要么在某个方面有特长。石舒清当属第三个“要么”。虽然给他代课的时间不长，能让我记住他的原因，就是他出类拔萃的作文。上中学时，石舒清就热爱文学，喜欢写作。语文老师每次点评作文时都少不了他。

石舒清写西海固，写回族。在回族人眼里，他已和张承志一样，成为回族的骄傲。国内著名评论家李敬泽在谈到石舒清的写作时，用了“僻静的精神资源”一词。石舒清对于故乡的感情是深挚的，对石舒清而言，有了西海固这样一块辽阔而又深远的生活背景，是他的福祉。他在一次访谈中提到“我似乎回到这里（故乡）才能觉得心安和踏实，再到任何地方都有一种被丢弃感和失踪感。我忽然间觉得故乡就像是我的另外一个心脏，比我的这个心更壮硕、更有力、更慈悲也更深情”。

其实，在宁夏，以西海固作底色和背景的作家很多，但每个人笔下的西海固又不尽相同，像石舒清那样写出深度的更是寥寥无几。西海固在石舒清的笔下，不是个符号，也不是个标签，它虽卑微渺小，但有血有肉，具有人性的力度和深度，那是基于石舒清对生活非同寻常的感受力才能达到的高度。正如《朔方》原主编冯剑华的评价，一个作家，是站在西海固来写西海固还是站在全球的背景下写西海固，结果绝不会相同。这也是石舒清笔下那些回族小人物，能穿透民族习俗的隔膜，打动读者心灵的缘由吧。

文学来源于生活，但不等同于生活。一个出色的作家，不会照搬生活，贩卖常识，用文字把大家都知道的记录一遍。他会不断地向生活深处“钻探”，直到把最底层的宝贝挖出来为止。这不仅需要灵性，更需要耐性。

假如石舒清从小生活在一个衣食无忧的家庭，生活在一个繁杂与浮躁的小城市，他绝对写不出《清水里的刀子》。创作需要灵感但更需要生活的细节，需要对生活挖掘的深度。他的笔下，那些独具精神气质的人和事，来源于从小就贮存在脑海中的记忆，根植于家乡这片厚重的土地。初读《清水里的刀子》，只感觉他的描写细腻，情感充沛，小说中的人和事似曾相识，就好像发生在自己的身边。

今天，再读这篇小说，便有了更深的感悟。小说中的主人公马子善，一个典型环境中的典型人物，一个普普通通的回族长者，对生命的认识与尊重，简单而深刻。

石舒清出生在一个回族聚居的小山村。小说中描写的马子善老人，是许许多多回族乡亲中的一员，他们生于家乡这片土地，老于这片土地，在艰苦封闭的穷乡僻壤中挣扎一世，日复一日地耕耘着自己的光阴，骨子里造就了一种百折不挠的坚韧。虽然他们也渴望日子能够一天天宽裕起来，但他们并不贪婪前世的富足。干净的生活、干净的死亡，才是他们最大的追求。他们对生命的认识超越了一切。

石舒清的家乡，三岔河，是一个有着浓厚的伊斯兰文化氛围的小山村。在这种环境里出生、长大、成熟，对一些美好的东西不会没有感觉。石舒清的写作，是从这些默默无闻的小人物入手，通过不断挖掘他们最真切的生命体验，展示给读者一扇感悟生活、体味生命的门窗，让人们看到恪守信仰的力量。

“和自己在一面炕上滚了几十年的女人终于赶在主麻前头埋掉了。坟园里只不过添了一个新的坟包而已。这样一个朴素的结局，细想起来，真是惊心动魄。”作家一开始就直接以死亡为话题，展开了对生与死的思考。老伴的离去，让年迈的马子善老人不得不进一步正视自己的死亡。对于任何一个信奉伊斯兰教的老者来说，死亡不再是一种恐惧，而是一种淡然的回归。坟园的门隔着生与死两个世界。活着虽好，但“谁都不免把自己留在这里的”。这不是一种悲观的咏叹，而是对生与死的自觉反省与清醒认识。

我小时候就听老人说过，大凡那些被举意了献牲的牛，在生命即将结束的前三天，能亲眼看见清水里有一把银光闪闪的刀子，从此不再吃喝，静静地等候生命的结束。回族是一个特殊的民族，没有对回族信仰内涵的真正了解，就不可能写出《清水里的刀子》这篇荣获“鲁迅文学奖”的优秀作品。

从小得到伊斯兰文化的熏陶和西海固人文精神的浸润，使石舒清的写作与众不同，这种来自内心深处的积淀在石舒清的笔下慢慢地开花、结果。在一种朴素、含蓄而又催人泪下的细节中，我看到了石舒清的深刻与敏锐，沉静与激越。

作品中虽然有一些宗教信仰的成分，这当然与石舒清的民族情感有必然的联系，但它丝毫没有淡化作品的文学价值，相反，更能打动人心。正如福克纳所说，“必须发自肺腑，方能真正唤起共鸣”。小说明确地告诉我们：任何一个生命都是神圣的、庄重的，值得敬畏的。只有那些懂得尊重生命的人，才有资格谈生论死。

《清水里的刀子》从表象上来看，似乎是写宗教习俗的，写习俗最容易落入俗套，如果把控不好，不经意间就会滑入宗教的说理之中。《清水里的刀子》张扬的是一种清洁的精神寄托和纯粹的心灵回归。它是民族的，也是世界的。

我的高考

1979年，我在县城的海原中学参加了高考，那时我刚刚十六岁，正处在人生中花儿般的年龄。转眼三十八年的时间已过，恍如隔世。那些曾经决定我命运的高考试题，大多数似乎永远尘封于流逝的时光里，无论我怎么努力，也无法把它们打开。

都说往事如烟，但凡能够记住的，一定是刻骨铭心的。

我的中学时代是在乡下一所完全中学度过的。那时候，“文化大革命”的影响还没有彻底消除。初中两年，我们学习的时间几乎被学工学农占用。上课没有课本，也没有作业。一学期临近结束，教材姗姗而至，我们拒绝领取任何学科的课本，任凭它们流落各处。我们的书包里填满了土豆和高粱面窝窝头。那是一个饥荒肆虐的年代，解决肚子的问题尤为重要。

初中毕业，上高中是半考试半推荐，家庭成分不好或者家里已经有上高中的了，基本上不会被录取。分数起不了决定性的作用，仅仅只是个参考。

我记得很清楚，考高中的时候，考了三门课：语文、数学和政治。而我只参加了语文和政治两门学科的考试，之所以没有考数学，主要是因为我的数学成绩不够好，还有一个原因是我的几个同伴也不去考，我们几个关系不错，属于一把萝卜不零卖的那种。他们不考，我自然也不会去考。考数学的时候，我们几个躲在烟雾缭绕的宿舍里，谈论将来能不能去当兵，能不能当一个煤炭工人，能不能娶个漂亮的女生当媳妇。

中考之后，我背上破烂不堪的铺盖，回到老家，帮着父母在生产队里挣工分，以补贴岌岌可危的家用。整个暑假，我就像一头套在磨道里的毛驴，在二沟贫瘠的土地上，原地转圈。早晨，我赶着两头老犍牛，到西沟梁上去犁地。下午，踏着遍地夕阳，背回来一捆喂牛的青草。晚上，趴在窑洞的土炕上，在煤油灯微弱的光亮里看《敌后武工队》和《苦菜花》。看书累了，随手提起一个小板凳，坐在繁星点点的夜色里，胡思乱想。一想起我的同学，特别是和我一起跳过《红星舞》的女同学，心里有一股无法言说的甜蜜，恨不得马上回到那个让人纠结又让人难舍的校园。

中考成绩下来的时候，我的分数排在第三，尽管我只考了两门。这个结果真的出乎意料，连我自己都没有想到。接下来的日子，我在没有任何悬念的境况中等待高中录取通知书。

到了秋季入学的时候，村子里的几个同学都陆续收到了通知书，唯独没有我的。后来，经过打听才知道，是学校的教导主任，那个来自上海的数学老师，把我拒在高中的大门外，理由是我没有参加数学考试。虽然我的家庭成分是贫农，虽然我的成绩名列前茅，虽然我是家族中第一个初中毕业生，但是这一切都不能成为我被高中录取的先决条件。教导主任说我的学习态度不端正，说可以考零分，但不能不考试。

无奈之下，父亲和二叔找了公社书记，也找了中学校长，到最后都是无果而终，谁也改变不了教导主任的决定。当所有的努力成为肥皂泡时，我才真正明白：态度问题是革命的根本问题。

高一的学生开学了，我却像一条无所事事的流浪狗一样，在村子里游荡。我知道造成这样的结果都是因为我的年幼无知和草率从事。

离开学校的这段时间，队长给我安排了放羊的活儿，当然是给老羊把式当助手。把生产队的几百只羊交给一个黄嘴娃娃，谁都不放心。

从此，我有了自己的第一份工作，一天挣半个成年人的工分。太阳升起一竿子高的时候，我带上母亲准备的玉米面干粮和一葡萄糖瓶子的茶水，打开羊圈门，给蜂拥而出的羊点名，然后，跟在羊的屁股后面，一步一步地丈量田野的长度。

秋天的山野，绿草遍地，山花烂漫，空气中弥漫着草木的清香。有了可口的青草，羊群放慢了行进的速度，尽情地享受着美味佳肴。羊群一旦进入草地，除了吃再不会生出其他的事情，即使是吃得肚子鼓胀满嘴绿汁，还是照样吃个不停。

羊吃草的声音很好听，像一首节奏明快的小曲，清脆舒畅。只有在山间，你才能欣赏到自然界多种音响蕴含的美妙，鸣叫的山雀，潺潺的泉水，掠过耳畔的清风……

放羊的日子单调而悠长，但随心所欲。有时候我会在草丛里捉几只蚂蚱，然后又放开，看着它们在草尖上蹦蹦跳跳；有时候我会望着一架飞机从头顶的天空飞过，猜想着里面坐着什么人，要到什么地方去；有时候也看两只公羊打架，直到头破血流，胜者为王……

人们都说一山不容二虎。其实，一群羊里也容不下两头公羊。动物世界和人类有好多相似之处，为了某些利益，争得你死我活。

放羊的日子自由而散漫，容易让人满足。我站在山腰上，看着漫山遍野的羊，像天上掉下来的朵朵白云，内心生出一股统领三军的豪气。

我几乎忘了上高中的事。

有一天晚上，正在病中的父亲把我叫到跟前，问我是不是不想上学了，我支支吾吾地不知道说了些啥。最后，我从父亲慈祥的目光和母亲严厉的责骂中感受到了他们对我的关爱和希望。

尽管家里的日子已经到了捉襟见肘的地步，父母还是希望我回到我应该去的地方。

那天晚上，我彻夜未眠。一种从未有过的孤寂从心底升腾，向浑身蔓延。十几岁的我，应该和我的那些同学一样，坐在书声琅琅的教室里，学习那些我们不曾知道的东西。然而，这一切能由得了我吗？

乡村的夜晚寂静、漫长。偶尔从某个地方传来一两声狗的吠叫。从犬吠声中我隐约听到一种来自远处的呼唤。这呼唤清晰而温暖，宛如一束亮光，照亮我孤独而黑暗的生活。我要去学校，我一定要上学！

第二天凌晨，背上母亲给我烙的谷面饼子，偷偷地告别睡意蒙眬的村庄，我独自行走在去学校的土路上。

黎明时分，村子依旧安静着，大路两边的柳树笼罩在潮湿的雾气里，秋天的凉意扑面而来。远处不时地传来晨鸟的鸣啭和牲畜的叫声，这些纯粹而质朴的乡村情调，随着我匆匆忙忙的脚步，变得越来越含糊。

这条路我太熟悉了，我曾经用两年的初中生活考证过从家到西安中学的距离。当我再次踏上这段只有十五里的路途时，心中的滋味难以叙述，用五味杂陈来形容，一点也不为过。

临近中午，我带着一身的热汗抵达学校。

校园里静悄悄的，除了老师的讲课声几乎听不到其他的杂音。透过高一教室的窗户，我看见了一些熟悉的面孔。此刻的他们正在忙着记录老师讲课的内容，笔尖滑过纸张的声音如行云流水。看着这个场景，我的眼眶一下子潮湿了。

从几个住校的同学口中我听到一个好消息，学校要办一个“民办班”，录取名单很快就公布。这个信息让我欣喜若狂。

我迫不及待地跑到教师食堂去找正在吃午饭的校长。校长一边吃饭，一边严肃地训导我：你个碎家伙，你知道高中为啥没有录取你吗？我诚惶诚恐，只好用点头表示我知道。然后他又说：回去吧！听到这句话，我的眼泪扑簌簌地流了出来。我说我不回去，我要上高中。听完我的话，他笑呵呵地说：你不回去，难道让我给你背铺盖去？

我像一溜烟，从教师食堂飘出来，恨不得把这个喜讯告诉所有的同学和亲人。

我终于以一个“民办班”的学生身份，坐在高一（3）班的教室里，和那些熟悉的陌生的同学一道捡拾起被我们遗忘在角落里的旧课本，重新步入一段崭新的高中生涯。

我上高中的那一年，正是恢复高考的第一年，也就是1977年。在那些通过高考走出底层社会的农村孩子身上，我们似乎看到了自己的未来和梦想。校园里流行着他们奋发学习的传奇与故事，所有的细枝末节都是那么的娓娓动听，那么的富有诱惑力，一个个美丽的传说给了我们蓬勃向上的无穷动力。

高中两年的生活，有序而紧张。我们不再计较黄米饭和坚硬如铁的窝窝头，没有油水的日子照样过得有滋有味。晚自习结束了，学校关了电灯，我们又点燃自制的煤油灯或柴油灯，在烟熏火燎的教室里孜孜不倦。每个人都在暗中憋着一股子劲儿，憧憬着金榜题名时的兴奋。

1978年高考之后，又有几个校友在千军万马争过独木桥的考试中获胜。校长在早操结束之后的晨会上，向我们这些即将参加高考的学子们报告喜讯。他们的名字我至今记得，如雷贯耳。

高二第一学期，我们开始分科，三个班的学生压缩成一个文科班和一个理科班。我按照自己的兴趣和特长，报了文科。从此，高考前的冲刺拉开序幕。

给我们代课的老师，有几个是刚刚摘了右派帽子的老牌知识分子，他们仿佛焕发了青春，为我们不遗余力地传道授业解惑。其中对我们影响最深的是语文老师和地理老师。语文老师毕业于华东师范大学，曾经担任过学生会主席，满腹经纶，气质非凡。因为他写的一篇关于无产阶级专政的论文，被错划成“右派”，从江南来到西北，成了我们这些山里孩子的老师。他的不幸成就了我们的幸运。一个人的学生时代能够遇到一位优秀的教师，也算是三生有幸了。地理老师除了讲“五大洲”“四大洋”之外，还给我们讲了许多历史故事，如“殷纣王宠妲己江山失望”“姜太公钓鱼愿者上钩”等诸如此类的故事，他的故事像江河之水，滔滔不绝，让人如痴如醉。

1979年的夏天，地里的麦子成熟的时候，我们迎来了一年一度的高考。那时候我的父亲去世不久，没有人送我去县城。母亲把舅舅给我的几块钱交到我手里，她自己则忙着去抢收黄透了的庄稼。我搭了一辆手扶拖拉机，从老家一路颠簸，来到设在县城的考点。从海中回来之后，我和几个要好的同学住在离考点不远的南华山旅社，一张床位几毛钱。旅社旁边，有一家国营的回民食堂，每天中午考完试，我们都在食堂里买一碗臊子面，碗是中号的蓝边白瓷碗，一碗一毛八分钱，外加二两粮票。这是我第一次下馆子，那香味深入骨髓，让人无法忘记。同样让人难忘的还有窗口打饭的姑娘，一身雪白的工作服，一顶雪白的工作帽，干净的脸上总是挂着灿烂的笑，像一朵含苞待放的杏花。

不知道什么原因，我们那个时代的高考并不像现在这么狂热，这么引人瞩目，没有前呼后拥的家长，也没有望眼欲穿的老师。我们几个同学中有一个戴手表的，三天的高考时间完全掌控在他的手中。

第一场语文考试结束后，我的心情糟糕极了。我的语文成绩一直不错。可是，当我打开语文试卷时，眼前一片冰冷与黑暗。那些充满了之乎者也的古文，仿佛故意刁难我，让我难堪。试卷上到处是空白。试题大多数都是填空，想蒙混过关都不行。至今，我只记得作文题是一篇材料作文，题目是“第二次考试”，要求改写成“陈伊玲的故事”。我不知道自己都写了些啥，唯一的感觉是：考焦了。

今年的高考刚刚结束，微信圈里就有各种调侃考试的版本，有琼瑶版、甄嬛版、仓央嘉措版以及鲁迅版。其中鲁迅版是这样写的：“桌上有两张纸，一张是试卷，另一张也是试卷。初夏已经颇热，脊背上却一层又一次冷汗。题目照例是不会做了，先生的讲义上全然没有见过。责任似乎并不在我，譬如使惯了刀的，这回要我耍棍，能行吗？”这段话真的很有意思，用来描摹我在语文考场上的情形是再妥帖不过了。

接下来的考试，除了数学之外，其他几门尚可说得过去，特别是历史，让我在绝望之中看到一线曙光。

对于一个出身农村的孩子来说，高考是唯一的一条改写人生的通道。高考的恢复对农村孩子来说，无疑是一块公平而充满诱惑的跳板。

三天的考试结束后，我回到老家，在忐忑不安中等待结果。整个暑假，我一边帮母亲做农活，一边等候消息。等待中的时光像一架老牛车，慢腾腾地向前。这种煎熬让我的精神世界临近崩溃，我仿佛站在悬崖边上，随时都有跌入万丈深渊的可能。

一天中午，我从西沟墚犁地回来，在家门口碰见一个同村的同学，他告诉我高考成绩出来了，我的名字贴在供销社门口的一张红榜上。我连午饭都没有来得及吃，就骑上爷爷家的自行车，一路狂奔，向公社所在地飞驰而去。

供销社门口的红榜前围了很多人，他们兴高采烈地议论着上榜的每一个名字。当看到自己的名字写在那张红纸上时，我还是不能确定到底是不是我。好消息来得让人猝不及防，来得让人难以置信。后来，经过反复打听，才知道我确实考上了。而且，以全县文科总分第二名的成绩位居榜首。

我扶着自行车，站在人声鼎沸的供销社门前，久久不肯离去，眼泪像决堤的水，哗啦啦地流了出来。所有的滋味都汇聚在一股幸福的洪流之中，奔腾不息。

第四辑
总有一些人在自己的土地上劳作

每个村庄都有它自己独特的气场，不时地吸引着远道而来的游子。每次融入这个遥远的，却又是触手可及的村庄，那些封存在记忆深处的往事，像流水一样，在心底荡漾。即使身在异乡，我也经常与它们相遇。它们是我一生中最为珍贵的收藏，是我内心最为柔软的部分。

第四辑
总有一些人在自己的土地上劳作

总有一些人在自己的土地上劳作

故乡的土地安静默默不语，在春天如此，在冬季也是如此。只有劳作的人，才能唤醒它的活力，让它生机勃勃。

从我记事的时候起，爷爷就在村庄的土地上劳作。

土地犹如一条看不见的绳索，悄无声息地捆绑了爷爷的腿脚，让他一辈子都未能走出自己的村庄。

村庄位于两条没有水的干沟之间，东边的叫东沟，西边的叫西沟，两条沟造就了一个叫二沟的村庄。

从我来到人世间的那一刻起，二沟的黄土就与我有了一种必然的联系。二沟的每一个景物都毫无遗漏地成为我生命中最大的挂念。

我从来没有为自己贴上一个城里人的标签，也没有因为自己生活在城市而滋生出诸多的优越感，尽管我在城市里待的时间比农村要长出许多。城市与我而言，只不过是一个赖以谋生的场所。无论在哪一个城市生存，我的灵魂都无法寄托，我只能以一个暂居者的身份混迹于高楼林立的城市里，过着朝九晚五的生活。

有人说，乡愁是一个无法触摸的陷阱。但是，我想说，即便是陷阱，我也心甘情愿地深陷其中，在它温热的漩涡里纠结与自省。

我很清楚，我早已过了“少年不知愁滋味，为赋新词强说愁”的年龄。多年来，我的脚步始终游走于城市与乡村之间，我真的无法拒绝这种来自于骨子里的乡愁。我的精神世界依然需要乡村，这不仅只是因为乡村蕴含着我的情感，更是因为那里有我的亲人和回忆。我知道这是一种很遥远的寻找，但更知道这是我应该寻找的时候了。

二沟的土地遍布着父辈的脚印和气息，他们的身上落满尘土，他们的指甲缝里嵌着黄色的泥土，他们的双手因为泥土而粗糙，他们的脊背因为泥土而弯曲，他们的生命也因为泥土而终结。

上学之前，我像爷爷留在大地上的影子，追随其后。

爷爷犁地，我精着脚片子，在犁沟里行走，用一双小脚亲近刚刚翻过身的泥土。爷爷摇耧，我给爷爷递种子。爷爷锄地，我在爷爷的屁股后面捡杂草。爷爷拔麦子，我跟在他的身后拾麦穗。饿了，搓一把麦粒，塞进嘴里，细细地咀嚼新麦的芳香。渴了，喝几口泡了红糖的茶水，内心掀起层层甜蜜。爷爷赶着驴车出门，我躺在车厢里看蓝天和白云。

我不知道，爷爷是怎样用双手把一块块杂草丛生的沟谷变成长满玉米和土豆的田地的。房前屋后的空地，都有爷爷种的榆树、柳树，还有枣树和杏树。爷爷像一个神奇的魔术师，把一些无人问津的荒地变成白菜和萝卜的领地。对于一个常年走不出家乡的人来说，村庄周围的沟峁梁坡，就是他的世界，只有在这里摸爬滚打，他才活得愉悦而滋润。

土地是爷爷一辈子放不下的牵挂。我不知道，如果没有了日复一日的劳作，他的生命该怎样前行。

爷爷和村子里的其他人一样，随着节气的变幻，马不停蹄地在田野里播下希望。

每年的春天，当大地从冬日的沉睡中苏醒，爷爷就迫不及待地带着他的几个儿子，在空气潮润的田地里，埋下小麦和胡麻的籽种。至于有没有收成，土地里能不能长出馒头和清油，爷爷不知道，也不会考虑那么多。他唯一能做的就是不让土地闲着，同样也不让自己闲着。对于爷爷而言，他一生最大的愿望就是有田可耕，有地可种。失去对土地的劳作，才是最不可饶恕的事情。

我的村庄和其他镶嵌在黄土高原上的村庄一样，基本上是靠天吃饭，如果风调雨顺，播下的希望就会茁壮成长。一年的庄稼大可抵御几年的灾荒。

像爷爷一样懂得土地的农民，不会因为某一年的歉收而怪罪田地，或者沮丧抱怨。

家乡的土地永远都不会有歇息的时候，农人自然也没有退休的机会。

爷爷老了，把土地交给了父亲和几个叔叔。他拄着拐杖，在长满五谷杂粮的地头上蹒跚。地里的庄稼迎风招展，爷爷的笑脸和晨曦里猎猎作响的青苗一样舒缓。

只要活着，只要还能动弹，爷爷每天都和村庄的土地打个照面。他晚年所有的幸福，就是看着满地的庄稼一天天走向成熟。

爷爷给了土地最美好的一段年华，土地也像奶奶一样，成了爷爷坚实而淡定的日子。

1978年的冬天，年仅三十九岁的父亲，终于没有熬过那个雪花纷飞的季节，留下了母亲和我们五个尚未成年的儿女。父亲的早逝，让我们一家人的生活陷入彻骨的冰天寒地之中。

送走父亲的那个傍晚，从老坟地回来，我看见爷爷端坐在上房的炕边上泪流满面。失去长子的痛，让爷爷情不自禁。这是我第一次看到爷爷流泪。那时候，我刚刚十五岁，对于死亡的认识含糊不清。我知道，从此以后，我们兄妹五个就成了别人口中的“叶提目”（孤儿）。

父亲走了，年迈体弱的爷爷帮着我们孤儿寡母，度过一个又一个风雨飘摇的日子。

爷爷老了，他的身体像被风雨洞穿的空屋，在黄土围起来的

老院里摇晃。

干不动繁杂的重活，爷爷让我的几个叔叔帮我们播种、收割、碾场、铡草，帮我们料理所有发生在土地上的事情。

有了爷爷的关照，我家的土地依然生机盎然，充满活力。有了土地的供养，我们相继完成学业。

家乡的土地给了我们无数次意外和惊喜，在它宽阔而温暖的怀抱里，我们羽翼丰满，各奔东西。

当我再次回到家乡的时候，看到一天天改变了却似乎没有改变的村落，看到那一张张熟悉和陌生的面孔，看着叔叔和几个堂弟在黄土地上辛勤劳作，看着二沟的一代又一代人离开又归来的现实，我的心里是安宁的、踏实的，有一种找到根的喜悦和感动。

是的，二沟就是我的根，就是我灵魂回归的家园。二沟的父老乡亲依旧在这里自由自在地生活。这里远离日益扩张的城市和没完没了的拆迁，也就顺理成章地逃脱了被摧毁被抹杀的命运。这里依旧炊烟缭绕，鸡鸣狗叫；这里依旧春种夏长，秋收冬藏；这里依旧天高地阔，云淡风轻。

我的爷爷、奶奶、父亲、四婶，还有其他亡故的亲人，都埋在村子北边的坡地上。这里阳光充足，空气清新，一个个黄土隆起的坟堆铺满野草和鲜花，那些深埋在黄土里的亲人，似乎以另一种形式，生动活泼地存在于村庄的视野里。他们并没有走远，他们依然活在被村庄记想的日子里。

或许，坟园的存在，本身就是一种宗教，就是一种冥冥之中的暗示，它用一种亘古不变的姿势把死亡意象表达得透彻而简洁。

坟园是生者与逝者晤面、交流的地方，是一个退出尘世的人最让他的亲人牵挂的地方。那里没有争吵、没有喧哗，唯一的生命痕迹是绿了黄，黄了又绿的草木，在季风吹拂中潜滋暗长。

在我的眼中，坟地不是冰冷、凝固的存在，它依然拥有温度。

爷爷走了，父亲走了，弥留在土地上的脚印和气息清晰如初，苍茫的时空里依旧重复着他们躬耕的身影。土地被他们的子孙如数继承，村子里继续着他们平静而漫长的生活。田野的秩序丝毫未变，生活的脚步日趋沉稳，持续向前。

长期以来，我的目光游离于村庄以外的地方，然而童年景物时刻在心底浮现，它们给我的念想挥之不去。

熬过了无数个春夏秋冬，尝遍了生活的酸甜苦辣，我觉得一切已经无关紧要。我看到岁月的无情和自己的苍老，我无法保证自己还能活多久，但我的归途一定是通往故乡的小路。

我们来自于泥土，必将回归于泥土。

当自然以不可逆转的法则吞噬个体生命的时候，我们别无选择，只能放下所有的重负，用视死如归的方式坦然面对生命的仓促和无奈。

我清楚地记得二十年前的那个春天，村庄的土地激情涌动，春意融融。爷爷睡在老屋的热炕上，像一盏熬干了的煤油灯。

一个无论多么强大的人，有一天也会无法左右自己的身体，无法抵挡来自体内的病变和疼痛。

爷爷拒绝去医院，甚至拒绝打针吃药。我知道爷爷害怕把自己丢在村庄以外的地方，也不想带着满身的药味去另一个世界。生活的磨砺，让他的内心变得无比强大，他不再恐惧什么，哪怕是即将面临的无常。

春天本应该是一切生命最美好的时光，爷爷的生命却如一片凋零的树叶，融入村庄的泥土之中。

爷爷终于放下手中的锄头和锹把，不再以农民的身份劳作于天地之间，而是以一个退出尘世的老人的身份，在明亮生动的春天里，与村庄的土地融为一体。

爷爷走了，把土地留给了他的儿孙。

春节长假，无事可做，一个人驱车赶往南华山下的那个僻静的小村庄。眼光所留意的每一样物事，都为兴趣所在。儿时的一切，触目温热。

一路草木多，车子开过去，沿途的树枝簌簌拂过车窗玻璃，如手掌抚摸一般，敦厚得让人心生欢喜。一溜溜红砖红瓦的农舍，矗立在蜿蜒的水泥路边，不锈钢的门窗，在淡薄的阳光中闪闪发亮。墙壁上镶嵌着彩色的砖雕，雕了花草，枝枝蔓蔓筋骨柔软，悠然间仿佛从枝叶里串出来似的；雕了飞禽，栩栩如生，恍若从突兀的墙壁上飞出去一般。

穿过一个又一个散落在黄土地上的村庄，日光正暖，晒着庄户人家门前的牛粪，也晒着那些坐在墙根下打捞往事的老人。微风吹来，尘雾弥漫，空气里流动着儿时的味道。喜欢极了这恬静的时光，淡雅而奢侈。

临近黄昏，车子抵达山脚下的故乡。

云散天晴，西阳斜照，晚霞落在苔藓斑驳的墙皮上。一缕缕炊烟云梯一样搭在天空中，直向云朵里升去。

老院子里飘出黄米饭的清香。

每次回家，总要吃一口向往已久的饭菜。堂弟是一个留守村庄的人，也是一个为数不多在土里讨生活的人，他和爷爷一样，把一生的光阴奉献给了村庄的土地。土地对他有恩，他尝过丰收的喜悦，也吃过灾年的苦头，但他对土地的感情日益浓厚，以持之以恒的精力去侍奉自己的衣食父母，日出而作，日落而息。

夜幕悄然落下，整个村庄笼罩在深沉的夜色里，古朴的院落静谧安宁。屋子里炉火正旺，干柴把土炕烧得火热。

安静的夜晚，特别适合回想。

记忆如水，蓄积在巨大的安静中，如同大地，默不做声。

越来越厌倦没完没了的奔波，很想找一处安静的地方，远离市井的嘈杂，退避到灵魂自由的世界，在一处清闲温柔之地，过一种简单而安稳的生活。

活着的人，不可能没有记忆。

每次面对日益消瘦的村庄，我的思绪就像脱缰的野马，在故乡的大地上驰骋。

那些与土地相依为命的人，身处苦难的夹缝里，把自己的一生毫不吝啬地交给了命运，任由风吹日晒。他们面朝黄土的背影，如刀刻一般牢固，在我的脑海里经久不衰。

我的许多文字，都与记忆中的村庄有关，与那些发生在土地上的事情有关。

我知道，这是一种永远也无法割舍的乡愁。

沿着父辈们反复踩踏的地埂，我闻到荞麦花散发的甜香，看见蜜蜂在苜蓿地里飞舞，我甚至听见了麦子拔节的声音。

每个村庄都有它自己独特的气场，不时地吸引着远道而来的游子。每次融入这个遥远的，却又是触手可及的村庄，那些封存在记忆深处的往事，像流水一样，在心底荡漾。即使身在异乡，我也经常与它们相遇。它们是我一生中最为珍贵的收藏，是我内心最为柔软的部分。

外面的世界虽然精彩，但还是有人愿意留守，愿意劳作于这片生生不息的土地。生活的烟火还在这里弥漫，历史的光芒依然在这里闪烁。这是我儿时的记忆，这是我曾经的生活，这也是现代文明的出发地。这里能够唤醒许许多多的东西，足以让我在今后的路途上慢慢回忆，久久品味。

不管是贫瘠还是富足，村庄的一切与我而言，都是无法忘怀的，就像生我养我的慈母。我要珍藏她的欢笑和泪水，当作我永恒的纪念。

开满梨花的河湾

春天来了，覆盖着关桥河的冰雪，开始慢慢地消融。

多年来，河的宽度倒也没有多大的变化，只是水面越来越窄。流过河湾的水，像一条细长的丝带，蜿蜒向北，一直流到一个叫龙池湾的村庄。所有的水，天上掉下的雨水，地下冒出的泉水，都在这里集合，汇聚到曲湾水库里。水库是二十世纪七十年代末，靠人工用黄土夯筑起来的，一千多米长的堤坝，像一把直尺，横亘在宽阔的河道中。

一条九曲回肠的河水，滋养着河湾里挨挨挤挤的村庄。贺家堡、圈子湾、方家堡、二道河、油房湾、海家湾、鹰鸽湾……一直到关桥堡。每个小村落，都有一个特色鲜明的称谓，每个名字，都毫不掩饰地张扬着村庄的个性。

关桥河的主流来源于鸭儿沟、小河沟、席芨沟的数眼山泉，涓涓细流汇集一处，形成一条河流，由南向北，一路欢歌。起初，老关桥人把它叫作大河，后来，又被称作关桥河。

河岸以西，地势较缓，一座座黄土围起来的农家小院，静谧地镶嵌在树木葱茏的坡地上，起起伏伏，错落有致。河的东边，群山巍峨，峭壁林立。悬崖之下，散布着一些零星的房舍、畦田，河滩被农人划出纹理清晰的图案，形状各异。苍郁的植被覆盖了田野，一块块翠绿，仿佛一拧就滴出水来。

春风拂过，河湾里各种植物，就有了气色，活泼生动，内容丰富。首先是紫红的桃花，迫不及待地展露姿色，赤裸裸地开了起来。接着，是粉色的杏花，雪色的梨花，整个河湾一下子变得清纯而亮丽。

相对于其他树木，关桥人最爱的还是梨树。

自古以来，生活在河湾里的人，就对梨树情有独钟，房前屋后，山脚河畔，凡是能够利用的空间，都种上了梨树。

据说，最早的梨树苗，是一个沿路乞讨的老人，从远处带来的，为了报答一家农人的施舍，他把随身携带的几段几近枯萎的梨枝，埋在一孔窑洞前的湿土里。

要饭的老者走了，梨树留了下来，根扎在河湾的时光里。几番春风秋月，几棵梨树齐刷刷地开了花，结了果，果皮脆嫩，肉汁甘甜，咬一口，芳香四溢，韵味悠长，被誉为“香水梨”。从此，所有沿河而居的农人，都开始在自家的庭院里，一棵接一棵地种上梨树。

每一棵梨树，都不会辜负农人的希望。它们拼命地生长，努力地成熟，热切地顾盼开花的季节，繁盛地演绎春华秋实的生命轮回。

“忽如一夜春风来，千树万树梨花开。”

梨花一开，情不自禁，你追我赶，一头跌进春天的怀抱。一片片雪白的梨花，含笑微醺在轻柔的风里，释放出丝丝缕缕的醉意。

梨花开得极美，在属于它们的世界里，铺成一片朴素无华的海洋。

每次踏入开满梨花的村庄，内心总会滋生出一种特殊的情感。站在村口，触目所及的巷道，错综复杂地通往庄子的深处。总有一些耐不住寂寞的树木，把花枝搭在苔藓斑驳的墙头，向你点头致意，笑问客从何处来。

曾经写过一点关于梨花的文字，总觉得有愧于这壮美的景色。其实，无论怎样的文笔，都难以描摹大自然不断变幻的风情。

梨花没有娇艳的花瓣，没有绝美的色彩。或许，它也不知道，平凡中孕育着伟大的哲理，它只是在该来的时候就来。

世界那么大，到处有梨花。与其他地方相比，关桥的梨花开得更加任性、更加热情、更加自由、更加活泼。

在关桥人的眼里，梨花是大自然赋予他们的一份得天独厚的礼物。

无论走进哪一家院落，不管贫富，你都会看见一些头顶白帽的老人，淡定地守着梨花飘香的小院，就像是守着一种千古不变的信仰。对他们而言，最需要的东西，不是路上捡来的，而是原地不动的。

平凡的劳动，就是幸福。真正幸福的人，懂得知足，懂得用爱去拥抱并不完美的现实。每个农人一生的全部努力，只不过是完成了一件普通的生活。

一条条任意的小路，在脚下不停地延伸，通往各家各户。此

刻，不需要任何的引导，沿着开满梨花的河道漫游，闻着淡雅的清香，春天的气息便从各个角落扑面而来，让人身不由己地醉倒在梨花的怀中。

累了，随便坐在一棵枝繁叶茂的梨树下，和一些满脸沧桑的老者，漫无边际地闲聊，听他们讲一些过去的事情。憨厚的笑容，朴实的话语，一世炎凉，片刻温暖。没有任何理由能促使他们离开家园。

漏在树下的阳光，破碎了，淡薄已极。梨树枝头，小鸟鸣啭，清脆的叫声，在微风习习的春光里摇曳。驮着阳光的树叶与梨花，私密地聊着一些厚重的话题。梨树下的园子，种满苜蓿和韭菜，那些蓬勃而起的绿，像一行行激情荡漾的诗，在模糊的地垄间奔放。农人播下的每一粒种子，都孕育着成长的希望。

缀满梨花的大树，一身洁白，素雅淡定，枝丫相连，冠如伞状，它们集体站立成一道风景，齐声呼唤春天的到来，一起爆发生命的力量。望着这些原生态的梨园，心中就会不自觉生起对大自然的敬畏之情，一草一木里似乎暗藏着洪荒的秘密。

每个梨园，就是一个性能良好的过滤器，把陈旧腐败的气息挡在外面。记得有人说过这样的话，要去就去梨花开放的地方，尘世刚刚睁开双眼，洁净如初。

守着梨树的农人，和诗人一样，都有一颗孩童般的心，纯粹而透明。农人写的诗，发表在春种秋收的岁月里，一个季节连着一个季节。一辈子只做一件事，谁也不会觉得，眼下的一切就是苟且。其实，诗和远方，本来就存在于每一寸真实的光阴之中。

沿着脚印叠加的土路，在软绵绵的春天里，邂逅梨花飘香的时节，真的不忍离开这如诗如画的田园。五月春不寒，风前梨花软。蝶舞飞雪中，蜂鸣绕耳畔。走着走着，就有了一种诗意朦胧的感觉。

关桥是海原的北大门，是香水梨的主产区。

当你的脚步踏进关桥地界，一条南北相向的柏油路边，就开出梨花的河流。这梨花的河流，漫过绿树掩映的村庄，漫过炊烟袅袅的农舍，一直流到几十公里之外的地方。

到了立夏这天，河道里绿意盎然。繁华落尽的树木，把饱满的枝条，伸向洒满阳光的天空。稚嫩的果子，在微风中摇来摆去，样子十分欢乐。

蹲在梨树下的老农，把自己凝固成一尊雕像，脸上刻着岁月的沧桑与安详。一想到秋天，老农便立起坚硬的身子，展开满脸的皱纹，用一双粗糙的手，触摸温润的树木，像是亲近自己的儿孙。

经过一段疯长的年华，梨树就有了自己的分量，日益沉重。当然，一棵树的分量是有限的，微不足道。可是，无数棵树木的分量汇聚起来，整个河道就有了一股难以估算的力量，汹涌澎湃。这种力量无法抗拒，它足以改变每一家人的生活现状。

后河的甜瓜熟了

一

关桥像一头沉睡的雄狮，静静地卧在海原的西北部，头顶海原，脚抵同心，前胸与后背各有一条河，名字叫关桥河、麻春河，也有人把它们称作前河与后河。

很久以前，两条河都有水，水流虽不大，却清澈透亮。哗啦啦的河水，自南向北，一路欢歌，滋养着河岸两边的每一个生命。沿河而居的村民，在季风吹拂的土地上，日出而作，日落而息，日子过得云淡风轻。

两条河在下游交汇，聚集一处，共同流向一个叫石峡口的水库。

后来，不知道什么原因，河水干了，只剩下一片沙石裸露的河滩。

因为缺水，前后河流域的百姓，生活每况愈下，举步维艰，这片土地上的人们，正在经历一场前所未有的考验。

穷则思变。

好日子不会从天上掉下来。农民虽然不是哲学家，但他们最懂生存的道理，无论脚下的土地多么贫瘠，他们绝不会轻言放弃。

二

因为一次别开生面的小甜瓜品评会，我与麻春河的瓜农有了一次近距离的接触。

五月下旬的一天，关桥乡党委书记丁生国打来电话，诚恳邀请我参加县农牧局与关桥乡共同举办的品瓜活动。一听说去后河，我一下子来了兴致，便爽快地答应下来。

活动前一天，约了几个朋友，从县城出发，沿着一条蜿蜒的柏油路，驱车前往麻春河流域的甜瓜种植基地。

出发的时候，碰巧赶上了一场大雨，车子谨慎地行驶在朦胧的雨雾中。车顶上的雨声，像铁锅里炒豆子，噼里啪啦，气势磅礴地回荡在耳畔。此刻，爽朗的心境无以言表，只想唱一首轻快的歌，把它献给天空，献给大地，献给每一个鲜活的生命。

车窗外的田野，生机勃勃，绿意盎然。道路两侧的树木一片葱茏，白色的洋槐花，黄色的沙枣花在雨水的洗涤中，开得千姿百态，妩媚妖娆，沁人心脾的花香与泥土的味道结合在一起，扑窗而来，直抵心灵。

三

雨中的后河，给人一种幽远而深沉的意境，一望无际的河滩，覆盖着透明的塑料薄膜，整个河道像 片白色的海洋，在清风细雨的抚摸下，波涛起伏，一浪拍打着一浪。一座座小拱棚，像一行行灵动的诗歌，抑扬顿挫，活泼生动地呈现在我们的面前。如此恢宏壮阔的田野景色，给每个现场观望的外来人，带来一种难以描述的惊喜与震撼。

听说我们要来，县农牧局的技术员和一些瓜农，老早就候在冯湾村的瓜棚外面，等着我们。雨水打湿了他们的头发，淋湿了他们的衣服，他们似乎很乐意让这久旱之后的甘霖，痛快淋漓地涤去浑身的尘埃与疲惫。那一刻，我明显地感觉到他们是幸福的，这是一种付出辛劳之后，收获成功的兴奋。笑意和雨滴在黝黑的面颊上滚动，灿烂而明亮，毫无掩饰。

韩超，这位已步入不惑之年的技术员，除了穿着一件皱巴巴的西装之外，和当地的瓜农并无两样。粗糙的大手，黑里透红的脸庞，坚实的步履，激动的话语，甚至比村子里的瓜农更像瓜农。

在韩超的引领下，我们猫着腰，进入培育小甜瓜新品种的温棚。映入我们眼帘的是一个璀璨的世界，那些悬挂在支架上的小甜瓜，像一个个调皮捣蛋的孩子，在碧绿如茵的瓜叶后面，探头探脑，若隐若现，脸上刻满了温润与羞涩。她们都拥有极其好听的名字："花姑娘""早香蜜""珍珠香""明玉""玉姑""蕙兰"……还有其他许多富有诗意的名称。

从种上瓜苗的那天起，县农牧局的专家与技术人员，就吃住在简易的工棚，像抚育自己的孩子一样，精心照料着小甜瓜的成长。如今，它们已经成熟，丰满得像待阁出嫁的姑娘，等候迎娶的日子。

瓜棚外的雨，依然下个不停，雨点落在塑料棚上，像一首单曲循环的轻音乐，娓娓而来，滋心润肺。瓜棚里暖意融融，温情不断地飙升，我们沉浸在热浪涌动的时光中，久久不愿离去。手捧着沉甸甸的甜瓜，在咔嚓咔嚓的相机前，与玲珑精致的果实拍照留念，满心的欢喜定格在闪烁的光影之中。

年轻的关桥乡书记，笑呵呵地举着甜瓜，让我们给他拍一张特写。他说，他要为种瓜的百姓做一个宣传代言人。是啊，每一个公仆都应该成为老百姓的代言人，设身处地为自己的父老乡亲谋利益。

四

每一块土地都不会辜负农人的耕耘，每一粒种子都不会拒绝成长的希望。

人活着不是来证明苦难的。

多年来，憨厚朴实的关桥人，把希望的种子播撒在脚下这片神奇的土地，日复一日地操劳，终于赢得瓜果飘香的季节，把一个并不完美的生活，打造得殷实而甜蜜。许多人依靠种瓜，逐步走上了一条脱贫致富的康庄大道。

和冯湾村的许多瓜农一样，张本福也算得上是一个地道的种瓜能人，他和妻子一道，经营着八个小拱棚，没日没夜地劳作于自己的小天地里，为瓜苗松土、施肥、浇水。一张饱经风霜的脸，被岁月雕琢得沟壑纵横。当我们来到他家的棚前时，他急忙走进棚里，给我们摘下一些刚刚熟了的“花姑娘”，一边用女人的围巾擦着，一边亲热地让我们品尝。

捧着晶莹剔透的甜瓜，眼眶不由自主地湿了。面对这位像大山一样稳重而朴实的农民，我们情不自禁，泪水夹杂着雨水，扑簌簌地流下来。

咬一口清脆鲜嫩的小甜瓜，口中溢出一股醇厚绵长的芳香，这香味似乎渗进人的骨子里，无论如何都是忘却不了的。

乡里的人都说，前河的梨树后河的瓜。这是对关桥乡特色农产品香水梨和西甜瓜的褒赞。

离开冯湾村的时候，雨过天晴，夕阳斜下，金色的阳光洒满河道两岸的崇山峻岭，经过雨水的清洗，红褐色的山峦更加秀丽挺拔，光彩夺目。

铺满晚霞的河滩，像一幅刚刚收笔的油画，色泽艳丽地展现在我们的面前。伫立在沙地高处，眼前的风光一览无余，那些攀附在塑料薄膜之上的瓜秧，正在努力地向上，它们时刻准备着，把自己最美的年华，无私奉献给每一个珍惜生命的农人。

后河人的希望，在最美的季节里悄然酝酿。

梨园深处

晚秋的日子渐渐地松弛了下来。

早晨的阳光清澈澄明，不着痕迹地流淌在梨树的枝叶间，树下的落果静静地躺在秋天的阳光里，像赤身裸体的婴儿，浑身散发出金子般的光芒。

梨园里的韭菜、芹菜以及其他蔬菜，依然郁郁葱葱，绿意盎然。微风吹来，园子里碧波荡漾。透过梨树的阳光淡薄至极，像一袭鹅黄色的纱，覆盖着我疲惫的身躯。

活动开始之前，整个梨园一片寂静，时光仿佛凝固了，纹丝不动。秋季的天空高远、深邃。

头顶上飞过一群大雁，悠闲地扇动着翅膀，慢慢地划向更远的远方。雁阵不停地变换着队形，像是刻意地飞行表演。雁鸣声不绝于耳，听不出来是喜悦还是忧伤，它们只不过是该来的时候就来，该走的时候便走。我暗自思忖，它们比人更懂得生活。

临近正午，活动开始。该来的人都来了。

为了让当地的香水梨走得更远，关桥乡政府特意策划组织了一次“梨园风情”采摘节，活动地点定在贺堡村的一座老梨园里。

梨树已经很老了，粗壮的树干上沟壑纵横，一棵棵梨树像一个个饱经沧桑的老人，淡定地伫立在秋日的时光里，经历春华秋实的轮回。

每年的春天，再老的梨树，都会发出一身稚嫩的枝叶，开出一树雪白的梨花，经过一段疯长的年华，每一棵梨树像怀了孕的妇女，身子逐渐沉重。秋天来了，梨园深处果实盈枝，香味弥漫。

挂满枝头的香水梨，模样俊俏，饱含情义，惹人喜爱。

每次路过关桥，我都情不自禁地走进梨园深处，只为看一眼梨树生活的现状，每一次都有不同的感触和收获。曾经写过许多有关梨树的文字，应该感谢梨树，成就了我的文学情愫。

狭长的关桥河流域，随处都能看到百年以上的梨树，它们淡定地伫立在梨园深处，自然而然地形成一道道独特的风景，有的枝叶相连，有的独树一帜，有的卿卿我我，有的默默无语，不管以什么样的姿态出现，它们总会给走进梨园的人各种各样的启迪。

梨园深处，突然冒出来许多“不速之客”，有人拍照，有人写生，有人唱歌，有人跳舞，古老的梨园一改往日的寂静，热闹纷呈，精彩不断。

秋后的阳光罩在梨园的老树上，把浓密的树冠点燃成一把把色彩艳丽的大伞，伞下坐着村子里的一些老人，头顶上的小白帽，像天上掉下来的白云，一朵比一朵洁净。此刻的老人似乎已经想明白了许多事情，再老的老人也活不过一棵树。梨园的每棵树木都比人的寿命长。

人，其实就像树上的一片叶子，活着活着就不见了。宇宙间的万物都有它们不可示人的奥秘，没有人能参悟透的。活着无疑是幸运的，也是幸福的。

孩子们和树上的小鸟一样不安分，叽叽喳喳地吵个不停。他们挥动着灵巧的双臂，在梨园的空隙里跑来跑去，每一份热闹都与他们有关。或许，在将来的某一天，他们也和现在的老人一样，静静地坐在洒满阳光的梨树下，回味那些渐行渐远的陈年旧事。

香水梨的成熟，是梨园深处最为壮观的象征。那些刚刚从树枝上采摘下来的香水梨，脆生生金灿灿的，咬一口，汁液四溢，香气醉人。

每一棵梨树都不会辜负农人的初衷，它们春华秋实，活着的意义简单而纯粹，为自己的主人贡献出一段最美好的年华。它们相依相偎，集体凝聚成一股汹涌澎湃的力量，这股力量像一条奔腾不息的长河，从远古到如今。

秋天来了

秋天来了。庄稼的成熟，是秋天最为壮观的象征。夏天的力量都隐藏于玉米、土豆和果木的枝叶间，与秋天相聚。那后面的路途，将会更加沉重而深刻。立秋，是田野的盛事，将在明亮的苍穹之下，悄悄完成。

秋色，最早呈现在树木的叶片上。比如，当你行走于一棵大树之下，总会有一两片清新而淡黄的叶子，静静地落在你的发梢或肩头，虽然你不会感觉到任何的负重，但，那一刻，你一定会强烈地感受到，秋天真的来了。每一片叶子上的阳光，都饱含着秋的印记。

秋天来了。万物更加繁茂，大地的光芒被遮掩，更多的阳光悬在庄稼和树木的上空。此时，现世非常清晰，一切的过往入心入髓。

秋天来了。爬满山坡的羊群，像天上掉下来的朵朵白云，臃肿而懒散。牧羊人立在山冈上，静默如一尊雕塑，表情模糊，心事凝重。此时，他的心中一定会有一个日思夜想的女子。我美丽的女人啊！我和秋天都在呼唤你，你站到山冈上来吧，在秋日的阳光里沐浴，在清亮的山风里歌唱，在湛蓝的天空下梳妆。从此，山坡和我都不会寂寞，也不会伤感。

秋天来了。时光比任何时候都安静。秋天，所有的动物和植物，似乎都在凝声屏气，欲说还休。一切生命不再轻薄和放纵，成熟是它们的高贵与品质。

秋天来了。阳光像是定了格，条理明晰。田野的秩序层次分明，内容充实。在任何一件物事上，都能看到透明的影子，拉开记忆的闸门和回溯的通道，我向生活的深处回望，视力超常。秋天来了，目光如炬，毫无遮拦。

无边的玉米地，浩瀚的土豆田，总能给人好心情。穿行在家乡的土地上，你会感觉世界是那么真实。面对田野之间纵横交错的小路，你是想往远处，还是渴望回归？

秋天来了。谷物成熟，果子成熟，叶子也已成熟。当然，没有人会收获叶片，这不是叶子的悲哀，应该是它们的幸运。它们落地归根，或随风流浪于远方，在别的地方归根，最终，进入新一轮循环中。季节像一个铁环，在不停地奔跑中循环往复，因失去和重复而意义非凡。

秋天来了。整个世界溢满芳香，就连村庄的炊烟里，都飘着成熟的味道。拴在牛棚里的犍牛，膘肥体壮，再也无法走出那道狭窄的拱门。

秋天来了。收获结束，花期消失。生长的力量，再次回到泥土之中，土地也和孕妇一样，精血需要补充，伤口需要愈合，身体需要休整。所有这些，都需要另一个季节。这是土地的神圣与威严。

红梅杏花开

山里的春天，概念模糊，一切尚待苏醒的模样，草木稍微露出一缕浅淡的绿，已经很提神了。杏树枝头花苞鼓胀，春风一吹，欢天喜地，仿佛一瞬间就会撑开一片烂漫的花海。

每年的春天，总要去一趟牌路山，不为别的，只是为了了却心中的那份牵念。光阴迅忽，一晃就是几十个春秋。

新绿涂抹的山坡，依然残留着冬天的痕迹，枯黄的衰草随处可见。沿着水泥台阶缓缓向上，记忆里涌出的便是那些早已远去的青春。

毕竟是春天了，阳光清新明媚，让人不由得多情起来。山桃野杏的枝头，欢快的鸟雀在跳跃，鸣啭的声音里充满了春天的韵味，生动活泼。

看着满山初放的杏花，心境格外清爽。

突然想起了一件事情，老早就答应过史店乡书记生礼和乡长耀玺，要去田拐村万亩红梅杏基地看看的。

牌路山东麓，有一个名不见经传的小村，叫田拐。村子不大不小，843户，3000多口人，其中建档立卡的贫困户312户，1100人。

约了海原摄影人恒德，一起开车去史店的田拐。翻过牌路山，向北行驶几公里，“田拐红梅杏基地”几个大字随即映入眼帘。

村部位于双涝子自然村。这是一个刚刚改造过的小村庄，新建的红砖红瓦房，矗立在一面阳光充足的山坡上，高低起伏，错落有致。

我问过村子里一个姓田的老人，村庄的名字为什么叫双涝子。老人含糊其辞地告诉我说村子里以前有两个盛集雨水的涝坝，所以就叫双涝子。其实海原有许多村庄的名字都有一定的意思包含其中，仔细地考究一下你会发现，大多数村庄的名字与村庄所处的地理位置有着一定的关联。

双涝子，是一个只有几百口人的纯回族聚居的自然村。大概是十几年前，我来过这个村子，村子的容貌很差，给我留下的第一印象就是脏乱和破败。村子里有许多游手好闲的小青年，不读书也不种地，成天在村子里晃荡，天塌下来似乎都与他们无关，他们好像已经完全习惯了眼前的一切。长期的贫困能够轻而易举地摧毁一些人生活的意志，让他们心安理得地安于现状。没有吃穿，就等着政府的救济。

坐在田成岐老人家大房的热炕上，浑身热流涌动。春日的暖阳透过硕大的玻璃窗，把整个房间照得通亮而温馨。炕桌上的盖碗茶散发出一股沁人心脾的清香。我和老人慢慢地聊着村子里的一些往事。老人虽然已经快七十岁了，但精神矍铄，谈兴十足，脸上的笑意如春花一样灿烂。

田成岐老人家的院落位于村子的最高处，在这里能够看到整个村庄的面貌。阳光下的双涝了像一个脱胎换骨的新人，屹立在我的眼前，西装革履，底气十足。眼前的一切恍若梦境。午饭时分，家家户户的屋顶上炊烟缭绕，饭菜的香味弥漫在村庄。园子里的杏树、梨树的枝头已是繁花似锦，姹紫嫣红。孩子们像小鸟一样，在新修的水泥巷道里蹦蹦跳跳，鸡鸣狗叫的声音此起彼伏，不绝于耳。在这个阳光灿烂的日子里，村庄的所有物事格外生动，格外活泼。生活的滋味像一杯陈年老酒，浓郁而醇厚。经历了昔日的黑暗，如今的村民如释重负，美好的蓝图正在一天天的绘制。为了这一天，村子里的人们已经做了十几年的准备。

时间的确能够改变一切。

没有彻骨的痛楚，就不会有穷则思变的信心和决心。

在史店乡田拐村25.8平方公里的土地上，有9个自然村，它们像9个难兄难弟一样，谁也不比谁好多少。恶劣的生存环境让生活在这里的人捉襟见肘，朝不保夕。

世界就像一个广场，如果你只知道左右顾盼，而忘了站在高处张望，是很难找到方向的。只有在超拔于时代的苦难之上、人群之上，敢于向当下的困境挑战，才有可能走出一条柳暗花明的道路。为此，史店乡党委政府审时度势，依据田拐村的地形地貌和现状，做出了一个前所未有的决定，将田拐村的万亩山坡地退耕还林，种上红梅杏。

起初，村子里的老百姓并不理解也不支持。他们的理由很简单，失去了土地今后的日子怎么过？自古以来土地就是农民的命根子，没有了土地的农民指望什么养家活口呢？蓝图与现实之间的距离的确存在，这些问题无法回避，只有积极面对，方能化解。

好事多磨。为了实施好这个项目，县乡两级领导多次调研，反复论证，苦口婆心地做群众的思想工作。

我从来都没有轻视过农民，因为我自己就是农民的儿子。但是我想说的是，农民在一些大是大非面前，反应还是比较迟缓的，特别是牵扯到自己的利益问题。习惯了扛锄头握锹把的农民，习惯了日出而作日落而息的农民，土地是他们的希望和未来，即便是这样一个十年九旱的地方。只有与土地相依为命，他们的内心才会踏实安稳。

一下子退出万亩山地，对于惜土如金的农民来说，无异于割他们身上的肉，当时的境况可想而知。乡上的干部为此付出了常人难以预料的艰辛与努力。为了这个重大项目，他们不辞辛劳，废寝忘食。

精诚所至金石为开，经过反反复复的动员，最先开窍的是村子里的青年一代，他们渴望着能够尽快地逃离这片贫瘠的土地。外面的世界充满了诱惑，或许对他们而言，离开土地才有出路，至于红梅杏，则不是他们考虑的重点了。

经过大半年的多管齐下，第一批红梅杏终于落户田拐的山坡梁峁，近6000亩的杏树在春风里生根。为了保证成活率，林业、水利、农业、扶贫等相关单位，与乡村干部群众一道起早贪黑，一条蜿蜒的水泥硬化路通向山顶，三座蓄水池修在高坡之上。第二年又有3000多亩的红梅杏站立在群山的怀抱之中。

离开土地的年轻人，像候鸟一样，飞往村庄以外的各个地方，有的开饭馆、有的跑长途、有的上新疆、有的下广州，几年的光景，家家户户的收入直线上升，生活的状况发生了天翻地覆的变化。一栋栋新居拔地而起，一辆辆小车开进了村庄，有了钱，日子过得越来越滋润。有的人甚至在县城买了房，把老人和孩子接到城里。

站在田拐万亩红梅杏基地的观光台上，内心早已是波澜起伏，感慨万千。万亩红梅杏齐刷刷地站在太阳底下，枝头的杏花开得极其安静，一朵挨着一朵。当然，我们并不急着让眼下的一切给予生活所有的答案，我坚信，未来的田拐一定会层林尽染，万山红遍。田拐的红梅杏一定会站出一种春天的气象，一点一点靠近你。是的，只要你肯等一等，生活的美好总会在不经意的时候，盛装莅临。

中卫，挺好的

与中卫的相遇，没有早一步，也没有晚一步，正是撤县设市的时候。在此之前，我对中卫的认识几乎是空白，脑海里没有多少关于中卫的信息。

我不是一个人云亦云的人，不喜欢盲目跟风。有些事、有些人，总希望通过自己的眼睛，通过自己的接触、了解与思考，然后得出一些心安理得的结论。谬论与真理只有一步之遥，把握不好，相差甚远。如今的社会是网络的时代，是各种信息疯长的时代，假恶丑的东西像长了翅膀一样快速飞向各个角落、各种人群；真善美则需要我们的耐心与坚持，需要一次又一次地转发、重复。

初次来中卫，感觉不太好。或许是地理、饮食，或许是陌生的环境、陌生的语言。总之，不想在中卫多待，哪怕是一天两天。偶尔到市里开会出差，也是来也匆匆，去也匆匆。最熟悉的街道就是鼓楼南北街、东西街，其他则不知其名，也不需要去记住，反正我又不天天待在这里，知道与否，与我关系不大。

时间是个有趣的过程，你永远都不知道它会怎样改变你。十年的时间，在历史的长河中只不过是一个瞬间，而在一个人的生命历程中却不算短暂。岁月使人觉醒，时间会让你改变对一个地方、一些人的看法，曾经看不透的人或事，慢慢地就懂了。来中卫工作，我渐渐地认识了中卫，了解了中卫，熟悉了中卫，对中卫的感情也是与日俱增。年轻的中卫市如少女一般在十个春夏秋冬的更替中悄悄地改变，亭亭玉立在我们的面前。生活在一个美好的城市里，总会有一些美好的事情、美好的心灵，触动你的眼睛，拨动你的心弦，以至成为你内心深处最柔软最温馨的回忆。

其实中卫挺好的。春有百花秋有霜，夏有凉风冬有雪。一年四季分明，寒热有度。群山巍巍，沙漠浩荡，黄河穿境而过，得天独厚的自流灌溉滋润着肥沃的卫宁平原。塞上江南，鱼米之乡是中卫真实的写照。

其实中卫挺好的。沙坡头景色闻名全球，世界无双。黄河在沙漠里穿越，书写着人类自然景观的奇迹。羊皮筏子的漂流诉说着中卫人的智慧与聪明，古老的水车在永不消停的转动中承载着中卫遥远的文明。丝绸之路的驼铃仿佛在我们的耳边回荡，把悠远厚重的丝路文化展现在我们的面前。中卫是历朝历代的军事重镇，是兵家必争的边关要塞。中卫文化底蕴深厚，文人墨客辈出不穷，各种文化相依并存，显示了中卫的胸襟与包容。

其实中卫挺好的。“沙漠水城、花儿杞乡、休闲中卫”，是对中卫较为贴切的定位。中卫因沙而美、因水而美，堪称北方沙漠里的威尼斯。中宁枸杞甲天下，海原“花儿”飘四海。在中卫，工作、生活的节奏不紧不慢，不会为堵车发愁，不会为闷热烦心，走着上班购物，骑车笑看四周。幸福就在我们眼前，美景就在我们身边。

其实中卫挺好的。家里的饭可口，餐厅的菜实惠。一顿颇为丰盛的晚餐味美价廉，随时都能把亲人的思念变成一种实实在在的团圆。香山硒砂瓜，石头缝里长出的奇迹，令人叫绝。炎炎夏日，吃一口香甜自在心间。海原甜瓜，韵味绵长，想一想都让人甜美难忘。

前不久，我把中卫的美以图片和文字的形式发在亲友的微信圈里。天南海北的朋友、同学发来一个又一个的“赞”，他们问我，“你爱上中卫了？”“你想在中卫居住了？”是的，我的确爱上了中卫。在中卫这片热土上工作、生活、耕耘、收获。我知道，我已经离不开中卫了，与中卫相拥的日子必将成为我一生中最美好的时光。中卫是一本厚厚的书，我情愿一读再读。

别把洋芋不当粮食

其实村子里许多人都习惯将土豆称呼为“洋芋”。就像把火柴称作“洋火”，把铁丝称作“洋丝”，把水泥称作“洋灰”，把肥皂称作“洋碱”一样。这些称呼究竟有什么依据，我无从考究。

小麦成熟之前，村庄里家家户户都会在田间地头随便种一点洋芋，有时候，也会刻意留足几亩好地，专门种一片洋芋。种洋芋的程序并不繁杂，农村的小孩子也能帮上忙。

一对老牛拉着一铧木犁，男人跟在牛屁股后面，认真地扶着犁把，脚下的土地被划出一条五六寸深的沟壕。女人走在犁沟里，胳膊弯上挎着一个篮子，篮子里装满切好的洋芋籽种，走一步丢一颗，然后，用脚轻轻地踩实落。女人累了，孩子就跑过来接替。种完之后，把地打磨平整，洋芋便算种好了。

洋芋的生命力极其旺盛，隔上一段时间，就会看到它们一棵棵从土里冒出来，完全更换了另一副模样，活泼生机地展现在人们面前。

洋芋和农人一样朴实，在没有成熟之前，永远都属于田地里被人忘却的植物。它们的茎叶悄无声息地在土地里攀爬，相互友好地纠缠在一起，在轻微的风里私密地倾诉衷肠。没有人知道它们的根在阴冷潮湿的泥土里怎样努力地生长。寂寥的田野，洋芋像一个羞涩的村姑，潜滋暗长，慢慢地饱满、丰润。

洋芋也会开花的。花儿开得像水仙一样美丽。

上网查看才发现，洋芋花，不仅有紫色，还有白色、粉色。最早欣赏洋芋花的是法国人，当然，他们把洋芋花叫作土豆花。两百多年前，在法国，它是时尚的标志。在国王的生日宴上，一个药剂师，把一束土豆花献给了王后，王后非常喜欢，外出时，插在头发上，国王也喜欢，别在纽扣上。一时间，全国爱美的女子，都迷上了土豆花。法国人很浪漫，太太小姐们，把别土豆花，当成最时尚、最高贵的象征。

再后来，全法国开始种土豆，就是这看起来并不起眼的花，结下的果实帮法国人度过了无米的荒年，被誉为“地下苹果”。

洋芋一开花，村子里就添了一道迷人的风景。

遍地怒放的洋芋花儿，蓝盈盈的一片，在风中摇曳，像大海的波涛，一浪拍打着一浪。

沉睡在土地里的洋芋，首先被孩子们惊醒。

洋芋长到核桃大的时候，孩子们就迫不及待地用小手刨出白生生的洋芋，开始用“锅锅炉”烧着吃。

烧“锅锅炉”是农村孩子的拿手好戏。找一块挨着地坎的地方，挖一个像灶膛状的坑，再挖一个添柴火的小门，然后找来一些干透了的土坷垃，开始一块一块地垒，一个底大顶小的宝塔式的“锅锅炉”很快就造好了。

小伙伴们跪在地上，屁股撅得高高的，努力地用嘴吹着刚刚点燃的柴火，一阵风吹来，被烟尘呛得双眼流泪，那一张大花脸更是滑稽好玩。

干柴在烈火中激情燃烧，半个时辰土块便被烧得通红透亮。一切就绪，只剩向炉膛里放洋芋了。放一层洋芋，拍碎一层烧好的土坷垃，再放一些，再拍碎一些，直到放满为止。然后，用湿土封住柴火门，封住所有跑风漏气的缝隙，静静地等候“锅锅炉”里的洋芋由生变熟。

一个小时左右，洋芋烧熟了。大家轮番把洋芋放在手心里，颠来倒去地吹着热气，性子急的，连皮也来不及剥，就一口咬下去，舌尖上便烫起了水泡。一股香味顿时在空旷的田野里弥漫，孩子们贪婪地吃着香喷喷的洋芋。吃得多了，肚子就胀，忍不住放个响屁，连屁里都溢出一股洋芋的味道。

洋芋的香味足以慰藉一个漫长而饥饿的童年。

秋天的日子松弛下来，午后的阳光清澈澄明，不着痕迹地流淌在洋芋枯黄的茎叶上，田野的秩序没有丝毫改变。

秋天的第一场霜降之后，洋芋地里就热闹了起来。男人们挥锹挖地，热汗津津，女人和孩子拽起洋芋的茎根，一串串洋芋便在秋阳里闪闪发光，映照着农人喜悦的面庞。

堆在地里的洋芋越来越多，像隆起的小山，在辽阔的田野里起起伏伏。

女人不停地捡拾金豆似的洋芋，腰弯下去时，胸前丰满的乳房，像两颗白花花的洋芋蛋，在温煦的秋风里幸福地颤动。

只要地里有洋芋，男人就有使不完的劲儿。

挖出来的洋芋，按照大小好坏，分门别类。个头大的，长得匀称的，被农人们细心地装进麻袋，人扛驴驮，运到院子里的洋芋窖里。一家人往后的生活就储存在那口宽阔的土窖里。剩下的洋芋，被农人拉到集市上，换点油盐酱醋茶，或者晒干后磨成洋芋面，卖给村子里做粉条粉丝的人家。

村庄的生命，被洋芋滋润着，活出了味道。

寒冷的冬季，一锅热气腾腾的洋芋煮熟了。男人坐在热炕头上，端着一老碗剥了皮的洋芋，用竹筷捣碎成泥，就着酸菜和油泼辣子，尽情地享受一顿美味佳肴，日子美咋了。

村庄的女人是过日子的行家，她们能把单调的洋芋折腾出五花八门的吃食，烧烤烹煮煎炸炒，色香味俱全，洋芋以各种各样的姿态呈现在农家的饭桌上。

如今，科技发达，洋芋被开发出越来越多的食品。洋芋馒头、洋芋面条、洋芋饺子、洋芋饼干，品种繁多，令人眼花缭乱。

最近，继小麦、水稻之后，洋芋被国家列为另一种主粮。其实，在西北广袤而贫瘠的国土上，洋芋早就承担了这个任务。我故乡的父老，谁的日子不是就着洋芋下咽呢？

迟到的婚纱照

我和妻子结婚时，没有婚纱照，也没有金沙岛。

2014年8月1日，是我们结婚三十周年纪念日。这一天，对我们而言格外重要。

我想给妻子买一件礼物。三十年的时间已经不算短暂，据说是“珍珠婚”。本来打算给她买一条珍珠项链，就我们的生活水平来说，这件礼物也算不上奢侈。可是，当我把自己的想法告诉妻子时，她却摇头否定。

她说她只想要一张婚纱照。

三十年前，我们结婚的时候，日子过得极其艰难。一间土木结构的平房，几件简陋的家具，一台十英寸的黑白电视机，一辆半旧的包链自行车。后来，我们又有了一个儿子和一个女儿。

婚后的生活简单而幸福。平凡的日子一天天堆积起来，像一座大山矗立在我们的面前。回首间，身后已是几十个春夏秋冬，不知不觉就跨进“知天命”的门槛。

结婚三十年，该有的都有了，唯一的缺憾就是家里的墙壁上少了一张婚纱照。

约好拍婚纱照的老板，时间定在8月1号，地点选在离市区不远的金沙岛。

拍照的那天，妻子比院子里的小鸟起得还早。一大早，她就开始忙活，洗脸刷牙，梳妆打扮，像一个即将出阁的大姑娘，在镜子前面照了又照。女人的天性就是爱美，这似乎与年龄无关。

东方的太阳刚一露脸，我们就驱车前往金沙岛休闲度假区。天气真好，水城的天空蓝得使人想欢呼。夏日的阳光像金子一样，铺洒在笔直的柏油路面。车窗外，树木葱茏，槐花争艳，一股淡淡的花香扑窗而入，沁人心脾。道路两侧的田野，像一幅五彩缤纷的油画，呈现在我们的面前。汽车行驶在诗意般的景象之中，我突然就有了写诗的冲动。

进入景区的大门，几个红色的大字“金沙岛休闲度假区”映入我们的视线。极目远眺，人如潮，花似海，小巧玲珑的金沙岛像一个身披彩装的少女，亭亭玉立。一泓湖水围沙转，几叶小舟荡清波。

沿着一块块木条铺就的小道，徜徉在薰衣草的花海之中，我们仿佛置身于一个梦幻般的童话世界。每一处风景都是那样的迷人，每一道风光都可以成为我们拍照的背景。那一刻，我们已经忘记了自己的年龄，我们手拉手，肩并肩，默默地漫步于绿草花丛，心中有一股暖流暗自涌动。此景只应天上有啊！感谢上苍，赋予我们这一处独一无二的人间仙境。

斜阳西下，温煦的阳光一如既往地照耀在辽阔的婚纱拍摄基地。那些紫色的、蓝色的、黄色的、粉色的花儿，像大海的波浪，在轻柔的风中动情地摇曳，一浪拍打着一浪。色彩斑斓的花海中，有一块书写着英文字母“Love”的牌子，在蓝天白云下，绰绰生辉，十分醒目。“爱”是人类生命中一个永恒的话题。

一袭纯白色的落地婚纱，把妻子衬托得妩媚似水，楚楚动人。我们的造型，我们的笑容，连同那个“Love”，一并定格在照相机的镜头之中。人的一生错过的太多，那些留存下来的精彩瞬间才显得弥足珍贵。

夜幕悄然落下，神秘的金沙岛沐浴在银色的月光里，天上的星星也出来了，一个个口齿伶俐，轻声地吟诵着一段浪漫的爱情诗。

我们静静地依偎在温情脉脉的夜色中，坐在洒满月光的木板台阶上，晚风从欧式的别墅门前吹过，像一串串脚印踩在我们软软的心里。

金沙岛，你让我们重新捡起了那份渐行渐远的情愫。金沙岛，你让我们又一次点燃了生命中那段激情四射的时光。

第五辑
思念是一首难忘的歌

山风轻轻地徜徉，如你的诗歌一样静美；雨烟淡淡地飘散，像你的微笑一样离去。走出那条青石巷道，你目送我们远去的背影，难舍难分。远山如黛，夕阳斜下，你在微凉的风雨中，单薄的身躯站成了一棵瘦弱的梧桐。

第五辑
思念是一首难忘的歌

花开花落

一

高速公路上，回家的车辆如梭，一辆接着一辆。你开着车，行驶在回家的路上。腊月二十八，一个让人撕心裂肺的日子，一场突如其来的灾难，一个年仅二十九岁的生命，凋零在回家的路途中。

你静静地躺在冰冷的白色地砖上，宁静安详，仿佛睡熟了一样，你的亲人呼唤着你的名字，你听到了吗？你的女儿跪倒在你的身旁，不停地摇着你的胳膊，哭着叫着：妈妈，妈妈，你醒醒吧；妈妈，妈妈，我想和你说说话。一声声稚嫩的童音，洞穿每个人的心房。我们无法相信这样一个残忍的不幸，一朵娇艳的花儿突然消失在人生最美好的季节。

二

你第一次来我们家时，正是隆冬，那天下着大雪，你穿着一件红色的风衣，怯生生地站在小屋的墙角处，白净的脸上泛起微微的红晕，像一朵含苞待放的桃花，似晨曦中的云，似余晖里的霞。你说你的名字叫“夏”，从你的身上我们看到了一种火热的力量，看到了一个燃烧的青春，看到了一股追求幸福的渴望，看到了一份两情相悦的执着。

自从你进了我们家的门，你就成了我们的亲人，我们又多了一个女儿，饭桌上增添了一双筷子，回家时能多听到一个喊爸叫妈的声音。这一切都是冥冥之中的缘分，这一切都是与生俱来的前定。两千多个日日夜夜，我们聚少离多。你有了“果果”，我们有了天伦之乐，有多少个节假日，我们就有多少欢乐。有了高兴的事情，你第一时间分享给我们，有了委屈，你也尽情地向我们诉说。你虽为人母，在我们面前，你永远是一个围着父母撒娇的孩子，你是我们的亲情，你是我们的骨肉。

你的网名是“summer”，我曾经是一名中学英语老师，我当然知道这个单词的用意。你对待亲人，对待生活，对待工作，就像你的网名那样火热。在电视台上班，你尽职尽责，无所不能，你既是节目制作人，也是撰稿人和节目主持人，你的领导和同事都说你是单位的女强人。

三

你悄悄地走了，像家乡的高原上吹过的一阵春风；你静静地走了，像家乡的天空中飘去的一丝白云。我知道，花开花落本是自然规律，自然的始终都深含着美丽的意义。我也知道，我们都是穆斯林，我们的生命来自于真主，我们最终都要回归于安拉的怀抱。

当你的外公、外婆离去的时候，你写了一篇文章，把对亲人的思念挥洒在文字的缝隙中。如今你也走了，把无尽的思念留给我们，我含着眼泪，在孤独的小屋里敲打着一个个悲伤的文字，白发送黑发，你让我们情何以安？

在老家的土院里，在你睡过的上房里，我们点燃了一炷香火，昼夜不息。清香的烟在空旷的大房里缭绕，陪伴着你孤寂的灵魂。你的爷爷，你的父母、清真寺里的阿訇，还有我们，吟诵《古兰经》的声音从黎明到傍晚，都在为一个年轻的生命，为一朵早谢的花儿祈祷，我们祈求安拉的恕饶，祈求真主在后世的天园里提高你的品级。

自古生死两茫茫，不思量、自难忘。坟园的小门，把我们隔开在幽明两世。

你的葬礼俭朴而庄重，你走的那一天，为你送行的人很多很多，村子里的执教阿訇，还有许多清洁的穆斯林男子站成一排又一排，为你站“者那泽”，虽然你不认识他们，他们确是你的父老乡亲，他们在真主面前为你求得宽恕。你走得那么突然，但一点也不孤单，有多少人急匆匆地赶来，为你送了最后一程。左邻右舍、亲朋好友默默地行走在从老院到坟园的小路上，送葬的队伍蜿蜒成一条流动的河，你的几个叔叔抬着你，像推着一叶小舟，向坟园洼里快速地游去。你的身躯很轻，你已经放下了尘世间所有的重负，过早地走向了人生最终的归宿，坟园是每个人最后的家，它默默地等候着每个浪迹尘世的游子不期而至。

赞颂安拉的声音响彻在家乡的黄土塬上，亲人的哭声惊天动地。你的果果，跟在送葬队伍的后面，一次又一次重复着一句天真的话：妈妈睡着了，妈妈睡着了。刚刚五岁的她怎会知道，她的妈妈已经走上了一条永远也不再归来的路。

四

老坟里又添了一个新的坟包，下面是一个二十九岁的生命。我的亲人啊，你永远和你的祖辈们住在了一起，这里有你的太爷、太奶奶，还有你从未见过的爷爷以及其他许许多多的亲人，他们都在为你做伴。我的孩子啊，你千万别怕，你只不过走在了我们的前面，将来我们一定会在这里陪你的。

你的坟墓在老坟园的最高处，这里是阳光最多的地方，也是光线充足的地方。给你“打坟”的尔里叔叔说：你的坟坑里面很亮堂，这是真主给你的福报，这是安拉对你的恩赐。

五

我们的祖祖辈辈都是虔诚的穆斯林，认主独一是我们的信仰，也是我们的宿命。《古兰经》告诉我们：真主创造了世间万物，每一个生命都有前定，真主先造死后造生，生命的消失总会有一些迹象。我们生活在流水般的“顿亚”，心中总会有团团迷雾，让我们看不清前行的道路。当一切的不幸降临的时候，我们别无选择，只能轻轻地放手，穆斯林的名字就是顺从，我们不会怨天尤人，更不会背离主道，逆天而行。

你走之前，曾和几个朋友一起吃麻辣烫，不知道什么原因，你随口说了一句莫名其妙的话：这是我最后一次和你们吃麻辣烫。我知道麻辣烫是你的嗜好，你每次回家都让你妹妹给你做麻辣条。你在一家网站唱歌的时候，选了一首歌，名字叫《最后一首歌》，至今我的微信里还留着你唱过的这首歌，我含着眼泪听了一遍又一遍，你唱得那么忧伤、那么凄惨，字字句句，让我肝肠寸断。这一切似乎都是冥冥之中的定然。

去年我去南京出差的时候，给你买了一件连衣裙，上白下蓝，你说你好喜欢，像蓝天白云，你一直舍不得穿。如今你走了，你的喜欢你带不走一片一件。

多少天来，我一直未能走出家乡的这座老院。每天晨礼之后，我都跟随寺里的阿訇，到老坟园里上坟，吟诵古兰的声音从未间断，这是对你最好的思念。每一次宰牲，每一份舍散，都来自虔诚的举意，都出自对安拉的敬畏。每天上坟的人络绎不绝，乞求真主对每一个亡灵的慈悯和恕饶。众人的喜爱就是真主的喜爱，众人的“都哇”就是最好的“都哇”。

六

我始终认为，花开是一种美丽，花落也是一种美丽。你花开花落的笑容，永远定格在我们的心中。我的孩子，我的亲人，你安心地走吧，生命是一季花开，死亡是一次花落。这个世界上并非所有的生命都会四季花开，再美的花儿都会凋零。

悠悠师生情

——谨以此文献给八十四岁高龄的章承先老师

看着力豪同学从浙江临安发来的几张照片，我们几个同学议论着、感叹着：老了，老了，章老师的确已经老了！在我们的记忆之中从来就没有这样一个苍老的面容。时光在不经意间走过了三十七个春夏秋冬，如今我们都已步入知天命的年轮。再次翻开那张珍藏了三十多年的老照片，一股浓烈的思念在心底轻轻地流淌、慢慢地舒展。岁月留给我们的不只是沧桑与无奈，还有深沉的牵挂与祝福。虽然你走过的路充满了艰辛与坎坷，但给我们留下的却是一次又一次的感动与眷恋。几多忧伤、几多感慨，亲爱的老师，你在家乡还好吗？

从江南到塞北、从临安到海原，一次偶然的相遇造就了我们今世的师生情缘。那时候你正年轻，风华正茂、风度翩翩。高挑的个子、深邃的目光、清瘦的身材、白皙的脸面，一个典型的南方青年。你未能走出那个令人恐怖的阴影，你戴着一顶沉重的右派帽子，你从人间天堂的江南水乡落到了贫穷落后的黄土高原，你的不幸却给了我们万幸。冥冥之中我们与你不期而遇、命中注定我们与你不离不弃。我们庆幸在我们青春年少渴求知识的时候遇到了一位华东师大毕业的高材生。章承先老师啊，你的名字如刀刻一样留在我们的脑海之中。有了你的相随相伴，我们的人生才得以彻底的改变。

学生最大的幸运是在上学的时候能够遇到一些博学多才的好老师。那时候高考制度刚刚恢复，知识不再无用，人才受到尊重。学校不再批老师、学生不再交白卷。你用自己的毕生所学引领我们在书山学海中遨游。你的讲解如涓涓溪水流入我们干涸的心田。从百草园到三味书屋、从《庖丁解牛》到《论贵积粟》，从《六国论》到《谁是最可爱的人》、从李白到陶渊明、从鲁迅到毛泽东，你那南方口音浓重的普通话像磁石一样吸引着我们，听你的课就是一种无与伦比的艺术享受。学高为师、身正为范，三尺讲台任你驰骋。你忘了自己的不幸与悲伤，却时时刻刻记着我们，日日夜夜培养着我们。我们喜欢你也喜欢你讲的古文。你传授给我们知识也教会了我们做人。从你的言传身教中我们学会了怎样面对风雨人生，怎样身处逆境而淡定从容。从你高大的背影中，我们看到了父母的情怀与慈祥、看到了老师的伟岸与厚重。

临安与西安虽然只有一字之差却相隔万水千山。每个周末休息的时候也是你最想家的时候，江南的小桥流水、家乡的鸟语花香在你的心头缠缠绵绵、挥之不去。想家的时候你很安静，像个听话的孩子温顺地坐在宿舍门前的阳光里，用心弹奏着一把孤独的三弦，把对亲人的思念寄托在跳动的音符中，一首滚烫的思乡曲穿越无尽的地域与时空，轻轻地飘向母亲等儿回归的小院中。你一直舍不得脱下老人亲手给你缝制的那件灰色的中山装，那是母亲对儿子的念想也是游子对母亲的守望。

你挨过批挨过斗，有人骂你是臭老九。你教过农业基础、教过生理卫生、教过音乐和美术。你造过菌肥做过粉笔、养过鸡鸭喂过猪。在学校农场的土地上种过小麦和土豆。亲爱的章老师啊，面对命运的磨难与不公，你只会默默地忍受再忍受，博爱是你无私的胸怀，善良是你高贵的品质。

看着照片上那副沧桑的面容，思念如潮水般席卷而来，一浪高过一浪。我们再也按捺不住激动的心情，去看看吧，去看看吧，明天实在太遥远，明天是否还能见？带着温暖的祝福，带着同学的情意，带着遥远的思念，我们穿越万水千山，从海原到临安，从塞北到江南。你站在那个清冷的街角，翘首期盼我们的来临。一个温暖的拥抱，一个慈祥的笑容，温馨了我们风尘仆仆的旅程。那天的江南烟雨蒙蒙，恰似我们的心境，如泣如诉。我们行走在微雨凄凉的青石小巷，缠绵的话语从心底缓缓而出。我们日思夜想的恩师呀，请你原谅我们迟到的脚步。

简陋古朴的小屋，盛不下浓厚的师生之情。你说着、笑着，老泪纵横，滴滴敲打着我们的心。你为我们烧水泡茶，你为我们端上水果，你与我们合影留念，你和我们追忆往昔，你虽然年逾古稀，却对我们的过去记忆犹新；你虽然老态龙钟，却对每一个学生牵挂于心。你用我们久违了的江南普通话轻轻地吟诵酝酿在心底的一首诗：“塞上耕耘二十春，桃李芬芳慰我心。门生闲暇相聚时，勿忘江南一老翁。”这是一种多么奇妙的情感，牵绕着师生间的离合悲欢。亲爱的老师啊，我们虽不能朝夕相处，但我们的心始终与你相牵相伴，只要每天彼此挂念，就是一种实在的师生情缘。

面对过往的不幸，你一笑了之；面对命运的不公，你坦然释怀。你在岁月深处轻吟浅唱，你在烟雨之中抒发情怀。“相见时难别亦难，东风无力泪涟涟。轻轻挥手说再见，不知再见是何年。”任何语言和文字在离别时分都显得苍白无力，真的不忍心和你挥手作别，内心深处突生一股隐隐的痛。

山风轻轻地徜徉，如你的诗歌一样静美；雨烟淡淡地飘散，像你的微笑一样离去。走出那条青石巷道，你目送我们远去的背影，难舍难分。远山如黛，夕阳斜下，你在微凉的风雨中，单薄的身躯站成了一棵瘦弱的梧桐。

怀念一座城

2004年6月，受自治区党委组织部委派，我到厦门市湖里区政府挂职，担任区长助理一职。

初到厦门，正是鹭岛最热的时节。街道两侧高楼林立，车水马龙。一树树木棉花竞相开放，像一团团火，在美丽的鹭岛激情燃烧，令人怦然心动。在这个激情奔放的时刻，总有一个镜头、一个街角触动你的眼睛，拨动你的心弦，以致成为你内心深处最柔软、最温暖的回忆。

每逢周末或者夜晚，当一个人待在寂寥的公寓时，心中便有一股淡淡的思乡之情油然而生，这个时候是最想家的时候。最初几天的热情过后，我的心就陷入一股难耐的清冷之中。晚上总会给家人、同事、朋友或同学打一个电话，当然没有什么要事，只是想听一听电话那头的乡音。故乡意味着我们的所有付出，留存给我们太多的记忆，这些记忆构成了游子生命中的一部分，割不掉剪不断。

偶尔也出去逛逛街，不是为了买什么，只是想看看真实的空间里来来往往的车辆和行走匆匆的路人，感受一下四周的纷扰和嘈杂的市井声。

鹭岛的夜色比白天更美，穿梭于街道的行人在斑斓的霓虹灯下像一条彩色的河，蜿蜒流动。人声如涛，在我的耳畔拍打，那些地道的闽南话对我而言只不过是一种听不懂的外语，好想找一个人说说话。

在我去过的城市中，厦门无疑是最美的一个。城是凝固了的人，人是流动着的城。一个城市的美不仅仅只是它的外貌，更为重要的是生活在那个地方的人，人文素养是一个城市最为强劲的支撑。我之所以对厦门念念不忘，主要还是因为那些曾经帮助过我的人。

打开公寓的窗子就能看见大海。在沿海，随时都能闻到海风的味道，这种味道有一股淡淡的腥，我以前从未感受过。我不知道面朝大海是否春暖花开，但我的确开始关心粮食和蔬菜。日历在平淡温馨的烟火中轻轻地翻过，岁月在锅碗瓢盆的磕碰中渐渐地滑去。

热情好客的厦门人像爱护自己的眼睛一样，维护着城市美好的形象。不管在商场还是在集市，无论在上班路上还是在回家途中，厦门的男人总是那么温和安逸，彬彬有礼，他们不慌不忙，不争不抢，表现出一种优雅的绅士风度。鹭岛的女人虽说不是最漂亮的，但她们有着江南小女子的玲珑秀气，袅袅伊人，惹人喜爱。当你面对一张张含情脉脉的笑脸时，内心就会涌出一股莫名的感动，那种远离亲人的孤独在相视一笑中烟消云散。

每逢工作之余或者节假日，在朋友的邀请之下，我们踏着满地的夕阳，来到一望无际的海边，入目处便是辽阔的大海。厦门的海水干净、清澈，仿佛是鹭岛少女的眼睛。海浪从远处奔涌而至，一浪高于一浪，涛声不时地传入耳际，顷刻，天地间只剩下这一种声音，这时候你会身临其境地体会到另一番滋味的悠闲与安静。比天空更蓝的是海水。

我这个来自西北的“旱鸭子”，在朋友的拽拉下，竟然也跳入波涛汹涌的海水中学习游泳，享受一段沐浴海水与夕阳的时光。极目远眺，天连着海，海接着天。海风轻拂，涛声依旧。此情此景，你的脑海中会不由自主地浮现出这样的词语：波澜壮阔，碧水苍茫。

第一次在大海里游泳，置身于蔚蓝的色彩之中，任凭海浪温柔地抚摸我光滑的肌肤，心中的惬意难以言表，偶尔也会让海水呛一下，咸涩的味道自然就铭记于心。

当最后一抹阳光消失在海里的时候，我和朋友躺在余热未尽的海滩，看着月亮从海面上慢慢地升起，这时我才发现，原来月亮不只是从大山后面升起来的。月光肆无忌惮地挥洒在海面上，清波粼粼，甚是好看。

美好的日子总是短暂的，储存在脑海中的记忆却是深刻的。有时候我也跟同事学几句闽南话，我一直感觉闽南话像是从鼻腔里发出的，听起来如潺潺溪水，缠绵于你的耳膜，如果挂职的时间再长一点，说不定我也能说闽南话的。

怀念一座城是甜蜜的，像是怀念自己的亲人。

在湖里区挂职，我是幸运的。面对一个个问题和困难，我总会得到领导与同事热心的帮助与关怀，让我这个远离家乡的游子深切地感受到亲人就在身边，亲情就在眼前。

有时候看书写字累了，就丢下书本，约上几个曾在海原支教的朋友，漫无目的地在海边走一走，聊一聊，体味他们口中说出来的家乡话，虽然不太地道，但对于异地他乡的我来说已经足够亲切。碰巧有下雨的时刻，在海边看细雨飘洒的姿态，别有一番情趣在其中。

厦门的气温高，连雨水都是热的，不用任何雨具，任凭淅淅沥沥的小雨滋润你的身心。不远处，海天连接成一片，有一种隐隐约约的朦胧美，海鸟挥动着潮湿的翅膀，贴着海面飞翔，美丽的鹭岛在雨中显得更加妩媚动人。偶尔有一丝海风吹来，发梢随着缓缓的风肆意张扬，我与身边的人随意说着各自的心事，心底掀起层层的甜蜜。

环岛路、鼓浪屿、湖里山、椰风寨、厦大、鳌园，这一切都向你展现着鹭岛的文明与繁荣，它们像一部部厚重的史书，诉说着厦门的曾经与现在，每一个地方都有一个传说，每一个人都有一个故事。

凡是去过厦门的人，不可能不知道鼓浪屿。鼓浪屿以其秀美的景色闻名于世，漫步在这个不足两平方公里的“音乐之岛”，一首首轻音乐似高山流水，在岩石与草丛中缓缓流淌，脚下像蝌蚪一样的五线谱激情滚动，时而高扬，时而低沉。

置身于精致的鼓浪屿，你会情不自禁地感慨：陶渊明笔下的“世外桃源”并非只是一个美丽的童话。菽庄花园的恬静，钢琴博物馆的神奇，风格迥异的古建筑，曲曲折折的青石巷道，把你的思绪悄然引向一种古朴厚重的过往。高耸的日光岩，明净的金沙滩，古老的大榕树，与碧海蓝天交相辉映，勾勒出一幅风景如画的人间仙境。

人生路漫漫，鹭岛常相伴。十年不见，厦门一定在变。我很想再去看看，给未来的日子留下更多的依恋与回味，不知能否如愿。我在思念中守候，守候着我的梦中情人，希望这一天不会太遥远。

教师节感怀

一年一度秋风劲，在这秋高气爽的收获时节，第三十一个教师节如约而至。我一直认为：任何一个节日，过的都是一种心情，并非牛奶和面包。

1985年第六届全国人大常委会第九次会议通过了国务院关于建立教师节的议案，决定把每年的9月10日确定为中国的教师节。从此，几千万人民教师有了自己的节日。

1981年7月，我大学毕业，分配到牌路山脚下的海原回中工作，担任高中两个班和初中一个班的英语教学及一个高中班的班主任。每周十八节课，两个课头，外加一个班的班主任工作，没有一分钱的超工作量补助，也没有牢骚和不满。每个月四十多块钱的工资，日子过得红火而滋润。初为人师，浑身都又一股使不完的劲儿，我像一台开足了马力的机器，在充满激情的校园里不停地转动。黎明即起，和学生一起背诵English。在“Good morning，boys and girls”，“Good bye，class”声中上课、下课，每天的生活平凡而简单。十八岁的年龄，像金子般闪亮，三尺讲台，任我驰骋；一本教案，激扬文字。无忧无虑的教书生涯，情同手足的师生关系，像夏日的阳光一样火热。课余时间，我和学生们一起打篮球、踢足球、跳木马、掰手腕。课堂之上，我是他们的老师，课堂之下，我们是兄弟姐妹。每天晚上，寂静的砖瓦房里，灯火通明，学生们做作业，我写教案。两年的时间如白驹过隙，一晃而过。

1983年7月，我教的第一届学生，也是海原回中的第一届高中毕业生顺利地完成了学业，高考之后，成绩喜人。车如山同学获得全县英语最高分，如今他在兰州大学当教授。全班39名学生，有18人考入大专院校，升学率接近50%。

1986年，我带的第二届高中学生，高考升学率达到86%，其中马生仓和罗永贵同学分获固原地区文科类英语第一名、第二名。英语平均成绩荣获全地区第二名，比固原一中仅仅低了0.1分。那年我也被评为县级优秀教师，并且固原行署给我发了600元的奖金，我用这笔钱买了一辆“渭阳牌”摩托车。

1989年，我被评为全国优秀教师，这是我一生中获得的最高荣誉。面对鲜红的证书，我的心情久久难以平静。每一份付出都有一份回报，这一点我非常坚信。十七年的时间，我从班主任做起，先后当过教研组长、工会主席、教务主任、副校长、校长。看着一批又一批的学生像小鸟一样，挥动着稚嫩的翅膀，飞向远方，我的内心充满了自豪与欣慰。

1998年9月，第十四个教师节之后，我离开了海原回中，从此走上了另一条人生之路。每每回首往事的时候，那些曾经和我一起奋斗过的同事，那些我一天天看着长大的学生，踩着轻盈的脚步，满面笑容，以回忆的名义频频地出现在我的生命中。马佩贤，一个瘦小的地理老师，一个所有的回中人都知道的名字，他把自己的一生默默地奉献给了海原回中。他去世的那天，我的一个学生给我发来了信息，我只能在遥远的地方，含泪为他送行。一个人一辈子做几件事并不难，难的是一辈子只做一件事。马老师就是这样的人，当了一辈子老师，教了一辈子地理。陈君健，一个从大上海支宁的语文老师，把自己的青春无私地献给了年轻的回中。他率先在回中开始了语文教学改革，课余时间，建立了学校的第一个文学社，培养了石舒清、白草等一批知名作家。他的妻子，夏佩芳，同样来自上海，一个柔弱的江南女子，承担着全校学生学习资料的油印工作，浑身上下散发着一股浓浓的油墨味。佟学猛、刘凤霞夫妇，来自首都北京，一口流利的普通话，成为回中学生模仿的对象。刘凤霞老师的钟声，几十年如一日，风雨无阻，分秒不差。唐永明，海原回中的第一任校长，一个来自甘肃靖远的中年汉子，用自己的执着与自信，打造了一批奋发有为、蓬勃向上的师资队伍，为回中的发展奠定了良好的基础。还有许许多多的回中人，像老黄牛一样，成为回中最早的拓荒者。如今，有的人从事其他工作，有的已经退休，有的已经离开人世，他们的名字，像阳光一样明亮，照耀着日益成熟的海原回中。

一个拥有三十多年历史的学校算不上古老，隐藏在背后的诸多往事却不失厚重，不是随随便便就能看得透、读得懂的。校园里有我们看着长大的云杉、紫槐；有我们看着长高的教学楼、办公楼；有我们从牌路山拉土铺垫的操场；有我们排队打饭的食堂；有我们挥汗如雨的篮球场；有我们疾跑如风的足球场；有风

声雨声读书声、有歌声笑声呐喊声；有我们清纯亮丽的身影、有我们脚步匆匆的印痕。每个师生都有一个动人的故事、每个班级都有一个美丽的传说。

每次回海原，总要去回中，看看那些巍峨挺拔的楼房、看看那些青翠碧绿的树木，听听小鸟的鸣叫、听听琅琅的书声。“万物静观皆自得，四时佳兴与人同”，用一颗多愁善感的心触摸点点滴滴的往事、感悟风风雨雨的人生。光阴留声、风雨有痕。或许已经到了怀旧的年龄，或许有些记忆根本就不可以磨灭。我知道，有些事注定已成定局，让人如何挽留，却再也回不到曾经。

海原回中，一个让多少老师成就事业的地方，一个让多少学子放飞梦想的地方。多少人在你的怀抱里长大、多少人在你的温情里成熟。多少人与你朝夕相随、多少人与你荣辱与共。

如今的教师节似乎和我没有多大的关系了，因为我不再是老师。每每想起这些，我的心中不免会泛起一丝淡淡的忧伤。其他的节日我都可以忽略而过，唯独这个节日让我魂牵梦萦、难以忘却。

站在秋意微凉的牌路山最高处，俯瞰新搬迁的海原回中，我的内心如潮水涌动，涟漪四泛。遥望一路风尘，我无奈地相信，有些路注定要一个人走下去，那些相约同行的人，终有一天会在人生的某一个渡口离散。我开始喜欢这夕阳斜下的人生，在这个季节，所有的故事都已成型。这个季节，也最适合怀想，岁月已如流水般逝去，有多少美好的风景已经错过，总以为一辈子很长，却在不经意间忽略了生命中一些最美的时刻。五十年的风雨兼程，像雨水般从额头悄悄划过，刻下一道道年轮的痕迹。轻轻触摸那些斑驳的往事，那些清晰的记忆，把它留在心上，细细品味。在穿越时空中修一份淡定自若，修一份淳朴厚重。

久违的旅途

一坐上去固原的大巴，就感觉到有点清冷。不是因为人少，如今出外，最不缺的就是人，你一出来，仿佛所有的人跟你约好了似的，都跟着来了。不管你坐汽车还是坐飞机，重要的不是交通工具，而是出行的人太多，到处都是人。

快客急速地行驶在福银高速公路上，车上没有一个我认识的人，也没有一个认识我的人，旅途就有点寂寞，幸好只有两小时四十分的行程。

天气不算太好，有淡淡的雾气。车窗外的田野呈现出一派晚秋的韵味。玉米棒摘完了，枯黄的枝叶依旧站在地里，在无垠的田野里随风飘摇。田间地头，有农人忙碌的身影，剪过秋毛的绵羊，似乎一下子清瘦了许多，精神十足地在收过庄稼的地里抢青，白杨树的叶子在微风中飘落了一层又一层。

刚一出高速路口，一股久别重逢的情感涌上心头。多少次梦回萧关，多少话想说给固原，多少年轻的故事曾经发生在这片厚重的土地上。今天的原州，我已经认不出来了，昔日的车站，过去的校园都已经搬迁，一切都在时光的流逝中发生了变化。

站在万和大酒店八楼的客房里，依窗远眺，秋日里的东岳山是那样的苍茫、壮观，满山的红叶像火一样激情奔放，渲染了一抹晚秋的景致。

酒店大堂里碰到一个个似曾相识的面孔，大家微笑着相互致意，都是校友，相逢就是一种缘分。

母校四十周年庆典如期举行，固原市体育馆里人山人海，偌大的体育馆里洋溢着令人激动的喜气。隆重的仪式在嘹亮的国歌声中拉开序幕。

全国政协原副主席胡启立发来了贺电，激情滚滚的贺词让人心生感动。四十年风雨兼程，四十年桃李芬芳。“六盘山下人才基地，宁南山区教师摇篮”，四十年来，宁夏师范学院培养了三万六千余名莘莘学子，为黄土高原输送了一大批教育精英。桃李不言，下自成蹊。

漫步在秋风习习、阳光明媚的校园里，内心充满了无比的喜乐与自豪，短短几十年，旧貌换新颜。一切来得那么美好与突然。一排排高大的楼房拔地而起，一条条宽阔的马路四通八达，宁夏师范学院的师生工作、学习在一个如此美好的环境中，真的是一种幸运。

站在古雁岭的最高处，俯瞰脚下的宁夏师范学院新校区，心中涌动着一股“指点江山，激扬文字”的豪迈之情。四十年的时间如白驹过隙，一晃而过。从六盘山大学到固原师范专科学校，从固原师范高等专科学校再到今天的宁夏师范学院，历经四十年的风风雨雨，母校像一棵郁郁葱葱的大树，枝繁叶茂地矗立在西海固这片厚重的黄土地上，成为宁南山区一道独特而亮丽的风景。

宁夏师范学院，多少人与你朝夕相随、多少人与你风雨同舟。今天的母校，正值壮年，如日中天，正在大步流星地走向更加辉煌的明天。

从黑城到固原，从塞北到江南，从国内到国外，到处都有我们坚实的脚印，到处都有我们辛劳的汗水。今天，当我们再次回到母校，我们像一个个流浪在外的游子，在母亲温暖的怀抱里浅卧闲眠。此时此刻，我们只想轻轻地道一声：亲爱的母校，您远行的学子，没有给您丢脸。

初识陈继明

早就听说过陈继明，二十世纪八十年代，陈继明与石舒清、金瓯并称为宁夏文学界的“三棵树”，有报道说：西部有风景，宁夏三棵树。上周末回家途中，接到中卫市作协的通知，陈继明要来中卫市与另外两位文友举办书法作品展。这样的机会，可遇而不可求。对于书法而言，我是外行，当然也看不出什么门道。我一直喜欢陈老师的文字，正如已故作家张贤亮所评价的那样：陈继明的文风是冷静客观的，甚至是克制的，他常常会故意把戏剧性降到最低点。

周一下午，我去中卫市文化馆一楼的展厅，仔细地观赏了陈老师的书法作品，心里巴望着能与陈老师相见。下午撤展的时候，陈老师来了，我简单地作了一下自我介绍，求他为我写一幅字，陈老师笑眯眯地答应了，问我写点啥。我随即拿出了早已准备好的一句诗文：“万物静观皆自得，四时佳兴与人同。”看着他认真的样了，我的内心自然地生出一些敬佩来。前两次，他把写好的字都揉掉了，说是感觉不好。第三次写之前，他点燃一支烟，慢慢地端详着宣纸，胸有成竹地一挥而就。陈老师写字是认真的，就像他的文字那样。

晚上七点三十分，图书馆的报告厅里座无虚席。我们亲耳聆听了陈老师的《文学与书法》的讲座。在一种自由而和谐的氛围中，陈老师给我们叙说着自己的写作经验。他从八个方面谈了自己的写作经验。一是写作没有天赋，不要期待有什么奇迹会发生。写作很平常，像扫地、洗锅一样，只要认真，就能做好。二是写作一点也不深奥，需要的是耐心。比天才更重要的是耐心。耐心中包含着灵性，只要有耐心，你就会发现自己的潜力。他用土耳其一位作家讲的一句话，把写作比喻为“用针挖井”。三是写作需要一点雄心。他说如果不想成为鲁迅、托尔斯泰那样的作家，我早就不写了。雄心影响着作品的格局和面目，生活在一个小地方并不要紧，要紧的是不能有小家子气。四是对待写作还要有一颗平常心。把文字看成吃饭、穿衣一样，把写作调整成像我们的呼吸那样，每天坚持写一点，即使再忙也要坚持，哪怕写两三句也行。时间是等不出来的，不要指望着你有足够的时间再去写作，“明日复明日，明日何其多”。五是不要怕慢。慢工出细活，欲速则不达。要心悦诚服地接受“慢”，别急着把作品像炸弹一样地扔出去。文字是从心里自然而然地流出来的，文字的质地很重要。六是早晨写作。我的习惯是早睡早起，每天清晨，当别人还在梦乡时，我的写作就开始了。当然，每个人都会有自己的写作习惯，我写《一个人的天堂》时，把八个小时的睡觉时间分成四段，这样我一天就有了四个早晨的写作。找出适合自己的最佳写作时间并坚持下来。七是“写作是我的拴狗绳”，有了写作，我不再浮躁，不再满世界乱跑。人都会有自己的弱点，首先是不安定。一个浮躁的人，做什么事情都不可能做好的。八是“一日不做一日不食”。写作已经成为我生活乃至生命中的一个组成部分。出门在外，无论是火车上还是飞机上，我都坚持写作，我不在乎别人的眼光，只管做自己喜欢做的事。

关于写小说，他也毫无保留地谈了自己的一些体会，用他自己的话说就是“四个不写”和“四个写”：不写主题写气质；不写词语写气味；不写风俗写人物；不写故事写故事的反面。文学不是工具，主题会害死人的，千人一面的文字都是主题造成的恶果。不要追求词语的丰富与华丽，要通过节奏与气势的变化，来达到一种气味。没有气味的文章是没有出路的。写风俗难免不落俗套，写出来的东西格局小、档次低。石舒清的《清水里的刀子》虽然也写了风俗，但他把握文字的能力是超凡的，他通过一个伊斯兰寓言故事，把人与牲畜之间的心理活动描写得惟妙惟肖，总体上来说，他还是以写人物取胜的。这篇小说充满了一种浓浓的气味，让人回味无穷。我们读《红楼梦》，重点还是品味书中的味道。鲁迅、周作人以及张承志的文章都是很有味的。写小说离不开写故事，但你一定要知道，故事的反面在哪里，如果看不到这一点，你的故事充其量只是一篇传奇，传奇和小说在概念上完全是两回事。

朴实的语言像一溪甘泉，滋润着在场的每一个听众。与其说是一场讲座，还不如说是一次朋友之间的真诚对话，听陈老师的一席话，受益匪浅。与陈继明老师虽然只是一面之交，但留给我的印象却是深刻的，这辈子恐怕是不会忘却的了。我喜欢文学，当然也喜欢那些对文学抱着虔诚之心的作家。

思念如歌

对于你的离开，我始终难以释怀。我知道这一切都是命中注定，任何人无法挽留。“逝者如斯夫！不舍昼夜。”时光如水，一去又是好几个春秋。春天的花儿依旧灿烂、依旧芬芳，空气里散发着一丝淡淡的清香，树丛中蜂飞蝶舞。你吟诵诗歌的声音如春风轻拂绿叶，从我的耳畔轻轻地滑过，由远及近、由近到远。“关关雎鸠，在河之洲。窈窕淑女，君子好逑。”那时候你是那么年轻，把青春唱成一首欢乐的歌，飞扬在火红的生命中。我的灵魂在杏林的缝隙里静静地穿行，我知道你的微笑一定是一瓣盛开的花朵，明媚在微风习习的春季里。

花开花落，冬去春来。季节有往来，生命无复制。你走得如此匆忙，仿佛是一朵早谢的杏花，凋零在人生最美好的季节。每年的这个时候我都如约而至，为孤独的心觅一处栖息之地，把遥远的思念安放于此。山还是这座山，树还是这些树，一切还是原来的样子。一树树粉色的杏花、紫色的桃花、白色的梨花漫山遍野，尽情绽放，渲染着一个姹紫嫣红的世界。

山道弯弯，曲曲折折地向山的高处延伸。脚下的土路已经变成了一条浅红色的栈道，我独自行走在冰冷的水泥小径，拾阶而上，步履沉重。眼前总是浮现出你恬静的笑容，如梦似幻，与我同行在孤寂幽静的山路。“十年生死两茫茫，不思量，自难忘。”在这样一个春意生动的日子里，把我一个人的思念留在空旷寂寥的大山里。

你酷爱文学，喜欢写作，喜欢写诗歌也喜欢写散文。当你的第一件作品发表在一家杂志上时，你首先拿来让我看。我为你的高兴而高兴，我为你的快乐而快乐。你像个天真的孩子，贪婪地闻着书中的墨香，颜面似粉红的桃花。你说书里有一种特别的味道。你悄悄地告诉我你的梦想，你想当作家，你想写诗歌。你要做李清照，你要学徐志摩。平日里你沉默寡言，像一朵独含情脉的杏花，不娇不艳，淡定从容，默默地守候在教室后面那个不起眼的角落。

每个人的一生中，至少都有一次忘我的痴恋。没有奢求，没有对错，只不过总是情深缘浅，人生一世才有诸多遗憾。与你的相遇纯属偶然，你做了我的学生，我当了你的老师。我们在同一间教室上课下课，我们在同一个校园谈论文学。心底里珍藏着一份朦朦胧胧的情感，一次对望、一个眼神，相依相恋、相知相惜。我不是读不懂你的眼睛，我不是不明白你的深情。

毕业前夕，我带着全班同学到县城附近的牌路山郊游，一群青春年少的影子在沟沟坎坎的嫣红翠绿中飞奔着、跳跃着，像刚刚从笼子里放出来的小鸟。你站在一棵杏树下，凝望着满树的杏花若有所思，轻轻地说了一句充满诗意的话：花开的声音真好听。一棵树隔开了两颗跳动的心，彼此能听到怦然的悸动。西斜的阳光暖暖地照着，温馨了一抹春潮萌动的时光。一季花香温暖一生。也许，一次相知就能让人守候终身。

车祸猛于虎。一次意外便吞噬了一个鲜活的生命。你轻轻地走了，像山间吹过的一缕清风；像天空散去的一丝白云。岁月似水流走，思念如歌永恒。手扶斑驳的日子，漫步时光的长廊，我无奈地追逐那些过往的烟云，宛如一棵苍老的杏树，在春意清冷的山顶，伫立着、静默着。所有的思念在一生的匆忙中凝固成一首难忘的歌，悠扬婉转在生命的历程中。那些曾经的欢乐，那些过往的痛苦，都化作了生命的滋味，久久地缠绵于我的心头。

山的远处，残阳如血。

母亲的鹦鹉

每一个周末，母亲总会把我们住的那间屋子的炉火烧得通红，等待着我们踏上回家的路。

冬天的太阳依旧照着空荡荡的小院，清冷宁静。砖墙上挂着一个浅绿色的鸟笼，格外的醒目。两只乖巧的虎皮鹦鹉在冬日的阳光里蜷缩着僵硬的身子，依偎着、静默着。山城的初冬，寒意一层胜似一层。

在我的记忆中，母亲的一生都是在忙碌中度过的，忙于干活、忙于礼拜，在日复一日的光阴里出出进进，瘦弱的影子在季节的变换中重叠成一种永不磨灭的痕迹。

还没有走进老院的大门，一股久违了的香味便扑鼻而来，一桌丰盛的饭菜老早就摆在热炕上了。看着我们狼吞虎咽的馋相，母亲的微笑写在脸上。不管你长多大，无论你走多远，母亲的牵挂永远都在儿女上。这些年我们在外漂泊，忙于工作、忙于生活，行走在各个城市的大街小巷，却少了许多该常走的路。无情的岁月似水一样悄悄流走，母亲的脸上又添了许多皱纹。

每一次回家，寂静的小院就开始热闹起来，连小鹦鹉也耐不住寂寞，在禁锢的笼子里跳上跳下、叽叽喳喳，仿佛向我们诉说着什么。平日里母亲关照最多的便是这两只鹦鹉了，给它们喂吃喂喝，有了它们的吵闹，母亲的孤寂就少了许多。可爱的小鹦鹉注定要与老母有一段不离不弃的缘分。

一天，院子里突然飞来了一只色彩斑斓的小鸟，甚是可爱。或许是因为旅途的劳顿，或许是已经厌倦了漫无边际的飞翔，一来便不走了，任凭母亲的安置。母亲在街边的集市上又买来了一只，把两只鹦鹉放在同一个笼子里，从此一对鹦鹉便相依相惜、形影不离。母亲像对待自己的儿女那样侍弄着两只小鸟的吃喝。小院里平添了另一种声音，陪伴着孤零零的母亲。

我时常在想着这样一个场景：假如我们是母亲的鹦鹉该有多好，成天围在她的身边吵吵闹闹，不会把她一个人丢弃在空巢似的小院里。有几次我曾带母亲来单位的公寓小住几日，但没过多久她就急着要回去，我知道她已经离不开那两只可爱的小家伙了，即便是有人照顾，她也放不下心。母亲已把鹦鹉当成小时候的我们了。

周末回家是最悠闲最舒适的时候，你可以放下所有的重负，你可以忘掉所有的俗务，像鹦鹉一样在母爱的怀抱里斜躺横卧、自由放纵，享受一段真正属于自己的时光。你可以关闭手机，切断与外界的任何联系，把一切交给母亲，任由她呼来唤去，喂吃喂喝。一锅黄米饭、一盆浆水面、一盘土豆丝、一碟咸韭菜，总会让你感慨万分，总会让你心存温暖。

每一个清晨我们都在小鸟的鸣叫中醒来，母亲比鹦鹉起得还早，做完晨礼便开始为我们准备早餐。一锅小米粥在火炉上不断地冒着热气，几个鸡蛋、几盘小菜、几个花卷，我们全身心地享受着有母亲的日子。看着母亲脚步匆匆、忙里忙外，我们不是不想帮忙，我们也不是不孝之人，只是想让母亲多有一点疼爱儿女的时光。

不管冬天有多么寒冷，家里的小屋总是暖意融融。不管回家的路有多么漫长，回去的理由只有一条。母亲的健在是儿女的福分，母亲的微笑是儿女的财富。母亲在，家就在。常回家看看，让你的孝心践行在老母望眼欲穿的期盼中；常回家看看，让你的牵挂体现在母亲永无休止的唠叨中。无论何时，母亲都是儿女甜蜜的负担，无论何地儿女都是母亲心中的牵念。

相聚的时间温馨而短暂。母亲给了儿女们一双飞翔的翅膀却把自己留在了空旷寂寥的小院。还没走出那条幽深的巷道，母亲又一次发问：什么时候回来？

一句简单的问话，我无言以答。两行清亮的泪水在无奈的脸上凄然而下。

晚　秋

独自行走于秋色浓郁的香山公园，一股莫名的忧伤来自心头。昔日荷花今非是，一泓湖水似秋凉。形状各异的树叶由绿到黄，零乱了一个秋的季节。猩红色的石子、浅灰色的地砖、黑白相间的大理石、长条形的木块铺就的各种小道弯弯曲曲，色泽分明，向公园的深处无限地延伸，使人有了一种曲径通幽的遐想。

踏着无数片已被踩过的黄叶，脚下一串串破碎的声音不绝于耳，谁还记得这些昔日的翠绿，曾经点缀过一个五彩缤纷的世界？花开有季，落叶无痕；流水有声，岁月无情。一个季节便是沧桑的一生，写在额头，刻在心底。

漫步在寒意料峭的公园小径，遥想着那个孤独而寂静的四合院，炉火通红的小屋里，弥漫着浆水面悠长的味道。母亲瘦弱的身影出出进进，重叠在光阴的痕迹里。盼儿儿不归、想儿儿不回，把儿女的牵挂凝结在一张发黄的照片中。一个电话就是一个思念，一声问候就是一种关心。母亲在电话的那一边，我在电话的这一头。距离是一个多么令人恐惧的词汇，把至亲至爱的人隔在两个茫然的天地。

出门的日子太久、太久，背离亲人的愁绪时刻敲打着我的无眠，寂寥的黑夜如此漫长，回家的企盼遥遥无期。

徜徉在这个无人陪伴的时刻，任秋风抚摸无尽的思念。静静地凝视秋叶飘然而下的姿态，稀稀疏疏的落叶渲染着一抹晚秋的影子。耳边不时地传来秋蝉悲情的鸣叫，在清冷的秋风里忽高忽低、忽近忽远。我一边走着一边叹着：可怜的秋虫啊，浑然不觉一个厚重的季节即将离去，把生命的绝唱演绎到了极致。光秃秃的树枝上几只迟钝的小鸟叽叽喳喳，季节的变化仿佛与它们毫不相干。那些机敏的候鸟早已挥动着双翅，飞向四季如春的南方，去度过一个没有寒冷的冬天。

蓝天碧空，秋阳依旧高高地挂着，只是少了许多的温暖。站

在公园高处的汉白玉小桥上，凭栏远眺，远处的香山隐隐约约、朦朦胧胧，山顶上已落下层层白雪，在秋日的阳光里绰绰生辉，格外耀眼。冬天的影子依稀可辨，单薄的秋衣已经抵御不了层层的寒意，北方的晚秋像严冬般无情。

此时此刻，只想卸掉所有的俗务，简化一下繁忙的行程，像小鸟一样飞到母亲的身边，在她温暖的怀抱里浅卧闲眠，心无羁绊地倾听那些斑斑驳驳的往事。

第六辑
在鲁院的日子

来北京几天，最大的感受就是北京的文化气息非常浓厚，各种文化在这里碰撞、交会、融合，每天都有各种各样的研讨会、学术讲座以及读书会。

第六辑 在鲁院的日子

2015年12月14日　星期一　晴

看见校门口“鲁迅文学院”几个金光闪闪的大字，心中激情涌动。一张熟悉的面容映入眼帘，阳光中的鲁迅和蔼亲切、笑容可掬。我仿佛听见先生轻轻的问候：你终于来啦！是啊，我来了，你却走了。

报到处设在学员公寓楼一楼大厅，交了伙食费和房间押金，领了学习材料、就餐卡和房卡，急匆匆地来到我的201房间。

房间不大，坐北向南，光线充足。一个人一间房，倒也宽敞。午后的阳光涌进室内，折射到浅红色的地板上，整个房间明媚而温暖。

粉色的床单、粉色的被套、粉色的枕头，给人一种温馨如家的感觉。

校园内极安静，适合读书与思考，正是我梦寐以求的环境。在这里学习、生活一个月的时间，想一想都是一件令人神往的事情。

下午没事，宁夏的几个同学约我去天安门，我婉言谢绝，越来越不喜欢到人多的地方去凑热闹了。人只有到了一定的年龄，心境才会真正地淡定下来。

一个人待在寂静的房间，沏上一杯热茶，捧起一本小书，把心沉在文字的缝隙里，梳一缕清风，攥一抹阳光，享受一段难得的悠闲与自由。如此，便好。

晚饭时分，遇到几位知名的回族作家，有的写诗歌、有的写散文、有的搞文学评论，有编辑、有记者、有教师，也有公务员和农民。大家来自不同的地域，有着不同的身份，此刻只有一个共同的名字，那就是：同学。

北京的饭菜不咸不淡，很合我的口味。为了照顾穆斯林学员，鲁院尽了最大的努力，聘请了专业的穆斯林厨师给我们开了小灶。饭桌上一同就餐的同学互相作了简短的介绍和交流，气氛融洽，所有的人仿佛是久别重逢的朋友，谈笑风生。

2015年12月15日　星期二　晴

清晨，苏醒在手机闹铃声中。

轻轻地拉开厚重的落地窗帘，窗外已是晨曦微露。冬日的太阳穿过高楼林立的街区，把金子般的阳光挥洒在气定神闲的鲁院。

今天的北京天蓝云白、空气明净，难得的一副好脸势。突然想起沈先生初到北京的感慨："北京的天蓝的使我想下跪！"人一旦习惯了拥有，时常会忘记了感恩。

漫步于落叶飘摇的校园，任凭冬日的冷风吹拂斑白的发梢，心中已是波澜不惊。

上午十点，开学典礼如期举行。来自十八个省区、十七个少数民族的学员齐聚一堂，在庄严的《国歌》声中开始了为期一个月的鲁院生活。

中国作协党组成员、书记处书记、副主席、著名诗人吉狄马加为鲁院第二十二期少数民族作家创作培训班的同学致辞，激情昂扬的文字如春风荡漾，温暖了五十四名学子的心。我们深感责任的艰巨与使命的光荣。我暗自思忖，在这个神殿般的学堂里，应该怎样度过一段难忘的文学时光。

来自云南的回族学员马绍玺、广东的布依族陆露、湖南湘西的土家族黄挺、新疆的柯尔克孜族赛娜·伊尔斯拜克代表五十四名同学作了积极的表态发言。

我们以民族的名义来到北京，我们以文学的名义相聚鲁院。历史赋予我们这样的职责，用纯洁的笔端书写民族的情感，用清醒的灵魂唤醒沉睡的灵魂。文学一定能给予我们一种超越自我的力量。

2015年12月16日　星期三　晴

太阳还没有出来，我已经起床了。到知天命的年龄，梦少了，瞌睡也跟着少了。

每天早晨，习惯于打开电脑，浏览一下《中卫日报》电子版，看看报纸的副刊。今天的报纸上又刊登了我的一篇小文章《寻找单纯》。

早餐之前，在鲁院随便溜达了几圈。风轻轻地拂着，脚下枯黄的树叶簌簌地翻卷着、滚动着，高挑而健硕的梧桐瑟缩着僵硬的身躯，枝头仍然有数片暗黄的叶子，纠结着，说什么也不愿离去。

麻雀和树枝的颜色几乎一样，如果少了鸣叫，很难发现树上还有一些鲜活的小生命。

北京的初冬，谈不上彻骨地冷，但马路上行走匆匆的人却显得臃肿而笨拙。

上午八点五十，校园里响起清脆的电铃声，该上课了。

寥寥数语的开场白，把全班同学的注意力吸引到了课堂上。来自中国文联的陈平老师，以一个评论家、研究员、作家的高度，向我们奉献了一场精彩纷呈的讲座，《茅奖与长篇》。

陈平老师从格非的《江南三部曲》开局，深入浅出地分析了长篇小说绝妙的构思，格非从三个时间节点把《人面桃花》《山河入梦》《春尽江南》，不动声色地融入到一部巨著之中，充分体现出作家独到的眼光和高超的写作技巧。王蒙的《这边风景》荣获第九届茅盾文学奖并非偶然，而是一种必然。就其对中国长篇小说的贡献而言，如果不获奖，不是王蒙的耻辱而是茅奖的耻辱。这篇小说写于二十世纪六十年代，至今依然有它的厚度与分量，有极其强烈的现实主义生命力，没有一部长篇能够替代《这边风景》，仅凭这点就不得了。李佩甫的《生命册》，把小说中一个又一个人物的故事与生命，用两个主要人物“穿”起来。把一个个卑微小人物的生命写得栩栩如生，造就了作家获茅奖的重要元素。金宇澄的《繁花》描写了一些上海人的经历，信息量特别大，内容特别厚重。小说中的每个故事都可以写成一个精美的短篇。作者巧妙地运用了一些上海方言，构成小说潜滋暗长的铺垫。正如胡适先生所说：“方言的文学所以可贵，正因为方言最能表现人的神理”。在写这篇小说时，金宇澄首先把它放在网络里，及时地听取读者的意见和建议，从而赢得了足够的人气。《繁花》是作家厚积一生的经验而薄发的。任何形式的文学体裁都离不开精致的语言，在这一方面，苏童的《黄雀记》堪称典范，贾平凹的《老生》虽未获茅奖，但语言同样精致。文学创作和画画一样，要把人物的神态与性情刻画得细腻而逼真。《活着之上》是一篇像中篇一样结实的长篇，延续着作者以往的风格和擅长的领域，用非常传统的现实主义的笔调，写知识分子的当下生活，直面当下高校现状，揭开了大学内部的学术腐败、学术潜规则以及高校知识分子的堕落。阎真给读者留下了这样的感觉："总有一种力量让你超越平庸"，阎真的小说做到了"一句顶一句"，像马尔克斯的《百年孤独》一样细腻而精炼。韩少功的《日夜书》，抛开了历史事件中的历史人物，巧妙地把灵动的言表与深刻的思辨自然融合，这是一部描写知青一代的精神史书。作者以大眼界诊断时代，以大悲悯直指人心，具有社会广角与人性深度的心灵书写。作为一篇反映知青题材的小说，韩少功给人留下了一些难忘的人物形象，而并非那个时代的历史事件。《日夜书》虽然与本届茅奖擦肩而过，但我们不得不承认，这是一部具备获茅奖水平的力作。

2015年12月17日　星期四　晴

路遥的经验是陈旧的吗？

今天的讲座就围绕着这个主题进行。说起路遥，我们自然会想到《平凡的世界》。

《平凡的世界》是用温暖的现实主义的方式来讴歌普通劳动者的文学作品。与《人生》相比，《平凡的世界》更具有人性的高度，作家把苦难转化为一种前行的精神动力。描写苦难的新时期作家不乏其人，但真正把苦难转化为一种精神动力的作家却并不多，路遥当属其中之一。

中国社科院文学所研究员、评论家李建军，以其渊博的学识，有理有据地分析了路遥其人其文。

对于路遥，我们并不陌生，他的作品彰显了中国文学现实主义的精髓，一个个普通人物的内心情感在他的笔下得以有效的表达。

《平凡的世界》是从1975年开始创作的，1988年5月25日完稿，而20世纪80年代中后期的文化背景是各种文学新思潮风起云涌，现代派、意识流等文学观念风靡一时，文学创作在形式和技巧上的求变求新令人目不暇接。与此相反，传统现实主义创作却受到“冷落”，甚至有批评家认为，路遥的另一部小说《人生》的现实主义创作手法是落伍的，但路遥仍然坚持创作完成了这部小说。

当许多作家热衷于追求所谓的新潮写作手法时，路遥反其道而行之，始终如一地恪守着自己的文学信仰和精神高地，他从对苦难的敏感、对灾难的反思中秉持着自己独特的写作风格，从而留给我们一笔宝贵的文学财富。

今天，当我们再次读路遥时，我们不得不感叹：他是一位多么成熟的作家！他的经验永远都不会陈旧，不会过时。

下午分组讨论，我分在第四组，组长是来自广东珠海的韦驰，壮族，珠海某新闻媒体的记者。小伙子长得瘦小而精干，能言善谈，小组讨论气氛热烈。三个小时的时间一晃而过。

讨论围绕着路遥、格非、莫言、苏童、王蒙、贾平凹、张承志、张贤亮、韩少功等知名作家及其作品展开，仁者见仁，智者见智，每个人都有自己喜欢的作家和不喜欢的作品。在文学创作方面，我是初学者，自然就缺乏侃侃而谈的底气，最让我感到自卑的事情就是读书太少。

晚上，有一部分同学出去喝酒。回来的时候，楼道里吵吵闹闹，连空气中都弥漫着一股酒精的味道。哈萨克族同学肯杰别克弹奏冬布拉，其他各民族的同学又唱又跳，兴奋异常。

2015年12月18日　星期五　晴

下午的课程照常进行。

坐在暖暖的教室里，浑身上下散发着一股热气。冬天的阳光透过硕大的玻璃窗，把整个课堂照得通亮。

《民族文学》的主编、著名的评论家石一宁先生，从全国近年来一些优秀的少数民族作家的作品入手，给我们作了一场关于“少数民族文学发展现状与《民族文学》概况”的报告。

相比于本民族以及其他兄弟民族的作家，我深感自己的单薄与渺小。虽然也发表了一些文章，但检视自己那点小感情、小情调，那些幼稚的文字如芒刺在背，令人汗颜。此时，我突然想起回族学者李佩伦先生写给“端庄文学”一封信中的一些话：“笔是刀剑，不是女人手中的眉笔，不是取媚于世的小玩意，我多希望回族文坛的才子才女们，写出些惊世骇俗之作，哪怕是一声雷一道闪，让回族大众一时心惊，让丑恶一时溃退，否则别在大众中混充个大……”简单的几句话，如醍醐灌顶，让人回味无穷。

2015年12月19日　星期六　晴间多云

周末，鲁院没有安排任何的课程与活动，时间就宽松了许多。

吃完早饭，几个同学约我去登长城，因为以前去过，就没有与他们一起前往。

长城是世界闻名的奇迹之一，它像一条巨龙盘踞在中国北方的辽阔的土地上。它是中国古代劳动人民血汗与智慧的结晶，也是中国古代文化的象征和中华民族的骄傲。八达岭长城分为南、北两峰，蜿蜒于山脊之上，龙腾虎跃、气象万千，景色十分壮观。

关于长城，我们并不陌生，一句“不到长城非好汉”，让多少人充满了向往。记得上大学的时候，我的一个同学把“One who has never reached the Great Wall is not a true man.”翻译成“没有翻过高墙的男人不是真正的男人”，一时间成为一则经典的班级笑话，至今都是同学相聚时的笑谈。

我的方位感很差，每到一个陌生的地方，就辨不清东南西北。

下午，北京的亲戚请我去南来顺吃饭，进入地铁站，我像刘姥姥进了大观园，不知所措。乘车时，竟然坐错了方向。最后在地铁站工作人员的帮助下，总算找到了出口。城市越大越麻烦，从一个地方到另一个地方，几多周折。

今天的北京又一次启动了空气污染红色预警，街上有的行人戴上了防雾霾的口罩，给人一种灾难深重的焦虑。

我很喜欢北京风味的小吃，像糖火烧、芝麻饼、驴打滚、豌豆黄、麻豆腐、糖耳朵、炸肉串，还有爆牛肚、炸酱面和烤鸭。北京不仅是全国政治、文化中心，也是各地精致菜肴的集聚地。我算不上真正的吃货，但凡北京风味的小吃，总能引起我的食欲。

2015年12月20日　星期日　晴间多云

一觉醒来，已经过了吃早饭的时间，周末的时间完全掌控在自己的手中，所以就有点随心所欲。

午饭之后，讴阳北方同学约了肯杰别克和我一起去陶然亭酒店，参加了著名回族学者、作家、文学评论家、戏曲评论家、中央民族大学教授李佩伦先生《倔强的爱恋》散文集研讨会。

三楼会议大厅里名家云集，高朋满座。研讨会在隆重而热烈的气氛中如期举行，《文艺报》总编、中国知名的文学评论家梁鸿鹰主持了本次研讨会。与会嘉宾仲呈祥、叶梅、向云驹、何向阳、高小立以及李佩伦先生的一些学生、朋友作了非常精彩的点评。大家一致认为，老先生的散文富有思想性和哲理性，每一篇文章都饱含着作家对人物、地域和故乡的深情厚谊，字里行间蕴涵了先生民族血液里的正气与风骨，旗帜鲜明地彰显出回回民族的风采与精神。

对于李佩伦先生的名字，我早有耳闻，与本人谋面还是第一次，首次见面，给我留下的印象是深刻的。

作为一名八十二岁高龄的老人，李先生在民族文学方面的思考是清醒的、冷静的，他的文字透视了一个有良知的回族作家对本民族文化的深刻反思与高度负责。

看着这位目慈面善的回族老人，我的内心充满了崇敬与感动。我不由自主地想起了他给《端庄文学》写的那两封信，其中的第二封是这样写的："承志，包括马兰等有限的几个文学人，不仅是说回，写回者且又是直面现实，敢于迎战，无私无畏的捍卫者。当今回族文学界少有敢投当的斗士。多是擅于风花雪月，趣闻乐事，琐屑苦涩，华辞丽句，模仿于前人，拜倒于西方的小手笔。这些无须指责。但起步不高，自视颇高，小有所成，更是对镜自怜，不知山外青山楼外楼。小民族，小地方，小学问，小出身，不可选择，但不应是小人物的自我膨胀，瘦骨嶙峋非要人为地宽袍广袖加上垫肩，混充健硕。由于点滴成功，便以为是卓落不群。文坛扰扰，因回族身份占了些风光，切莫完全归功于自我。笔是刀剑，不是女人手中的眉笔，不是取媚于世的小玩意，我多希望回族文坛的才子才女们，写出些惊世骇俗之作，哪怕是一声雷一道闪，让回族大众一时心惊，让丑恶一时溃退，否则别在大众中混充个大。”

每每读到这些如雷贯耳的文字，我的内心很难平静，先生的文品与人品，像一面明镜，时时刻刻地高悬在我们的面前，让我们不断地反省着自我。

2015年12月21日　星期一　阴

天气阴沉沉的，窗外的世界一片灰色，天是灰的，地是灰的，树枝上的鸟儿也是灰的，整个世界像得了抑郁病似的，闷闷不乐。

今天，北京的空气重度污染，雾霾像口香糖一样，黏着首都不放，用一句话表达对北京的感觉：看到你无法呼吸。

课程按照原计划进行。讲座的主题是：“民族文学创作之文化价值意义谈”，主讲人白庚胜，中国作协党组成员、书记处书记，文学博士、研究员。

白老师从文化与民族的关系，文化是民族的生命基因与精神支柱，如何挖掘、保护流落在视角之外的民族文化遗产，守护民族的精神家园等方面，作了一场精彩的论述。白老师的讲座旁征博引、妙趣横生，赢得满堂喝彩。一个省部级领导，没有一点官架子，与全班同学亲如一家，从他的身上，我们学到了很多东西。

课间休息时，他与我们零距离互动，和我们一起拍照、一起聊天，给我们留手机号，请我们到家里做客。遇到这样一位和蔼可亲的兄长，我们的内心像春天般的温暖。

他说他是分管民族文学的领导，是为少数民族作家做服务工作的，让我们有什么困难别忘了找他，并且一再叮嘱我们要好好学习，一定要写出本民族优秀的作品，塑造民族的正面声音和形象。最后，他还给我们推荐了一些刊发民族作家作品的报纸杂志，鼓励我们踊跃投稿，主动发声。

为了进一步增强鲁院第二十二期少数民族文学创作培训班全体学员的交流与情谊，鲁院特意为我们班组织了一次别开生面的联欢会。联欢会上，来自各民族的同学尽情地表演了与本民族相关的文艺节目，蒙古长调、回族花儿、藏族舞蹈、口技、朗诵、独唱、冬布拉、羌族摇滚，整个下午都是在愉悦欢快的笑声里度过的。感谢文学，感谢鲁院，感谢缘分，让我们各民族的兄弟姐妹相识于北京。

夜色阑珊，一钩弯月悬在北京的天空。远处的楼群已是万家灯火，似天上的星星。忙了一天的学子们，像倦鸟归巢，蜗居在各自的小天地里。

每个夜晚，我都习惯于坐在电脑桌前，用笨拙的手指敲打一段稚嫩的文字。为了写作，我需要脚踏实地。

几年来，我写得最多的文字就是我的村庄，那是我记得的景物。是我生活过的村庄给了我写作的气氛与力量。每次回家，都有一种刻骨铭心的感动。我非常怀念我的童年和小时候住过的窑洞，那是给了我生命和记忆的地方。

怀念是一种割舍不下的冲动，使人想起许多事情，一心想回忆那些渐行渐远的往事，成为我坚持写作的理由。对我而言，城市并不能说明什么，尽管我在一个不大的城市里生活了几十年。在别人的眼中，我自己或许已经成了一个城里人，但我十分清楚，我的骨子里早已烙上了乡村的印记，无论何时总是逃脱不掉的。我知道我最终的归宿一定会在生我养我的村庄。

夜深沉，窗外的世界一片寂静。但愿村庄的影子在我的梦中再度出现。

2015年12月22日　星期二　阴

今天的北京，空气污染极为严重，能见度很低，整个城区笼罩在一片厚重的雾霾之中，北京像一叶小舟，飘摇在雾色苍茫的海洋。

上午没课，来自北京的石彦伟同学，约了我们几个去牛街，参加“牛街回族大众读书会”。

来北京几天，最大的感受就是北京的文化气息非常浓厚，各种文化在这里碰撞、交会、融合，每天都有各种各样的研讨会、学术讲座以及读书会。

吃完早饭，我们一行六人，急匆匆地赶往十里堡地铁站。恰逢上班高峰，我们几个被川流不息的人流涌进车厢里，地铁上人挨人、人挤人，摩肩接踵。到教子胡同时，已经是九点一刻，刚好赶上读书会的开场。

“牛街回族大众读书会”是一个民间性质的读书活动，每周举办一次。今天的主题是李佩伦教授就《回族史诗》进行的一场讲座。我和李教授已是第二次相逢于北京，说起来也是一种冥冥之中的前定与缘分。

《回族史诗》是一部将历史与现代相融合的民族题材独创艺术作品。它以传记体长诗的形式追述了唐、宋、元、明、清至近现代不同时期，对国家和民族事业作出杰出贡献的回族人物与历史事件。全书二十九卷一百一十三章，以历史编年顺序编目。作品几乎涉猎了回族形成发展中，在政治、经济、教育、科技、宗教、艺术、民俗等诸多方面可以沿袭相传的系统知识及生活方式。该作品在领悟前人史学的基础上，在概括表述历史，在艺术技巧的表达方面，都做了不少新的探索与尝试。

回族女作家海澈·郭（梅子），从回回民族的起源、生成、发展，与丝绸之路无法割舍的渊源，民族人物、事件的历史意义等方面入手，进行了细致入微的描写，以历史史料为依据，深入浅出，引读者临界，使学术价值、艺术价值自然融合，流畅清新。

李佩伦教授从本书的学术价值、民族情结、写作风格等诸多方面，对《回族史诗》给予高度的赞扬和评价。为此，他还专门写了一篇题为《以诗为体　以史为魂——论诗人梅子的〈回族史诗〉》的论文，全面阐述了该书的文学地位及价值。他说：不懂历史的人，永远是个孩子。没有历史上的成熟，就是拒绝了现实中的成长。李佩伦教授以一个学者的高度并怀着对回回民族挚爱的情感，深入浅出地分析了作者创作的初衷与情怀。

《回族史诗》是一部可与藏族的《格萨尔王》、蒙古族的《江格尔》、柯尔克孜族的《玛纳斯》媲美的回族史诗。用李教授的话说，诗人梅子是情感漩涡中的勇士，是现实生活迷宫中的引路人。为完成这部大作，诗人出入经史、会通艺文、寻幽访古、涉足山河，做到了读万卷书，行万里路。

读书活动期间，石彦伟同学以及部分牛街的读者对本书一些精彩的篇章进行了声情并茂的诵读。最后，李佩伦教授代表作者向牛街的部分单位及读者捐赠了该书。

回来的路上，我暗自思忖：北京真好，虽然有雾霾的侵扰，但也有文化的熏陶。

2015年12月23日　星期三　晴

几天的雾霾过后，北京重见天日。太阳像一个刚刚痊愈的病人，躲在稀薄的云层后面，散发出一些微弱的光芒。远处的楼房、树木，楼宇间盘旋的鸽群，草丛里觅食的小鸟，面目逐渐清晰起来。

站在五楼教室的窗口，眼底的景象一览无余。流动的车辆、行人，像潮水一样，一浪拍着一浪。

几个电铃仿佛接到了谁的命令，同时响了起来，激越的声音在空旷的楼道里回荡。上课之前，教室里已是座无虚席。

今天的课由鲁院的常务副校长、文学博士、评论家李一鸣先生主讲，题目是《人文性、原始性、独到性》。

李先生的课像一首优美的散文诗，娓娓而来。“在那么一个偏远、寂寥的山崖，有一朵小花正在开放，不管有没有人欣赏，不管有没有人赞美，它只是悄悄地把自己的色彩与芳香奉献给世界……”从一朵花的生命联想到人的生命，从一棵树木的生长到一个人的成长，便是文学所关心的人文性。

“士兵，我们的鞋是成双卖的。”这是一篇只有一句话的超短篇小说。看到这件作品，你一定会有很多好奇与想象，一个去鞋店买鞋的士兵，只需要一只鞋，因为他只有一只脚。士兵的另一只脚是怎样丢的，在哪次战斗中丢的，他是怎样来到这个鞋店的。李一鸣老师通过这样的情节，向我们叙述文学的人文关怀。他还给我们讲述了一件关于自己的事，他刚刚大学毕业时，第一次来北京，穿着一双母亲做的布鞋，走在长安街上，这样的情境，让他心里充满了诗意。“妈妈也是诗人，被她一针一线写成的诗，发表在长安街上……”

我一直认为，真正的文人应该和大自然的一切都是相通的。一山一水、一草一木，在他们的眼中都应是鲜活的、是有灵性的。不管与人同行还是独自漫步，他们能和一切生命沟通，和一切花草对话。或许这就是文人的情怀。

我曾经写过一篇叫《老树》的散文，“老家的大门外，有一棵老榆树，爷爷在的时候，它就在”。老树像一把巨大的伞，呵护着村庄的亲人，“每年的春天，树干开始温润，枯木逐渐返青，老榆树的枝条上便缀满淡黄鹅绿的榆钱，鲜嫩无比，晶莹可人。儿时，家里缺粮，尤其是春天，正值青黄不接的时候，榆钱既解馋又济荒，功莫大焉”。可是，某一天，当我回去的时候却发现，“这棵老榆树被人拦腰截断，只剩下一个光秃秃的躯干，孤独地站立在微凉的秋风中，如泣如诉。我轻轻地摸着老树的身体，像抚摸着我的父辈，眼泪不由自主地夺眶而出。我问三叔：这是谁干的？三叔告诉我，是供电所来人锯掉的，说是树枝影响了电线。我气愤之极，用最脏的话骂娘。难到他们就不肯为老树让一让路？”

在鲁院，我随时都能闻到一股浓郁的文学味道，不管是听专家讲课，还是与同学讨论。我感觉自己的心灵越来越柔软，越来越敏感，这一切都与文学有关。

2015年12月24日　星期四　晴

正午的阳光透过明净的窗户，把整个房间照耀得温暖而明媚，浅黄色的书桌、衣橱泛着一层金灿灿的光芒。午休时分，鲁院的公寓楼寂静如水，劳累了一个上午的同学正在午休之中。

轻轻地翻开学习笔记，上课的情境像电影里的回放镜头，一幕幕地浮现在我的脑海中。

来自《文艺报》的总编辑、评论家梁鸿鹰老师《当代视野中的文学写作》的讲座像一股清澈的溪水，在我的心底舒缓地流淌。

梁老师从“我们为什么需要文学”入手，深入浅出地论证这一命题。人类的文学需要与时间有关，与人的精神期待有关，与我们所需的娱乐有关。

文学是人的精神家园，文学要揭示真相，文学作为我们命运的共同体，文学作为精神家园……翔实可靠的论据支撑起“我们为什么需要文学”的论点。共同的命运和意识，把我们联系在一起，一曲高亢的《国际歌》，把全世界无产者联合了起来，这就是文学的力量。文学总会给予我们可靠的心灵指引。人们通过阅读、聆听文学，领悟到人生或世界的某种真相，点燃起心中生存的信念，寻找到个人的生存目标。

梁老师以《史记》为例，以世界和中国的一些名人名言为例，由宏观到微观，精准地阐述了“文学是什么”。用美国作家约翰·拉塞尔的话来说，“艺术真实地告诉我们所处的时代。艺术给我们提供娱乐的同时，更主要的是为我们揭示了真理。它包罗了人类整个历史，告诉我们比自己更聪明的人在想什么、做什么。它讲述了人人想听的故事，并永远地固定了人类进化史中诸多的关键时刻。”歌德的“要想逃避这个世界，没有比艺术更可靠的途径；要想同世界结合，也没有比艺术更可靠的途径。”是文学唤醒我们注意人类生活的准则，平息大火，抑制邪恶。

在梁老师的引领下，我们的脚步徜徉在神圣的文学殿堂之中，五十四颗心随着课堂的节奏而跳动。

“作家是做什么的”“文学对写作者的意义”“怎么开的头”，这些问题的提出与解答，总会抓住每个人的心，总会提起每个听众的兴趣。

二月河的《雍正皇帝》、钱锺书的《围城》、莫言的《红蝗》、金宇澄的《繁花》、肖江虹的《百鸟朝凤》、毕飞宇的《青衣》以及令狐安、海子的诗歌，周晓枫、冯八飞、塞壬、冯唐、刘亮程的散文，一个个作家与作品，在我们的面前鲜活了起来。

“文学不是什么”，针对这一问题，梁老师给我们的答案是：不是理念、观念；不是口号；不是随意的涂抹；不是新闻；不是报告。

课后，我们感慨万分：听君一席话，胜读十年书。做一个博览群书、谈吐文雅，浑身散发着书香味的学者，真的令人羡慕。

在鲁院，我们每天都会遇到像梁鸿鹰老师这样优秀的学者，这也是我们鲁院第二十二届全体少数民族学员的幸运。

2015年12月25日　星期五　阴

北京的天气越来越糟，沉重的雾霾压得人喘不过气来。急切地盼望一场狂风的到来，尽快吹散头顶上的阴霾。正如人们戏说的那样：“西伯利亚的风，是北京的清洁工。”

教室里所有的灯都开着，光线依然不足，面对大自然赋予人类的灾难，任何努力都显得那么的渺小和微不足道。

不管外面的世界有多么的糟糕，教室内的课程照常进行。当鲁院的赵兴红老师简要地介绍完主讲老师的基本情况时，课堂上响起热烈的掌声。

“鲁院是我最难忘的一个地方，我曾无数次地向往着能到鲁院来学习，却一直未能如愿。后来，虽然到这里当了老师，但我还是感觉鲁院的学生比老师更像鲁院人。今天，你们五十多名来自不同地区、不同民族的作家在这里相聚，成为鲁院的同学，是一件很有意思的事情，是文学让你们成了同学。当然，你们不仅是同学，更是同道，天然的文学同道。”

简短而朴实的开场白，一下子拉近了我们与施战军老师之间的距离。几句话，揭开了挡在我们眼前的那道神秘的面纱。一个热情奔放的学者型的老师，缓缓地走进我们中间。

几天来，全班同学都盼望着聆听施老师的课。

文学的本质诉求是什么、为什么？作为《人民文学》主编、评论家的施战军老师以这样的问题开始，用自己独到的人生体验与视野，向我们讲述文学的本质。

文学不是法学，不是伦理学，不是经济学，它对人的认识是独特的。它的本质就是“对孤独的表达，对于破除孤独的愿望的表达”，“整个人类都处在一种巨大的、孤独的雾霾之中”，这就需要文学去解释、去表达。

从《诗经》到《悲惨世界》，从鲁迅到巴尔扎克，从乐府到民歌，从世界到中国，施老师的课像一曲舒缓的轻音乐，在我们的心底弥漫。

对于路遥的《平凡的世界》，施老师以一个编辑的眼光谈了自己的理解。路遥在《平凡的世界》里对拼命地追求“我是谁”，写得最真切、最撕裂。书中的主人公有点儿自恋，企图成为一种标杆。作者对主人公给予过多的辩护，写得太满了，这反而暴露了在文学性的认知方面的单薄，没给读者留一点朦胧的空间。

写作一定要遵从情感、人生、生活的基本逻辑，要“宽容人的错误，指出人的可能性的美好”，这便是文学的人道主义。

施老师告诉我们，人在哪儿很重要，尤其是作家，即便是身处城市里，心中一定要有山山水水，别让汤汤水水替换了你的山山水水。

文学是自然，是草木，是世界，也是宇宙，人与自然有一种神秘莫测的联系。有些人一写文章，就是“人非草木，孰能无情”，看到这样的文字，我直接就“枪毙”。你怎么就那样肯定草木是无情的，而人一定是有情的？

施战军以《西游记》为例，向我们阐述了主人公孙悟空的成长过程，从石头缝里蹦出来的一个小猢狲，经历了花果山的“美猴王”、天宫里的“弼马温”、大闹天宫的“齐天大圣”、取经路上的“孙行者”，一直到“孙悟空”。孙悟空的成长过程其实就是一种自由、叛逆的精神逐渐消磨、失去的过程。人在获得的同时也在失去……

听完施老师的课，我对北京又有了另一种感受：再大的雾霾，也掩盖不了北京的人才。生活在首都的人，每个人的背后都有一些让人充满希望的故事，从而构成了厚重的北京故事。

如果时光再能倒退十年或二十年，我一定要在北京生活，即便我是一个平庸的人，而平庸的我更需要看更大的世界，了解更多的东西，拥有更宽广的视野。

2015年12月26日　星期六　阴

周末之前，晓东打来电话，说我的一些在北京工作的学生，想见见我。聚会的地点定在人大附近的燕兰楼，一家兰州人开的清真餐厅。

曾在家乡的一所中学当过十七年的英语老师，虽然不敢妄自言说桃李满天下，但教过的学生也不算少，其中在京工作的就有几十个，而且大多已是小有成就。

上午十一时许，文雄开车来鲁院接我。周末的北京，交通还是十分拥堵的。尽管北京修建了不少的高架桥、环城路，但依然无法满足日益增长的交通需求，北京是全国的北京。

看着学生满面的笑意，心中涌起一种久违的感动。吃饭只不过是一个理由。作为一个老师，没有比学生取得的成就更令人自豪的。

席间，我们谈论的话题始终围绕着北京与家乡。大多数菜肴都是老家风味的，主食是一盆飘着葱花、香菜的浆水面。

晓东说，在北京久了，会把北京当家乡的。我常常在京都寻找家乡的印痕，相同之处不是很多，唯一能够找到的印记便是这家西北风味的餐厅。在这里，吃一顿家乡的饭菜，心中就会泛起一阵家乡的味道。

乡愁是一条永远也割舍不下的线，缠绕着你流浪在异乡的行程。每次经过高楼大厦背后的北京老胡同，看着一座座灰砖灰瓦的四合院和墙上的衰草，我的脑海中总会闪现出家乡那些黄土围起来的老院子。一说起这些沉重的话题，我看见文雄、玉军、亚明几个人，眼镜后面流淌着一丝淡淡的忧伤。

照珺是最后一个到场的，从大兴赶到城里，路上到处堵车。一进餐厅，他直奔我的跟前，拿出专门为我写的一幅字“永远的恩师”。他说这是我们几个在北京的学生对老师的一点心意。那一刻，我的眼眶湿润了。

午饭之后，文雄开车送我去北大。我的一个大学同学从广州来北大学习，我们约好在北大校园里见面。

冬日的北大校园，寒风簌簌，清冷宁静。未名湖畔，松柏葱茏，给冬天的校园带来一些勃勃生机。

自从与玲同学大学毕业分别之后，三十多年未曾谋面。今日相见于北京，感慨万千。岁月像一把无情的剪刀，把我们的青春剪得七零八碎。

北京大学诞生于1898年，初名京师大学堂，是中国近代第一所国立大学，也是最早以“大学”身份及名称而建立的学校，其成立标志着中国近代高等教育的开端。

漫步在神圣的最高学府，严复、蔡元培、鲁迅、胡适、李大钊、陈独秀、刘半农、梁漱溟、李四光、毛泽东等一批伟人的名字在脑海里不停地浮现。

人的一生，可以不上北大，但不能不去一次北大。

在北大，你能身临其境地感受到一种厚重的文化底蕴。在北大，脚下的时光仿佛慢了许多，不急不缓地无限延伸。在北大，你能感受到一股浓郁的读书氛围，你会不自觉地陷入一种书香的熏陶之中。

走进北大图书馆，我们似乎凝固在一种快乐与温情中。不管外面的世界有多么的浮躁，这里却是一片难得的宁静。从一楼到五楼，到处都是读书的学子。我和玲同学徜徉在书山学海之中，脚步轻轻，只怕惊扰了这份刻骨的美好。如今，我们失去的已经太多，每一个留下的都如此宝贵。

黄昏时，我站立在北京胡同口，夕阳从树梢头，从灰色的屋顶上洒下余晖，给胡同染上一层淡淡的红色。那些涌进老胡同的黄包车，让寂静的胡同变得热闹。随后是家家户户炒菜做饭的响动，香气开始在空气里散开，向胡同的远处飘去。

2015年12月28日　星期一　晴

几天的雾霾，像一块巨石压得人喘不过气来。西伯利亚的风终究没有到来。幸运的是北京的天空飘起了雪，空气一下子清新了许多。

原定在上午九点的课推迟了，原因当然是北京的交通。在北京偶尔的迟到是可以原谅的。

当七十岁的老学者，中国社科院文学所研究员包明德先生抵达鲁院时，我们听到他接二连三的抱歉声。

包先生讲座的题目是《民族文学创作与理论问题的当下思索》。

以前，我们时常听到这样的说法，民族的，也是世界的。当然，也有人说世界的，也是民族的。

多年来，文学界、理论界、学术界在文学的民族性与文学的世界性方面做了大量的研究与探讨，争鸣一直在持续。

文学的民族性相对于其他国家、其他民族的作品而言，呈现出不同特质、不同特色的差异性。民族文学构成的元素是多方面的，它包括语言、民族身份、题材、体裁、主题思想、伦理价值、审美心理、抒情方式、哲学形态、宗教形态以及文学想象等。文学的民族性根深蒂固，它不是浅表的，也不是玄惑的，而是一种生命的写作。回族作家张承志、白族作家景宜、藏族作家阿来、益希单增的作品，都是作家生命的体验和生活的记忆。文学的民族基因非常重要，它关乎一个作家的民族风格与民族特色，这都是在童年、青少年时期积累的、积淀的，有些东西无法替代。

包明德老师说，生活中积累题材非常重要。他从世界上一些文学大师马尔克斯、托尔斯泰、巴尔扎克、歌德、海明威等谈起，向我们讲述文学的世界性内涵：在相当高的审美层次上，世界各国、各民族的读者对某一个国家某一个民族作家作品的认同、共识、共鸣，产生一定的感受，唤起一种美感。

我国百年之前的一些作品就产生过世界共鸣，像明清时期的才子佳人小说《风月好逑传》，歌德曾做过这样的评论：中国人在思想、行为、情感方面，几乎和我们一样，我们很快地感到，他们是我们的同类人。雨果也评论过巴尔扎克，发掘美德与恶习陋俗，解剖热情，探索人的灵魂、人的心灵、人的感情。巴尔扎克具有一种天赋的自由而强壮的品格。

尽管到了吃午饭的时间，同学们依然不肯离去。包老师的课准备得很充分，他又给我们讲述了民族文学的主题思想要清晰、要深刻，“文以载道”，文学作品承载着思想，彰显着道德。作家要从历史的维度、人文的关怀方面体现自己的良知，要有一种洞察生活、想象未来的能力，要学会开掘传统文化中优秀的因素。

文学是语言的艺术，作家一定要有极高的文字修养。“字有百炼之金，篇有百尺之锦”，要不断地磨砺、推敲、锤炼文字。民族作家要善于构建审美想象，要从狭隘与偏见中走出来，要居高临下地破译民族文化的密码。

2015年12月29日　星期二　阴

北京的天气总让人高兴不起来。今天中央气象台又发布雾霾黄色预警，有专家说雾霾之所以阴魂不散，是因为风力太小，我从另一个方面去理解，应该是雾霾太沉重。看来的确需要一场来自西伯利亚的大风了，“大风起兮云飞扬……”

再坏的天气也干扰不了我们对文学的向往。一场别开生面的文学对话在鲁院五楼的教室里如约而至。来自重庆的著名作家张者和鲁迅文学院副院长邱华栋，与我们全班同学展开了一次热情洋溢的文学互动。

对于张者，我了解的情况实在是不多。当然，这不怪张者，只是因为我的孤陋寡闻和读书太少。

张者，本名张波，曾就读于西南师范大学中文系、北京大学法律系，获法律学硕士学位。曾任新华社、《南方周末》等多家新闻媒体记者。先后在《收获》《人民文学》《十月》《大家》等文学刊物发表作品。2003年被评为最具潜质的青年作家。中国作家协会会员，现任重庆市作协副主席。

张者因反映校园知识分子题材的小说《桃李》而声名鹊起。作品刚一发表，就引起了极大的轰动，这本书以当代大学校园生活为基本背景，展现了纷杂的现代都市景观对大学生和青年知识分子的激荡和影响，以及由此带来的或焦躁或平和、或受惑或变异的心态。

对话开始的时候，张者就自谦地说，我对讲座有一种本能的不自在、不喜欢，主要是因为我讲话往往是语无伦次，不着边际。对话或座谈相对自由一些，与大家开诚布公，互通有无，倒是一件有趣的事。你们这一期鲁院的同学，可能会出现文学大家。几句话就拉近了我们之间的距离，消除了隔阂，课堂上的气氛一下子就活跃起来。

张者谈到几个少数民族作家，像张承志、阿来以及阿拉提·阿斯木，他们的作品神采飞扬，民族语言在文学语言中达到一种让人惊喜的效果。

对话中，鲁院副院长邱华栋老师穿插介绍张者的一些情况，从而进一步加深了我们对张者的印象。邱老师说，张者的校园三部曲《桃李》《桃花》《桃夭》，以近三十年来中国知识分子的历程为背景，历时十三年，写大学、写城市、写知识分子的景象，被誉为当代的《围城》。按照邱老师的话来说，张者的写作资源很宽泛，他的写作有自己的设想和构思，在新疆生活的背景也成为他的宝藏。一个艺术家一定要以不断的生长姿态生长，这一点很重要。

张者在谈到自己的写作时，深有感触地说，校园三部曲，我写了十三年，以法律的方式写律师，有人评论我“用文学的光芒照亮法律的死角”，我自己倒觉得，我是“用文学的笔调戏法律”。幽默的话语引起一片掌声和笑声。

文学对话的过程中，邱老师还给我们讲了一下“大作家的非虚构写作”。白俄罗斯女记者兼散文作家斯韦特兰娜·阿列克西耶维奇就是通过非虚构的写作而一举获得今年的诺贝尔文学奖的。按照评委会的说法就是“因为她丰富多元的写作，为我们时代的苦难和勇气树立了纪念碑”。

非虚构文学主要指日记、传记、纪实、调查报告、新闻特写等文学体裁，这种文体的写作要具备两种能力，一是行动能力，二是写作能力。邱老师以《中国，少了一味药》为例，讲了作者慕容雪村于2009年底潜入江西上饶的一个传销团伙，并在其中生活了二十三天，掌握了传销人员的活动规律和大部分窝点的分布情况，并据此向公安机关报案，协助公安机关捣毁了这个团伙，共解救出一百五十七名传销人员的情况。

另外，邱老师也讲了其他一些很有名的非虚构类作品，如梁鸿的《中国在梁庄》、加西亚·马尔克斯的《一个遇难者的故事》、村上春树的《地下》、奈保尔的《非洲的假面具》、亚索尔仁尼琴的《红轮》，等等。

两个多小时的文学对话，承载了多少文学信息量。北京真的是一个藏龙卧虎的文学宝地。感谢文学，感谢鲁院，让我们不虚此行。

2015年12月30日　星期三　晴

雾霾过后是晴天，阳光一如既往地照耀着寂静的校园。一楼大厅的电子屏幕不停地滚动着今天的课程以及主讲人的基本情况。

来自北京大学中文系的教授、博士生导师陈晓明分秒不差地步入五楼教室。他主讲的题目是《小说的细节与叙述的力量》。

陈教授在中国文学界名气很大，特别是在外国文学方面的造诣很高。他的《不死的纯文学》《无边的挑战——中国先锋文学的后现代性》《解构的踪迹》等十五部著作及其他论文评论三百多篇，在国内外都有一定的影响力。

我曾经也尝试着写过几篇小说，今天回过头看看，我不禁为自己和这些自己写下的所谓小说的单薄感到吃惊和害臊。

小说的本质不是故事，而是虚构。我对营造虚构的小说情节，缺少兴致也缺乏才思。

我一直喜欢追求思想及其朴素的表达，喜欢摒除迂回和编造，喜欢把自己的经历和认知，直接写入随心所欲的散文之中。

这并非有意贬低小说这门艺术，或许正因为这样，才算懂得了尊重小说。我发现，我根本就不具备写小说的本事。

按照陈老师的话来说，文学最主要的品质就是细节。一个作家的细节可以点燃另一个作家的想象。好的作品留给人重要的记忆就是细节。

围绕着主题，陈老师着重讲了四个方面的内容。

一是小说细节所具有的启示意义。优秀作品的独特细节能给人以强烈的启示，是细节点燃人们的想象，感知到新奇的异质的世界存在。启示从具体的形象（细节）中得出。如苏童的《妻妾成群》、阎连科的《受活》。对普通读者来说，精彩的细节所具有的启示作用是对人生的感悟、对人性的洞悉、对历史和现实的揭示。如莫言的《白狗秋千架》。

二是小说的细节与构思的“变”。欧·亨利的小说《麦琪的礼物》讲述了在圣诞节前一天，一对小夫妻互赠礼物，结果阴差阳错。恰恰是两人对对方的无私使原本珍贵的礼物都变成了无用的东西，而他们也因此得到了比任何实物都宝贵的东西，那就是爱。

三是“藏”好细节构成小说的内涵。单靠“变”只是构思。“变”需要充足的动力，需要酝酿。在藏与变之间建立起内在联系，这是小说真正的内涵品质。小说里面需要藏东西。欧美的小说藏的是艺术的表现方法。门罗的《机缘》里藏着一些关于古希腊、古罗马星座的故事。

四是几点总结。第一，相信文学细节的启示力量，它不只是对读者、对作家，而是对艺术变革也起到启示性作用。第二，好的细节构成了文学（这里主要是说小说）的艺术表现力的关节点，它能焕发出艺术能量。第三，细节的丰富性构成了小说艺术的巧妙意蕴和深厚内涵。小说的思想性和人文情怀之类不是外在于细节的观念而就是存在于细节中。第四，细节并非只是指向艺术性层面，同时具有批判性和历史的蕴含。

创作需要灵感更需要生活的细节，需要对生活认识的深度。

2015年12月31日　星期四　晴

来鲁院学习快二十天时间了，每天的日子几乎相同。吃饭、学习、睡觉、写日记。

上午没课，约了几个同学去王府井。

鲁院附近有地铁6号线，几次换乘，几多拥挤，终于从王府井地铁口钻出来。

北京，是一座没人看你的城市。如果你喜欢音乐，戴着耳机挤地铁，没人看你，因为至少有几百人同时这样做。如果你想要健身，早上五点出门跑步，没人看你，因为至少有几千人在北京的街头奔跑。即便是在最繁华的王府井，同样没人看你，因为没有人知道你是富翁还是平民。

在北京，最大的感受就是时间不够用。一个上午只做了一件事，那就是从王府井的书店里带回几本自己喜欢的书。

下午的文学对话极为轻松。都说“三个女人一台戏”，此话不假。来自空军指挥学院的副教授、评论家李美皆，鲁迅文学院教研部主任、评论家郭艳和鲁院的另一位老师谭杰，三个女老师，三个女演员，再加上一些群众演员，把一台戏演得精彩纷呈、美妙绝伦。

文学对话是一种很有效的学习形式，它留给每个参与者的记忆是深刻的。

三个女主角都很健谈、很潇洒、很随和，也很亲切。厚重的知识储备，宽阔的学术视野，让她们的谈吐呈现出一种无比的自信。

对话始终围绕着民族文学与民族作家展开，这些也是我们民族班的同学比较感兴趣的内容。

郭艳老师以自己长期研究民族文学的学识与经验，阐述民族文学在当代应该表现与揭示的方向。她说在物质主义来势汹汹的当今，现代文明与宗教灵性相互碰撞，民族文学对民族个体应给予什么样的人文关怀，这是每一个民族作家该考虑的重大命题。

李美皆老师从微观入手，详细地分析了当下少数民族地区的民风、生态、精神实质，少数民族的爱与女性，感伤乡村，进城农民的困惑，人性与现实等状况。她列举了2015年一些发表在《民族文学》杂志上的小说，如回族作家李进祥的《带着男人去北京》、回族作家马凤鸣的《被举意的牛》、藏族作家嘎马丹增的《加达村：最后的从前》、仡佬族作家王华的《生计以外》、哈尼族作家存文学的《独龙江的麦子》、维吾尔族作家吐尔逊·买买提的《儿子回来了》以及朝鲜族作家许连顺的《久远的沉默》等，进一步论证了民族作家的文化自觉与民族情怀。

少数民族居住区相对边远落后，少数民族文学有着更加广阔的空间，每个民族都有自己的文化，民族作家的写作资源应该是丰富的。如何把本民族那些原始的、混沌的、朦胧的素材感性地发掘出来，而不是理性地去解释、说明，应该成为少数民族作家关注的重点。

作为一个少数民族作家，我们不仅要学会自尊，更要学会尊敬，恢复对于他人的尊敬和对其他民族的尊敬。民族不只是一个标签、一种身份认同。在低头观照本民族的同时，更应该抬头看世界，因为你今天的努力，有可能成为一个民族今后的方向。

2016年1月2日至6日　社会实践活动侧记

在鲁院学习期间，学校组织了一次社会实践活动。全班五十四名同学去福建考察海上丝绸之路的情况。

第一天：上午五点半，我们统一乘坐大巴赴北京国际机场T2航站楼。七点四十搭乘MF8168航班飞往福州，经过三个多小时的飞行，抵达本次社会实践活动的第一站福州。

在福州一家新疆人开的“北疆饭店”用过午餐之后，入住“福州大饭店”。下午参观福州的“三坊七巷”街区，这是福州至今还保存自唐宋以来形成的坊巷，也是福州成为历史文化名城的重要标志。“三坊七巷”街区是闽江文化的荟萃之所，被建筑界誉为一座规模庞大的明清古建筑博物馆。

漫步在青石板铺就的南后街，在淅淅沥沥的小雨中撑开一把油纸伞，穿过一个个烟雨朦胧的巷道，严复、林觉民、冰心等文化名人如影随形，陪伴着我们的行程。

第二天：从福州到惠安，一个半小时的车程，我们抵达被誉为“南方北戴河”之称的崇武古城，游览中华石雕艺术博览园。虽然已是隆冬，惠安依然温暖如春，草木青翠，百花争艳。崇武石雕艺术园内，《红楼梦》《水浒传》中的人物雕像栩栩如生，面目鲜活地展现在我们的眼帘之中。闻名中外的惠安石雕令人感慨不已。晚上，入住泉州“航空大酒店”。

第三天：在泉州，我们参观了中国三大古寺之一的“开元寺”、古船博物馆、清净清真寺、灵山伊斯兰圣墓、陈嘉庚故居、集美学村等名胜古迹。

傍晚，乘轮渡登上“海上花园”鼓浪屿，入住鼓浪屿“四季如春酒店”，头枕着轻柔的波涛，进入梦乡。

2004年，受组织委派，我曾在厦门市湖里区政府挂职，担任区长助理一职。

今天，当我再一次来到厦门，那种久别之后的兴奋难以言表。十几年之后的巨变，令我眼花缭乱，那些留存在旧时光里的记忆似乎离我而去。

第四天：清晨，苏醒在悠扬的钢琴声中。自由地穿梭于鼓浪屿的小街小巷，身临其境地感受那种浓郁的文化气息，是一件令人难忘的事情。

攀登鼓浪屿的最高峰——日光岩，游览郑成功纪念馆、万国建筑博览园、菽庄花园的钢琴博物馆，每一处都有一道亮丽的风景，每一个镜头都会打动你的心。

离开鼓浪屿，回到厦门市区。尽情地感受鹭岛“城在海上、海在城中”的独特风光。

第五天：乘坐游轮，走近金门。

站在豪华的三层甲板上，任凭海风扑面而来，碧海蓝天，风光无限。穿越海峡两岸封锁了几十年的警戒线，到达台湾管辖的海域，几个红色的大字“三民主义统一中国”清晰可辨，在海上军事分界线，用肉眼就能看得见国民党占领区的一些军事设施。

下午五点，乘MF8169航班返还北京。整个社会实践活动结束。回到鲁院，有一种回家的感觉。

从生命的原点出发

——马卫民其人其文

黑占财

第一次读到马卫民的作品，是他发表在《沙坡头》期刊上的散文《我的村庄我的家》，当时只记住了作品的标题，并没有细看内容，也没有留心作者是谁。真正引起我的关注并且感觉其身手不凡的美文，与2015年第四期《沙坡头》期刊有关，那期上集中发表了他的散文小辑共五篇。由于散文的标题较为独特，这次，我才认真读了一下马卫民的作品，还未读完便强烈地感觉到，作者从自己出生的村庄、生命的原点出发，一路走来，写得情真意切，耐读，感人，现实感和时代感强，而且技法运用十分娴熟，绝不是初学者能写出来的。

中卫似乎是一个出诗人的地方，在区内外知名的诗人有数十人，但上乘的散文作者不多，在我有限的阅读印象中，时下在散文创作上有成就的本土作者，大概只有三两人而已。因而，当我看到这个叫马卫民的作者，举重若轻地把一个南华山下小村庄的故事，写得风生水起、九曲回肠时，我不禁啧啧称奇，禁不住要来仰视他，断定其必有一番来历，绝非等闲之辈。之后，我与市文联主席、《沙坡头》主编谈柱先生谈起这几篇散文，才得知马卫民是一行政单位的领导，虽然日常很忙碌，却仍然怀有一颗追逐文学梦想的赤子之心，公务之余潜心写作。正如当期《沙坡头》卷首语中所言：他是新手上路也是大家回归。震惊之余，有了一丝关注马卫民的念头，虽然读他的作品不多，正好《沙坡头》执行编辑张永生先生希望我能写一点评论，我也就不揣冒昧地一口答应了下来。

见面后才知道，马卫民和我同岁，籍贯都是海原，都是二十世纪六十年代初出生，七十年代中后期上中学的人。那个时候物质生活十分匮乏，如果一个爱读书的学生能拥有一本自己喜欢的书，如同持有一笔难以估价的财富。当时他为了能买到一套心仪已久的《现代汉语词典》，徒步到县城书店打探消息，并且为了凑够买书的钱，他还一连数天到山中挖药材，而最后还不得不依赖亲戚的帮衬，才终于如愿以偿。这个今天看来十分令人心酸的故事，太容易引起我强烈的共鸣了，因为几乎是一模一样的故事，也曾发生在那时的我的身上，我也是靠捡拾半年发菜攒钱才买了一套四大名著，它不仅让我成为当时班上唯一拥有名著的学生，而且还伴我一直到大学结束，到现在还保存在身边。要知道，所有在日后成为一名文学创作的人，早期都无一例外是从最初痴迷阅读开始的。我想，也许正是由于这本词典的作用以及后来读书的过程、生活的阅历和思想的沉淀，使马卫民一开始就注意运用规范的语言写作，全然没有一般业余作者作品中常有的文字毛病，扎实的基本功成为其日后创作的活水源头。

马卫民长期在政府部门工作并担任领导职务，在我的印象中，政府官员抑或行政工作者，总是严肃有余活泼不足，一般案牍劳形、不苟言笑、忙碌且认真，无论如何也与一个文学创作者搭不上界。要知道整个文学界，算得上文学创作爬格子的文人，除了要心静气平外，大都是些寄情文字的清教徒和苦行僧。何况在越来越世俗化的现实中，在清心寡欲的状态下，潜心文字，通过作品给读者一副精神寄托和疗伤的良药，在安妥自己灵魂的同时，让读者感受到作为一个人存在的意义以及生命的重量和精神的光芒，这本是文学创作者的社会责任而不是政府官员和行政工作者的任务。而马卫民其人其文彻底颠覆了我的固有看法和思维定势。

读马卫民的散文需要细细品味，如果视线仅仅粗略地从其字面上滑过，至多只能觉察到他的文字之美，却不可能领略其内涵的深度、真切的生命体验和那种灵气逼人的独特的感受力。马卫民的散文，字里行间给人一种非同凡俗之感。作品从不同层面不断开掘，给本土散文创作带来一种全新的面貌与姿态，但我又觉得，他文本的“新感觉”真实鲜活返璞归真，只是以他自己的视角和心智，对生活和生命现象作出理解、诠释。细品马卫民的散文，一个突出的印象是，他无疑有他自己的心灵世界的独特视角。在跳动的文字音符里满含着他对人世、人生、生命和世间一切纯净美好的东西的真挚纯美感恩之情。作品从生命的原点出发，为情所动，情动于中而形于言，从自己的村庄一路前行，沉潜而又开阔，纤小而又丰饶，将生活的细节上升到哲学的意蕴，确有过人之处。这种新感觉下的美文，让我们的心灵沉迷。可以说，从文字到情节、从具体到深刻、从寻常到不寻常，往往能验证一个作家，尤其是散文作家那种富于诗质和哲思的品性。这本身就是一种境界，主观与客观相映照的境界。

因为有着最底层的生活经历和对农村艰辛生活切入肌肤的疼痛，马卫民的散文作品散发着浓郁的乡村味道和泥土气息：有着俯身民间的姿态和直逼灵魂的生活细节，字里行间里盈满着黄土的厚重、生活的烟火和泥土的芳香，演绎着生命的生死轮回、低吟浅唱和经过岁月沉淀的原始底色。在那里，生命在高歌、身体在尘埃、灵魂在高蹈……“在那些过去的年月里，在我贫苦的村庄里，父辈的双脚走出了一条又一条艰辛的路，沿着他们走过的痕迹，我们出出进进、来来往往。一个又一个靠在土墙上晒太阳、讲古今的父辈们在烟火相伴的村庄里渐渐地衰老，静静地离去。挤在土墙脚下听故事的孩子们则像一个个不安分的小鸟，羽毛丰满了就不知飞向何方了。”

《季风吹过的村庄》以这样充满喜气的开篇把天地间的一种平凡，甚至有些卑微的生命带到我们眼前，于是，我们的心开始随着它的命运起伏、悲喜。时光悠然，四季更替，黄土塬上的泥色村庄，在与大自然的呢喃里，以自己的步子向前走着，“春风轻轻地吹过村庄的每一个日子，在那些琐碎的、温暖的时光里，总有一些让你觉察得到的幸福和感动。一个村庄的命运与归宿其实是作者自己的命运与归宿的写照，作者赋予了生于斯长于斯的村庄以全新的内涵，他们的灵魂相互对话，合二为一，天涯相怜，哀而不伤，怨而不怒，正如余秋雨所说，要写好散文就要找到一个独特、新奇的表达方式。文中优美的文字和严谨的结构，情景交融的描写，都让人深深地感怀。文中，作者用诗意化的语言，为我们描绘了村庄的四季，那是一幅美丽而生动的画面，人与情、景与物相润相容。这是作者循着自己真实的内心感受，写就的一篇清新隽永、舒卷自如隐含着哲思的文字。

《家乡的味道》是一篇饱含热情与深情的散文，真实记录了作者童年时村庄里演绎过的喜怒哀乐和老小离家老大回时悲欢离合的经历沉淀与复杂心理，以游子的眼光写故乡，更多的是回忆与感恩、清醒与坚守，“我的命运还是不错的，出生在一个草长莺飞、鲜花盛开的季节，生长在南华山下一个伊斯兰文化氛围非常浓郁的小村庄，虔诚的父辈们在一个个普通的日子里，过着简单而平凡的生活，随遇而安，知足常乐。他们与人为善、知恩图报的品格像脚下的黄土地一样厚重，无时无刻不影响着我。”字里行间融入的是身后来自泥土的血脉与根系，写就的是乡土赋予自己的乡村元素和文化基因。小山村“蓝天白云，清风明月，林木葱茏，蝉鸣鸟叫，交相辉映出一幅诗意的图画。每当记忆的齿轮延伸至此，我的感官仿佛被一点点地放大，那些储存在脑海中的底片依稀可辨，我不由自主地回到故乡的童年，就连长满青苔的土墙，都带着儿时的欢笑，触手温热，缠绵了一生的怀念。”悠悠的乡愁，扑面的清新，滚烫的情思，盈满着南华山下小山村的人情之美与浓厚的接纳感和幸福感。作者的骨血里始终流淌着寄情于根的情愫，“有了这间小屋，我的思念就有了依托，我的灵魂就有了归宿，到任何时候，都不会有背井离乡的孤独，不会有漂浮不定的感受。走到任何地方，我都不会迷失回家的方向。”优美的文字背后，浸透的是明晰、纯净的乡土民风，是童年苦涩又美好的记忆，是亲情无限的温暖与感动，这些，都与西海固旱苦甲天下的固有思维定势形成鲜明的反差，出生与长大、出发与归来、融入与接纳、向往与现实，在种种情景交融的容纳与回忆里挺立起了自己独立的表达形式，追求永远属于自己的心灵世界。

《花开花落》是一篇催人泪下感人至深发人深省的好作品，作者从一个长辈的记忆出发，一路将泣血厚重的记忆、永远定格的生活图景、白发人送黑发人的悲思、哀痛于心的满腔思绪，运用淡然舒缓的语气，一步步把读者带进了饱含泪水的文字中，让读者跟随着作者的笔触去感受和体验生与死，来与去，生者与亡者之间永恒的生死命题和哲学般的思考，“高速公路上，回家的车辆如梭，一辆接着一辆。你开着车，行驶在回家的路上。腊月二十八，一个让人撕心裂肺的日子，一场突如其来的灾难，一个年仅二十九岁的生命，凋零在回家的路途中。你静静地躺在冰冷的白色地砖上，宁静安详，仿佛睡熟了一样，你的亲人呼唤着你的名字，你听到了吗？你的女儿跪倒在你的身旁，不停地摇着你的胳膊，哭着叫着：妈妈，妈妈，你醒醒吧；妈妈，妈妈，我想和你说说话。一声声稚嫩的童音，洞穿每个人的心房。我们无法相信这样一个残忍的不幸，一朵娇艳的花儿突然消失在人生最美好的季节。”哀痛忧伤凄惨，字字句句，寄哀于文字，凝泪聚血，读来让人潸然泪下、肝肠寸断。落寞伤怀的基调、富含哲理的话语、深刻而睿智，“你悄悄地走了，像家乡的高原上吹过的一阵春风；你静静地走了，像家乡的天空中飘去的一丝白云。我知道，花开花落本是自然规律，自然的始终都深含着美丽的意义。”通篇读来，仿佛在无形中有一根线牵引着你，去深思、去探究、去领悟。“花开是一种美丽，花落也是一种美丽。你花开花落的笑容，永远定格在我们的心中。我的孩子，我的亲人，你安心地走吧，生命是一季花开，死亡是一次花落。这个世界上并非所有的生命都会四季花开，再美的花儿都会凋零。”篇幅不长的文字，或记叙或抒情或议论，在今天与昨天、生者与亡者、黑发人与白发人往昔不同的生命之情景里，将一个鲜活的生命突然凋零的内涵以及放大了的外延在碰撞和交集中充满了空灵的念想。作者不着痕迹地赋予了他笔下的人物和景物以强烈的个性特征，并从中挖掘了大自然对于人生及生命的意义，让读者在感受到阅读优美文字所产生美感的同时，又调动着你的想象力去思索文字背后的内涵。为此，我很愿意如作者一样，既能寄托美好的理想，又能固守内心的纯真，保持普通人精神家园和思想操守的和谐统一，感受对于淡然从容的而又不失精神生存状态的最高企盼。

当然，由于涉猎深度，描写的角度和表达意图的不同，马卫民的散文作品的选材立意、思想深度和表达高度存在明显的差异性且风格多样化，譬如，《我的村庄我的家》无论从文本与质地来说都更显纯粹，那些对于生活细节近乎微雕式的刻画中，显示出他深厚的生活积淀和操控语言的超强能力，它们就像一些做工与色泽都很完美的瓷器，细腻、饱满，散发着幽幽的底色光芒。而《怀念一座城》则兴奋点远远大于深度，情绪流动如果少了掌控，感官的宣泄就会多于沉淀。当然我们不能过多地去要求一个奔波在职场忙碌于工作，依然利用业余时间点灯熬油孜孜以求的写作者，就像不能苛求一个走在盘旋山路上的挑山工唱出多么嘹亮优美的歌曲一样。马卫民正在文学的路上踽踽独行，不仅仅是因为他的文字，更多的是他钟爱文字的境界。希望他能尽力张开自己的双臂，敞开自己的胸怀，创作出更多让人喜爱的作品来，我所做的不是指给他一条捷径，而是在从生命原点出发的路上，替他搬掉过多的石头。

以上主要对马卫民散文的优点进行了粗略的点评。说起作品存在的不足，我以为主要有下列几点：一是有些作品结构上不够紧凑。比如《我的村庄我的家》，开头写了几大段描写中带议论的文字，切入正文不太连贯，与表现主题有关联但与后文关系不大，删掉也不影响后面的正文。二是个别篇目中，有些段落文字略嫌粗糙，没有像《家乡的味道》那样精美、凝练。比如《怀念一座城》中，既有十分精彩、富含哲理的文字，也有仓促成文、缺乏推敲的句子，全篇文字质量参差不齐。三是对素材的运用过多，缺乏提炼、选择。但这些都瑕不掩瑜，不影响马卫民作为一位散文作家已经取得的成绩。在散文创作中，马卫民有实力也有潜力，我衷心期待着他在不久的将来，能有更多更好的作品问世，从而走出中卫，走出宁夏，走到全国读者的面前。

2017年4月6日

我的英语老师

车如山

马卫民先生是我的高中英语老师，现供职于宁夏中卫市文联。他1981年大学毕业后即从事教育工作，在老家县城的一所新建重点中学任教，那时我刚好上高一，他即担任我们的英语课教学。由于他教学工作成绩突出，曾先后被提拔担任过学校领导和县上领导。

说来惭愧，虽为师生，却很少谋面，生活工作，多地漂泊。仔细一想，和老师没有见面已经有了年头。还好，有了现代网络技术和通讯工具，时常与老师保持着比较密切的联系，经常关注他的QQ空间和微信朋友圈。不知什么原因，近几年，突然发现马老师文采大发，写就了一系列文学作品，一发而不可收，粗略估计也有几十万字。而且，许多作品似乎都与家乡和儿时的记忆相连。

他的作品经常发表在自己的QQ空间，也有相当一些被当地各种媒体刊载，吸引了成千上万的读者，反响甚好，一时间从一位英语老师、公务员，悄然转变成很有名气的作家。最近，获悉老师的作品即将集结成书，不禁为老师的坚守和努力打动，便产生了写一点文字借以表达作为学生的心情与想法。

说起我与老师的关系，绝非师生这么简单，我们是同村还是亲戚。这种错综的关系使得我们有着几近相同的人生经历和对生活的感悟。这又使得我对老师作品的感受有了与别人不尽相同的地方。

马老师的写作体裁为散文，主题大都围绕生活经历和乡土情怀而成。这些零零散散形成的散文最终形成了一个系列，拟以《我的村庄我的家》为书名出版，光从书名就可以体会到马老师写作的素材来源于生活。不，与其说来源于生活，不如说是来源于对生活的反思与回忆。

我们知道，人生到了晚年会自觉不自觉地回忆往事，似乎这也是一种规律。那么，老师刚刚五十出头，怎么就开始步入回忆往事的阶段了呢？事，非经历不晓；人，非交往不知。在我来看，这些作品早就存在于他的内心，只是现在用文字呈现出来而已。常言说得好，语言是思想的载体，思想是思考的结果。每每阅读马老师的文字，感到字里行间都流淌着真情，没有半点矫揉造作。那是生活的真实，但绝不是生活的简单再现，他作品中的每一个字符都是一个鲜活的故事，每一个故事都承载了一段印迹很深的历史，越是久远的故事，越是清晰的记忆。

本人不是从事写作的，也缺乏表达的能力，无法用华丽的语句褒奖老师的作品，只是有感而发，但却能深深感悟老师内心的独白。因此，一切语言在此时都显得有点苍白，只有用心体悟了。期待能够早日有机会拜读老师的大作。

2017年5月6日

关于《我的村庄我的家》

（代后记）

很想出一本书，这个愿望由来已久。不是为了证明什么，只是想满足一下自己对文学的追逐与执着。

多年来，我的脚步在家乡以外的地方奔波，以交流的名义，辗转他乡。长期的行政工作，与文学情深缘浅。但是，埋在心底的种子，早已生根发芽，潜滋暗长。

在日益繁忙的工作间隙，读一些喜欢的书，写一些有关乡村的文字，虽然稚嫩，态度却是诚恳认真的。一边是繁重的生活，一边是虚无的，可能无果而终的写作，除了看得开，还有什么更好的方式呢？

一个人的一生，至少应该做一件自己喜欢的事情。

文学的孤独就在于会使一个孤独的人更加孤独，面对浩繁的文学经典，有时候会天真地想到我也有可能像一些作家那样，写出流传千古的文章，以供后人叹服、瞻仰。这是理想主义者最高的目的。

当一个人的物质需求不再紧迫时，就会滋生出另外一些追求。用不停地书写代替有形的脚步，这就是我近年来的生活。

以村庄为入口，以散文为体裁。我的所有关于村庄的情感，都是通过散文的形式表现出来的。其实，散文自由而随意，有破绽也无妨。

我们每天都生活在散文里。生活中的一切，都可以成为创作的素材。

严格来说，我的写作应该开始于2014年的春季。在这之前，也有一些文字见诸报端，但大多数都是政论文，似乎与文学搭不上界。

春天来临，万象更新。自然界的一切又开始新一轮的生长期，一草一木中蕴含着生命的意义。面对春意盎然的大地，我情难自禁，写了一首小诗《春天》，发表在《中卫日报》的文学副刊。看着自己的文字被认可，内心的喜悦难以言说。从此，我开始步入一条与文学有关的道路。我的业余时间几乎都用在读书与写作上。

2014年，我的三篇散文《我的村庄我的家》《家在山的那边》《那时候》在文学杂志《朔方》的新月栏目刊发。时任栏目编辑、著名作家石舒清先生在编后语中说:“马卫民的文章给人一种全情投入、全力以赴的感觉。这是令人感慨的。记得读过张承志先生的一篇叫《早期意味》的文章，开篇就说：艺术家到后来大都变得不可信。张先生文章的含义是很多的，其文如镜，让很多人不愿站在这样的镜前看到自己。最初作文的执念单纯、心无旁骛；最初作文的心气高远、追贤逐能，随着岁月流逝，世故渐深，早已更弦更张，南辕北辙。老实说，这其实也无需感慨的，只是看到马卫民这有着强烈的早期意味的文章时，心里不能不偶有触动罢了”。

读着这些话，心潮起伏，别有一番滋味在心头。对于一个热爱写作的人来说，任何一点鼓励的语言都是温暖的，都有一股无形的力量。

一回到老家，我就轻而易举地想起那些尘封已久的往事，它们不约而同，排好了队一样，一件一件地在我的面前浮现。父辈们的音容笑貌，儿时的鸡鸣狗叫，追逐嬉闹，粮场上转动的石磙，土窑里微弱的煤油灯光，上学路上的大南风，山顶上四季不化的冰雪，圈棚里嗷嗷待哺的小羊羔，牛背上飘荡的花儿，涝坝里耍水的小屁孩，雪地里打雪仗的坏小子……这些留存在脑海深处的记忆，遥远而真实，时不时地冒出来，给人一种时光如水的感叹。

回归故里，时光的温润早已弥漫于天地之间。这温润微微的，淡淡的，却无处不在。昼白夜黑，日明月亮，眼前的一切，与我的童年记忆不谋而合。

我打开随身携带的笔记本电脑，坐在茶几前，郑重其事地敲打。此时的我，感到年轻而幸福，各种热望喷薄而出，像早晨初升的太阳。

三年来，我写下了近四十万文字，其中大部分都发表在报纸杂志上。结果无关紧要，重要的是写作的过程。写作虽然很辛苦，但也是幸福的，甜蜜的。

我不会写诗，也不会写小说，所以，只好硬着头皮写散文。听人说散文容易写，但是，通过一段时间的写作，我的感受是：写好不容易！在如今的社会，散文似乎变得重要起来，主要体现在它的作用上。发言讲话、社论通讯、贺词悼词、报告总结，还有学生作文，哪一样能离得开散文?

一句话，我喜欢散文。我把散文看得特别重。

迄今为止，我发表过的所有文字都应该归类于散文的范畴。每每回首自己的文章时，内心总是五味杂陈，更多的是忐忑不安。我知道自己的文学功底，读书甚少，还怀揣着满腔的文学梦。

作品就像自己的孩子，无论她长得怎么样，你总是喜欢的。如果十个人当中，有一个人说你写得还不错，我就有坚持下去的借口和理由。

好在有一些人对我寄予厚望，他们希望看到我的文章能够结集出版，特别是一些和我同龄的人，我写的关于村庄的文字，能引起他们的共鸣。

记得有一次，我和妻子去海原的金城商厦买东西，与几个卖服装的女人闲聊。当她们知道我就是《花开花落》的作者时，纷纷围了过来，要我给她们签名。她们说看过我的文章并且都流了泪。那一刻，我真的很感动。感觉自己的文字能够被人喜欢，能够打动读着的心，一切的努力都是值得的。我答应她们，等我以后出了书，一定送她们一本。

文学真的很神奇，它像一盏明灯，能够照亮人们并不完美的生活。对于那些身处最底层的人来说，生活不只是眼前的苟且。

事实上，我在写作的过程中也时常泪流满面。每当我写有关村庄的文字时，小时候的记忆像流水一样，从脑海里奔涌而出。爷爷、奶奶、姑爷、父亲以及其他亲人的音容笑貌，在我的面前鲜活了起来。那些幽明永隔的亲人，似乎以另一种形式，存在于我的文字中，成为我永远也无法忘怀的记忆。

面对这片生于斯长于斯的热土，我的情感越来越脆弱。家乡的一草一木，山山水水，毫无例外地成为我内心深处最柔软的部分。

我知道，我的文字无法将所有发生在这片厚重的黄土地上的事情表现得淋漓尽致。我的水平有限，但我依然坚持不懈。

我要让更多的人知道我的村庄我的家。

感谢文学，感谢那些在文学的道路上帮助过我的人。当我写这篇文章的时候，他们仿佛约好了似的，齐刷刷地站在我的身边，鼓励我完成自己的心愿。

著名作家石舒清、梦也先生为我的书写序，文学评论家白草帮我审阅书稿，中卫市摄影家协会主席王恒德先生为我搜集照片，宁夏作协会员黑占财给我写书评，中卫市文联主席谈柱、组联部主任俞雪峰、《中卫日报》编辑孙艳蓉、《宁夏日报》文学副刊编辑陈华以及银川塞上明珠饭店有限公司董事长王漫涛、海原宾馆有限公司的杨国义董事长、中卫市驻疆劳务管理站的马永俊等许多朋友，都对我的写作给予一定的帮助。

所有的经过历历在目，让我不得不相信：朋友就是一笔最宝贵的财富。

《我的村庄我的家》能够顺利出版，当然不是我一个人的事情。

但愿所有的努力能够得到读者的肯定。

2017年6月6日